COSTA RICA

Pura vida

Autores Españoles e Iberoamericanos

José María Mendiluce

Pura vida

Finalista Premio Planeta
1998

PLANETA

© José María Mendiluce, 1998

© Editorial Planeta, S. A., 1998
  Córcega, 273-279, 08008 Barcelona (España)

Realización de la sobrecubierta: Departamento de Diseño de Editorial Planeta

Primera edición: noviembre de 1998

Depósito Legal: B. 36.832-1998

ISBN 84-08-02848-0

Composición: Foto Informática, S. A.

Impresión y encuadernación: Cayfosa

Printed in Spain - Impreso en España

Al pueblo de Costa Rica, que me ofreció hospitalidad
algunos de los años más apasionantes de mi vida

A su población negra, tantas veces olvidada,
tantos años excluida

A Marc Sánchez, que acaba de abandonarnos
y que me enseñó a amar a su país y tantas cosas

Y a mi madre, con todo mi cariño

Yo estoy limpio.
Brilla mi voz como un metal recién pulido.
Mirad mi escudo: tiene un baobab,
tiene un rinoceronte y una lanza.
Yo soy también el nieto,
bisnieto,
tataranieto de un esclavo.
(Que se avergüence el amo)

NICOLÁS GUILLÉN

UNA HISTORIA

—

Nadie que haya conocido Puerto Viejo habrá quedado indiferente. Ni podrá olvidarlo jamás. Situado en la costa Caribe de Costa Rica, este pueblo de casas de madera y densa vegetación selvática mira a un mar de corales y turquesas, desde playas que desbordan cocoteros y almendros tropicales. Poblado por negros de distinto origen, entre los que predomina el jamaiquino, es también punto de encuentro comercial y de abastecimiento para los indígenas de la zona, talamancas y bribis. También se han ido instalando a lo largo del tiempo latinos provenientes del Valle Central. Y, casi desde el principio, una familia de origen chino.

Por supuesto que ya no es el mismo de hace unos años. Su aislamiento se fue rompiendo a fuerza de puentes y del camino que, salvo las destrucciones provocadas por los frecuentes huracanes, tormentas tropicales y terremotos, permite llegar a él desde Puerto Limón, capital de la provincia atlántica, sin mayores emociones que otras causadas por el hombre.

Un día, no hace mucho, llegó también la electricidad, y con ella cambiaron más las cosas que en cien años de historia. Fueron cada vez más los turistas que descubrían su cautivadora magia y quedaban atrapados por la fascinación del lugar y de sus pobladores.

No es Puerto Viejo lugar fácil, ni de accesos ni de estadías. Su fuerza es tan grande que te arrastra, y debes tener una buena dosis de sensatez para no quedar atrapado por sus peligrosos encantos, que pueden llevarte a perder la cabeza, a dejarlo todo sin pensarlo demasiado y plantar tu tienda para siempre. Y aunque no todos lo logren, son muchos los que lo intentan.

Y parte de los encantos que te atrapan tienen forma humana. Y nombre y apellidos. Suelen ser los más difíciles de resistir, pueden seguirte fuera del lugar y convertirse en un dato importante de tu vida.

Ese Puerto es «uno de esos lugares en el mundo» que los viajeros reconocemos de inmediato. Y lo iréis conociendo a lo largo de estas páginas en las que trataré de narraros, con la energía que me aportan personajes y recuerdos, las historias apasionadas de algunas de sus voluntarias víctimas.

Y conoceréis a personajes que se entregan a sus vidas, y a veces a sus muertes, dejándose llevar por sus pasiones, sin reflexionar demasiado sobre las consecuencias de sus actos. Sentiréis, como yo sentí al conocerlos, que logran desataros la ternura, la complicidad, si sois capaces de escapar a algunos convencionalismos que suelen aprisionarnos.

Y junto a ellos os transportaréis a selvas y lugares donde el calor y la humedad dominan por encima de la razón, y por tanto, los sentimientos sobre las reglas, las emociones sobre las certezas, las ganas de vivir sobre las normas, que tantas veces y en tantas latitudes convierten nuestras vidas en una sucesión de acciones previsibles, definibles, calificables, juzgables y sujetas a la crítica y a la censura.

Ésta es una historia sobre las pasiones desatadas y las violencias vividas allí donde la vida no logra conformarse con las reglas, ni las reglas son capaces de controlar las vidas.

Es una historia sobre vidas en estado puro.

Es pura vida.

PRIMERA PARTE

—

A la vista, Limón y toda su área es Caribe. Un Caribe todavía sin contagio del costarricense de la montaña. El aislamiento vital ha sido completo. Hasta la «rústica» que abrió el presidente Trejos en 1969, no había carretera. Había, y hay, tren de San José a Limón y viceversa, pero comprobé, con mis propios ojos, que «nadie» hacía el trayecto completo; sólo las mercancías. Había un público usuario entre San José y Siquirres, y otro entre Siquirres y Limón.

El costarricense,
CONSTANTINO LÁSCARIS

Los ferrocarriles negros
bajan del verde al calor.
Madre, del verde al calor
los ferrocarriles negros.

Los trabajos del sol, 1966,
MAYRA JIMÉNEZ

Costa del Caribe
de un verde limón,
sin indios, sin blancos
toda en calor,
prieta en arreboles
morena color.

De Salomón a Demóstenes Smith,
MAYRA JIMÉNEZ

Antes de que Mahalia empezara a hablar se hacía siempre un silencio que lo ocupaba todo. Hasta el aire se calmaba, dejando quietas las hojas y las flores. La selva se convertía en decorado que adornaba sus palabras, y te sentías atrapada, como incapaz de otra cosa que no fuera escuchar y emocionarte. Y pude constatar con el tiempo su capacidad premonitoria.

Me quedaba yo contagiada por su ternura, como hipnotizada, dejando pasar las horas, deseando que se parara el tiempo, lo que parecía desear, alrededor, todo lo vivo.

—Desde que el mundo es mundo y la Costa es costa, el negro siempre paga. Sí, m'hijita, siempre paga. Y pagaremos por ti y por todos una vez más. Los tiempos cambian, pero nuestro color permanece. Siempre delata la negritud, vayás donde vayás, más que marca de ganado. Y aquí estamos para pagar... quizá porque Adán y Eva eran negros, de allá por Etiopía, y Dios, como que castigó a todos, pero se acuerda más, cuando se enfada, del pobre negro. Es extraño Dios. O el que nos ha tocado: el Dios de los cristianos...

»Mi niña, eres como un colibrí. Mirá aquél, en la flor roja, tras la veranda. Son pajaritos pequeñísimos, frágiles y muy

veloces, que van de flor en flor, golosos y atrevidos. Parece que quieren probar todas las flores y que pueden estar quietos en el aire. Parecen mariposas, pero ellos viven más tiempo. Una nunca sabe cuándo vienen y cuándo van si no les presta mucha atención. De flor en flor, con su pico largo, las prueban todas. Pero son frágiles, m'hijita, y hasta cuando están quietos en el aire, chupando el néctar, sus alas se mueven a una velocidad que asusta...

»Eres buena y frágil, m'hijita, no eres mariposa, pero no te quedes en colibrí.

»...Vendrán días difíciles y días bellos, así ha sido siempre y así será. Y tú misma pasarás las pruebas que el Señor te mande. Y tendrás que ser fuerte, m'hijita, tendrás que ser fuerte. Y pronto. Te gusta vivir de prisa y creés que tomás vos las decisiones. Pero no te confundás que, a veces, son las situaciones las que te arrastran y sólo podés defenderte.

»Pase lo que pase siempre te marcará todo esto, tanto que quizá ya estés atrapada y no puedas decidir contra el destino...

»Mi nieto te querrá, a su manera, pero te querrá hasta su muerte y ya te dije: morirá en el mar...

Hizo un silencio. Una bandada de loras llenó los espacios de alboroto. Mahalia se meció suavemente, respiró profundo, un felino rugió en la selva cercana y empezó a caer la lluvia, intensa, tropical, levantando vapores de la tierra. Y croar de ranas. Y roncar de monos...

«Pero él te querrá a su manera...»

TOM

Ariadna se resistía al inevitable despertar. Giraba su cuerpo joven, desnudo, esbelto y bronceado, buscando las posiciones más cómodas entre un revoltijo de sábanas y almohadas de colores, mientras por la ventana abierta entraban un poco de aire fresco y muchos ruidos crecientemente insoportables.

E inconfundibles. Porque nadie que conozca Nueva York podrá olvidarse de aquella suma de sonidos que conforman la identidad ruidosa de la gran urbe, el dominio de los cláxones y el monótono ulular de ambulancias, bomberos y policías.

Exactamente como en las películas, explicaba siempre Ariadna a los recién llegados. Y esa impresión de vivir en un escenario no se termina nunca, solía añadir.

Era viernes. Finales del mes de setiembre de 1987. Superados los insoportables calores del verano y apagados los acondicionadores de aire, a Ariadna le gustaba despertarse despacio, a golpe de constatación sonora de que la ciudad amanecía, de que Manhattan recobraba su ritmo infernal y seductor, y ella misma iba tomando conciencia de la fatídica hora en que su radio despertador se conectaría con las noticias de las ocho. Anticipándose unos minutos al noticiero, se levantó casi de un salto y, con una media sonrisa, pensó en voz alta, ya camino de la cocina: «Vaya día me espera.»

Puso la cafetera y encendió la tostadora. Autómata, precisa, preparó su bandeja y al poco estaba sentada frente a la ventana, mirando —inquieta y emocionada— el pequeño espacio de ciudad que le correspondía, el cruce de la Sesenta y dos con Madison.

Hacía algo más de dos años que había llegado a Nueva York, a trabajar en las Naciones Unidas, en concreto en su Programa de Desarrollo, el PNUD. Y si la fascinación por la ciudad, su nuevo trabajo y su relación con Tom la habían mantenido entusiasmada por un largo período, hacía ya algunos meses que se sentía inquieta, desasosegada, con una creciente sensación de «no está mal», pero «no es esto».

Su responsabilidad concreta en la sede central, como oficial de finanzas, consistía en controlar que los gastos realizados por las oficinas en el terreno del PNUD, en los países que ella tenía asignados, se realizaran de acuerdo a los presupuestos de las partidas aprobadas y con las autorizaciones pertinentes, lo que no solía ser la norma. Ella lo calificaba de trabajo antierótico.

Por definición, un oficial de Finanzas era un ser detestado por sus víctimas, los oficiales de Terreno, que recibían constantemente observaciones, recomendaciones, instrucciones y reprimendas, según los casos. Y lo que más aburría a Ariadna era que no podía influir en la definición de prioridades y estrategias, como hacían sus colegas de Programas y Proyectos, sino controlar los gastos de acuerdo a las definiciones hechas por otros. Y eso la desesperaba bastante.

Hacía unos meses se había decidido a pedir permiso a su jefe para solicitar una misión. Y se lo ocultó a Tom. Y cuando obtuvo el acuerdo, su semblante cambió. Aunque pasó varios días preocupada por si era o no el momento adecuado, por si de verdad lo deseaba, si sería bueno o malo para su relación con Tom, leyendo y releyendo la lista de misiones, de puestos vacantes o que quedarían libres próximamente, la idea de irse por unos meses fue ganando en atractivo.

Debido al sistema de rotación del PNUD, por el que la asignación de un funcionario a un puesto es de duración limitada, siempre había una gran movilidad y bastantes posibilidades. La duración de cada puesto depende de diferentes criterios, como la dureza de las condiciones del país o la zona de trabajo, la seguridad, etcétera. Pero nunca excede los cuatro años. La tentaron varios, entre ellos uno en Senegal y otro en Indonesia. Y le pareció fascinante e imposible uno en Ulan Bator, capital de Mongolia. Pero no era eso lo que quería. Sino más bien probar unos meses —no muy lejos de Tom—, para poder mantener una relación no tan distante.

La lista de vacantes y los destinos, además de ayudarla a soñar, había hecho que pensara más en su padre. Y en cómo la había ayudado a entrar en las Naciones Unidas unos meses antes de morir de cáncer. El último año que pasaron juntos en Ginebra, mientras hacía su posgrado en el intachable Instituto de Altos Estudios Internacionales, fue especialmente intenso y, a pesar del avanzado estado de la enfermedad, de una ternura total.

Tuvieron mucho tiempo para hablar de Mercè, su madre, de las causas de su separación, del porqué del discutible regreso de su padre a su Suiza natal, pero sobre todo tuvieron tiempo para reencontrarse a sí mismos. Para descubrirse como adultos en aquellas interminables veladas de *raclettes* que nadie como su padre sabía preparar. Y que él apenas probaba.

Muy lejana le parecía a Ariadna, en esos momentos a solas con su padre, su más que confortable vida anterior en Barcelona.

En la década de los setenta, su padre, de origen suizo-alemán y farmacéutico de profesión, fue responsable de la división hospitalaria de Sandoz, multinacional suiza que, por aquellos años, desembarcó en un impresionante edificio de la Gran Vía. Su responsabilidad le ofrecía unos recursos económicos muy notables. Viajes frecuentes a Ginebra y Basilea, Escuela Suiza para la niña y ático soleado en la calle Balmes. Esquí en La Molina en invierno. Apartamento en Cadaqués en verano. Y masía todo el año en Palau-Sator, en el Empordà.

Su vida sincronizada y sin riesgos se repartía escrupulosamente bajo el control elegante, pero asfixiante, de su madre. Quizá fue aquel orden artificial en una sociedad que estaba cambiando a pasos agigantados lo que ahogó la relación de sus padres. Nunca supo exactamente cuál había sido el motivo, si es que lo hubo. O si simplemente el hastío había estropeado irremediablemente una relación que no tuvo más excusas para la continuidad, una vez que ella obtuvo el diploma de madurez e ingresó en ESADE. Sin pretenderlo, su formación y su actitud independiente y vital desencadenaron el final del matrimonio de sus padres. La niña era mayor e hija única. Ya no había motivos para el artificio. Su madre tenía recursos económicos suficientes, y todos eran muy educados.

El acuerdo llegó rápidamente. Joseph dejó la multinacional del fármaco, para entrar en la internacional de la salud. No tuvo demasiados problemas para conseguir la vacante que la Organización Mundial de la Salud hizo pública en la revista *Encontres* del Ministerio de Exteriores de la Confederación Helvética, y que Mercè —que trabajaba en el Consulado Suizo de Barcelona— traía cada mes.

Esta vez, unos años después, la vacante era para Ariadna. Y la iba a aprovechar. Era su primera oportunidad de trabajar en el terreno después de años en la City. Además, contribuiría a mejorar su excelente currículum profesional.

Terminó sus tostadas, apuró su café y entró en el baño; rutina diaria. Y pensó en Tom. Pasarían juntos el fin de semana, como casi siempre, donde sus padres, en Long Island. Pero éste sería especial, era el de la despedida, el último antes de su misión. Y a Ariadna le preocupaba, no le gustaban las despedidas. Ésta no era en absoluto definitiva, pero hacía ya un tiempo que Tom se comportaba cada vez más como ofendido, un tanto chantajista y acaso un poco incrédulo, en particular ante la explicación de Ariadna sobre su traslado, que ella atribuyó a una decisión del PNUD. Su primera mentira. Y no sin importancia. ¿Por qué le había mentido?, se preguntó Ariadna, bajo el agua de la ducha.

En verdad, y con la idea de «quedarse cerca», ella había solicitado tres opciones, por orden de prioridad. Una en México, otra en Costa Rica y la última en Honduras. Sabía desde un principio que el puesto de México era difícil, pues estaba clasificado como P4 y había cola para obtenerlo. Ariadna, aunque esperaba una promoción, era P3 en la clasificación de uno a cinco en que se dividían los grados a nivel profesional. Su nacionalidad española no le iba a ayudar tampoco en la selección que el comité de nombramientos debía realizar, compuesto esencialmente por latinos que tendían a apoyar a sus candidatos latinoamericanos. Y Ariadna no tenía padrinos.

Días antes de conocer el resultado, ya empezó a informarse y a leer sobre Centroamérica y sobre los países escogidos. Tenía la intuición de que le darían Costa Rica, y dio la casualidad de que una secretaria de su departamento era costarricense y comenzó a pasarle algo de literatura, bastante información y mucha pasión sobre las bellezas de su país. Y Ariadna empezó a soñar y a enamorarse de Costa Rica antes de saber la decisión del comité de nombramientos. Tanto que se hubiera llevado un buen disgusto si no la elegían para el puesto. Bombardeaba a Sandra, que así se llamaba la secretaria «tica», es decir, costarricense, con todo tipo de preguntas, y pasaba los días encontrando excusas para acercarse a su escritorio, para invitarla a café y sonsacarle cuanta información pudiera.

Así supo de superficies y de mares, de playas y volcanes, de gobiernos y de leyes, de costumbres y tradiciones, de número de habitantes y principales ciudades, de la educación pública, obligatoria y gratuita, y de la abolición del ejército desde la Revolución del 48. Conoció del «padre de la patria», líder de aquella revolución, Pepe Figueres, catalán como ella, todavía vivo y revoltoso aunque ya no presidente. También intuyó algo más sobre los ticos, cuando supo que la revolución se había cobrado sólo unas docenas de muertos.

Y lo que más le apasionaba era saber, como le contó Sandra una mañana, que «los días claros, salís de San José y ahí nomasito, a media horita de carro, subís hacia la roca negra de Tarbaca, allá por Aserrí y arribita, vos sabés, podés ver de un lado el Atlántico y del otro el Pacífico, y te entra como un escalofrío y te ponés con todos los vellos erizados».

Visto desde Nueva York y teniendo en cuenta las horas de vuelo que la separan de San Francisco, la anticipada imagen de ambos océanos al alcance de la vista le resultaba vertiginosa. Dos océanos, dos orientaciones, a levante y a poniente y, por lo que fue aprendiendo, dos culturas, dos mundos, dos músicas, dos lenguas: criolla, hispana y salsera una, negra, calipso, *reggae*, anglófona, la otra. Pacífico y Atlántico, dos sugerentes inmensidades para una mediterránea como ella, mares que unen, que marcan, mares que separan, que se concretan en costas con sus gentes, sus historias, sus costumbres y sus sueños...

Cuando el viernes anterior por la mañana, al llegar a la oficina, se encontró subiendo en el ascensor con Luis

Enrique, miembro del comité de nombramientos, éste la recibió con una delatora sonrisa que la hizo correr nerviosa por los pasillos hasta su despacho. La esperaba un sobre urgente y confidencial. Y dentro, su nombramiento, por un período inicial de tres meses, prorrogable a dos años, como oficial de proyecto en Costa Rica, con base en San José, aunque con frecuentes desplazamientos a la zona atlántica, región objetivo de su proyecto de «apoyo al desarrollo del sector cooperativo bananero». Algunas recomendaciones e informaciones de interés y las correspondientes instrucciones para arreglar su salida y viaje completaban el memorándum de nombramiento.

Ojeó todo a la carrera buscando el cuándo: «*asap*», decía el memorándum, que en la jerga de Naciones Unidas quiere decir «*as soon as posible*», es decir, lo antes posible. Llamó a Tom, fingió un poquito disimulando su entusiasmo y pensó de nuevo hasta qué punto le resultaba necesario separarse de él por un tiempo. Y un escalofrío de angustia y de tristeza sacudió su cuerpo. Podían ser sólo tres meses... pero también dos años. No pasaba nada, sin embargo... su necesidad de irse podía sobre cualquier otra emoción o bien las que le provocaba Tom habían ido perdiendo intensidad con el tiempo...

Corrió donde Sandra y se precipitó a abrazarla y a agradecerle toda su ayuda y también a asegurarle que le devolvería los libros prestados, excepto *Mamita Yunai*, libro sobre la historia de «la otra» Costa Rica, la del dolor y la explotación, la de la negritud y el látigo, la historia de los trabajadores del banano, que quería leer el fin de semana. Y que tenían que hablar más, que qué ropa debía llevar, si hacía frío, si era época de lluvias, sobre las vacunas, la malaria y las aguas potables, la amebiasis... De pronto se daba cuenta de que no sabía nada de Costa Rica. Qué leer, dónde comprar, qué llevarse...

Sandra logró callarla a carcajadas y se la llevó a rastras a la cafetería, donde consiguió calmarla a base de informaciones, sugerencias, propuestas y esa dulce y suave conversación tan tropical.

A Ariadna, ya vestida, inquieta, le espera un día largo de papeleos, citas, reuniones. Comida con Sandra, para seguir apurando su capacidad de información. Reuniones con algunos colegas del PNUD responsables de las operaciones en Costa Rica y Centroamérica para detalles de su misión, y reuniones con la administración para el tema de pasaporte y visados, seguros y papeleos. Dormiría con Tom y saldrían por la mañana hacia Long Island, lo que empezaba a convertirse en inquietud, pero era inexcusable.

Abrió el balcón y encendió un cigarrillo. Piso dieci-siete. Mira Manhattan. La echará de menos, piensa, pero se siente ya en un imaginado San José.

El sonido del teléfono la devolvió a la realidad. Era Tom. Quedaron a las ocho. Salió de casa.

Era un día de otoño soleado, muy de sábado. Llegaron a Long Island pasadas las once. No fue fácil la noche para Ariadna. Ni para Tom. Demasiados silencios y poco apetito en la cena, algo forzado el sexo y suspiros de variada interpretación en la oscuridad revuelta en sábanas sudadas por la gimnasia erótica, porque sus bellos cuerpos se seguían atrayendo por encima de las neuronas confundidas. Muchas vueltas y vueltas durante la larga noche de pensamientos tan intensos como poco expresados en palabras. Mientras Ariadna se aferraba a que era sólo una prueba de tres meses, que ya verían después, que ella podía elegir volver, que no pasaba nada, Tom intuía que sí podían pasar muchas cosas en ese espacio de tiempo, que también podía decidir quedarse por dos años.

Ella sintió, entre sueños, una respiración de llanto a su lado: silencioso, triste, de soledad anticipada.

Tras un poco creíble animado desayuno, Tom recogió y embaló algunas cosas ante la inminente mudanza de la que él se encargaría el jueves próximo. Habían tomado la decisión de que Ariadna, a su regreso, se iría por fin al apartamento de Tom, lo que habían aplazado hasta entonces. Entretanto, sus cosas quedarían en un guardamuebles.

—Hace un día espléndido, Tom. Dejémoslo todo como está y salgamos. Se hace tarde —dijo oportuna Ariadna, cuando los silencios empezaron a delatar pensamientos demasiado profundos para la ocasión.

«Detesto dramatizar.» Y se hizo un canuto que se fumó sola. Tom no fumaba por las mañanas.

Durante el viaje en coche, Ariadna fue tomando una extraña distancia sobre su entorno, como si fuera la espectadora de un argumento conocido. E iba observando lo que veía, e incluso a sí misma, desde una actitud crítica que la sorprendió. «El canuto me dio analítica.»

La casa de los padres de Tom era como las otras casas de todos los padres de todos los Tomes que constituían el vecindario. Y lo mismo sucedía con el jardín abierto, con la barbacoa imprescindible, con los coches aparcados en las entradas de todas las casas: un sedán, un todoterreno y un utilitario japonés. Todos los elementos de consumo correspondientes al nivel de consumo de los consumidores de un mismo nivel. Como era sábado, se añadían otros vehículos, los de los hijos de los padres, generalmente deportivos descapotados en esa época del año. Y en día soleado.

El mismo olor de las mismas hamburguesas y salchichas, compradas ya preparadas en el mismo supermercado, con alguna variable étnica, aporte cultural de yernos y nueras que, como en el caso de Ariadna, contribuían con su exotismo importado a animar la rutina de sus vidas.

Paella. A veces Melanie, la madre de Tom, compraba una paella preparada «a la valenciana», máxima contribución al deseo de expresar su sincero aprecio por la ya aceptada futura nuera.

A Ariadna no se le había hecho difícil adaptarse a tanta previsibilidad. A pesar de su tendencia inconformista, reconoció por algún tiempo que quizá su propia educación le hacía estimar de alguna manera esa sensación de seguridad y confianza que despertaba aquel entorno. Y que podía fácilmente confundirse con el confort. Pero eso era hacía algún tiempo. Al llegar este sábado que a ratos intuía como el último de una fase de su vida, comprendió en qué medida su decisión de irse tenía que ver con todo aquello, con aquella rutina de seguridad que no era suya. Y no sólo con el trabajo. Sintió que prefería Barcelona y el Empordà, incluso a su madre, que la opción Nueva York, Long Island y futura suegra. No quiso incluir en el análisis el lado gastronómico.

Bajaron del BMW descapotable y les recibió una encantadora Melanie, toda atenciones. Olía ya a salchichas. Patricia, la hermana de Tom, y los niños estaban en el jardín, con el abuelo Brian, que les lanzaba la pelota una y otra vez y hacía bromas. El perro labrador ladraba neurótico, empeñado en que le tiraran el palito constantemente. El cuñado, John, reparaba con gran habilidad la mesa de ping-pong. La otra hermana de Tom, la más pequeña, bastante gorda y permanentemente deprimida por amores imposibles o inexistentes, se mesaba los cabellos mientras leía un libro de poesía romántica inglesa bajo la sombra del único árbol respetable, al fondo del jardín, dispuesta a salir corriendo a su habitación presa del llanto en cualquier momento. Y habría varios.

Tom, quizá alertado por la intensidad de las reflexiones de Ariadna, a la que encontraba particularmente extraña, le susurró al oído un «te entiendo, ya sabes, la familia. Pero tratemos de pasarlo bien». Ariadna lo miró. Y notó que él no se daba cuenta de lo que reflejaba aquel entorno y que, atrapado, no tenía intenciones de buscar escapatoria. Ni hoy, ni nunca. Y eso la inquietó.

Todo transcurriendo como en un guión ya establecido. Brian bebía dry martinis constantemente, explicando las recetas de todas las variedades aceptables, cuestión de matices, entre las de Bogart y Hemingway (Ariadna deseaba siempre contarle la receta de Buñuel, pero se reprimía), haciendo bromas cada vez más tópicas, siempre las mismas, completadas con «emocionantes» aventuras vividas a lo largo de su vida. Melanie reía con aparente sinceridad las gracias de su marido.

John se aplicaba a los bloody maries con entusiasmo no fingido, abandonadas por un rato sus reparaciones domésticas y olvidados los niños, que ya se habían instalado frente al televisor, con sus hamburguesas con ketchup y una ensalada de repollo, preparada en el Deli de la esquina y liberada de su plástico hermético, con ternura, por su madre. La hermana pequeña, encontrada la excusa perfecta en un osado comentario de su padre sobre la inutilidad de la filología inglesa para entender la vida, ya había salido corriendo y llorando desesperada hacia la soledad profunda de su habitación, no sin antes recoger en la cocina y a escondidas —bulímica inconfesa— unas toneladas de chocolatinas.

Tom, consciente del espectáculo que ofrecían sus queridos familiares, que parecían afectados por el virus de la exageración, pues todos se estaban superando a sí mismos ese sábado, miraba nervioso a Ariadna, un poco avergonzado, inquieto por su reacción. Pero se sorprendía al constatar que ésta estaba de magnífico humor, riendo con los chistes malos de papá, sonriendo con ternura a mamá, dando apoyo logístico a los inútiles esfuerzos por calmar la sed de los parientes y aplicándose ella misma, con fervor inusitado, a la ingestión de gin-tonics, lo que no era habitual y menos en familia. Y eso le preocupó más que verla seria, pues daba la impresión de que su creciente buen humor tenía que ver más con su partida que con el sincero aprecio del entrañable fin de semana-despedida en su honor.

Hacía ya rato que Ariadna, que seguía viéndolo todo desde una lucidez inhabitual y distante, había resuelto el dilema entre sufrir o reír, escogiendo claramente la segunda de las opciones. Se fumó otro canuto en el baño, y aunque su mezcla con desacostumbradas dosis de ginebra hizo que la cabeza le diera algunas vueltas, sintió una especie de equilibrio interior y de seguridad, tras varias semanas de confusión y dudas. Estaba encantada de salir por un tiempo de todo aquello y presentía que «todo aquello» podía ir incluyendo más y más a Tom. Necesitaba esos meses de distancia. Porque lo quería.

Lo había conocido en Ginebra, atlético, simpático, guapo, inteligente e ingenioso. Compañero de estudios, era el primero de la clase. Y allí empezó todo. Era una belleza a lo Toni Curtis cuando era muy jovencito y, algunas veces, Ariadna pensó que envejecería mal, como el actor. Sintió un escalofrío al decirse «aunque quizá no lo veré nunca». Se sirvió otro trago. Se había puesto seria. Tom, que no le quitaba ojo, se dio cuenta.

Se cruzaron algunos pensamientos y recuerdos en aquellas miradas que ya, sin saberlo, miraban cosas distintas al mirarse.

Se acercaron.

—Sólo será por un tiempo y nos veremos entretanto —banaliza Ariadna.

—Sé que necesitas un poco de aire fresco, pero me da miedo —acepta Tom.

—Sabes que es por mi trabajo y que yo no lo he elegido —miente Ariadna.

—Sí. Y será bueno para tu carrera —se consuela Tom.

—Te quiero —se repiten ambos.

—No nos pongamos tristes, no pasa nada —sonríe Ariadna.

—¿Te sirvo un trago?

—Mejor nos hacemos un canuto.

Aturdimiento. Sonrisas un poco forzadas, besos rápidos, pequeñas mentiras, consuelos momentáneos, interrupciones patosas pero oportunas; fue transcurriendo el día haciéndose atardecer, profundizando la distancia entre el entorno y una Ariadna que veía todo aquello de una manera nueva y dramática, deseando que acabara pronto, con una sensación de ser ajena que no le gustaba y de la que quería escapar sin conseguirlo.

La vomitera de Ariadna, una vez concluida la sesión familiar de tarde, actuó como excusa para no enfrentarse a la cena y a un sexo que se apuntaba de dudoso resultado aquella noche. Pero cuando, muerta de sed, se despertó de madrugada, confirmó los sollozos de la víspera, apenas audibles, de un insomnio doloroso y de llanto dulce.

«Pobre Tom», pensó. Y al instante se dio cuenta, para olvidarlo después, de lo que significaba para una mujer pensarlo.

La sirena profunda y lejana de un barco le recordó el viaje. Y mientras se dormía, le entraron unas ganas enormes de viajar...

NY, 2 de octubre de 1987

Querida Nuria:

*Te escribo tal como te prometí el otro día por teléfono. Todo
ha ido bastante bien en lo que a preparativos de salida se refiere,
y yo también voy bien de moral y ánimo. Eso sí, un poco cansada
después de tanto trajín y de tanta despedida, en casa de Tom y
en la oficina. Además, claro, de todas esas cosas que sabes que
me gustan tanto, como cerrar contratos, recibir instrucciones,
hacer las maletas, pelearme con el casero, contar a todo el mundo las noticias, recibir recomendaciones absurdas, sentir las envidias y los desprecios... pero al menos está haciendo un otoño
soleado y magnífico. Y eso anima.*

*Lo de Tom, como te dije, es más complicado. Sabes cómo me
gusta. Apareció cuando más lo necesitaba, recuperándome de la
muerte de papá y en Ginebra. Y nos enrollamos muy bien. Era en
otro lugar, y lo que menos nos preocupaba entonces era pensar en
el futuro. Pero son ya tres años de relación y aquí, con Tom en su
ciudad y en su entorno, la cosa ha empezado a cambiar para mí.*

*Comienzo, apenas, a conocerme. Creo que no emprendí la
huida del ambiente de mamá y de Barcelona para encerrarme de*

vuelta en la primera oportunidad que me da la vida. Sólo tengo veintisiete años y muchas ganas de aprender, de vivir, de encontrar. Tan egoísta debe ser aferrarse a lo seguro como seguir buscando. Y no sé, tampoco he planificado perversamente mi distanciamiento temporal de Tom. Simplemente, al menos ahora, me siento ajena y necesito estar lejos.

Quizá porque soy cobarde, porque no lo tengo claro, prefiero dejar que el tiempo y la distancia me ayuden a resolver. Pero me doy cuenta de que voy a poner a prueba algo muy importante. Y ya veré si necesito más tiempo. O tres meses o dos años. Me temo que en la segunda opción, las posibilidades de volver juntos son casi nulas. Voy decidida a vivir y necesitada de libertad y emociones. Y con la ilusión de encontrarlas. Luego, ya veremos. Ahora no puedo decidir.

Cómo cambian las sensaciones con el tiempo. Nunca hubiera creído que hacer el amor con Tom, con el que descubrí de verdad el placer y que me ponía supercaliente con sólo ver su cuerpo desnudo, se convirtiera en otra más de las rutinas, necesarias quizá pero insípidas, con las que llenar los huecos de tu vida. Y yo no lo quiero así. Quizá el no verle por un tiempo me haga recuperar la atracción perdida.

Quiero vivir, Nuria, y no sé si te lo expreso bien. Vivir y sentir todo lo que sé que me he perdido en los lugares conocidos, rodeada de mimos y de confort traicionero, apalancante y sedante para las emociones.

Y también confío en que el trabajo sea mucho más interesante que la mierda que hacía aquí que, con todos mis respetos, se parecía al tuyo, chata. Y yo no me fui de Barcelona para acabar de contable en una oficina con aire acondicionado y muchos ascensores.

Escribe y cuéntame cosas de Barcelona, de Jordi y de sus plantaciones de maría, y de si todavía lo quieres en silencio, cobarde mía, que te quedarás, si te descuidas, para vestir santos.

Te dejo, que me quedan mil cosas por hacer, y aunque empieza a horrorizarme, tengo otra cena de lágrimas y mentirillas con Tom. ¡Qué mal llevan los hombres que tomemos nosotras las decisiones y la iniciativa!

Te quiero. Un besote.

ARIADNA

MISTER MORRIS

Ariadna se despertó sobresaltada por los baches, mientras la azafata comenzaba sus rutinarios mensajes de abrocharse los cinturones, colocar las mesitas y el respaldo de los asientos en posición vertical y no fumar hasta encontrarse en la terminal del aeropuerto. Su sueño le hizo perderse el «señoras y señores pasajeros, en unos minutos estaremos tomando tierra en el aeropuerto Juan Santamaría, que sirve a la ciudad de San José». Y también el resumen meteorológico que, minutos antes, había ofrecido el comandante y que anunciaba lluvias intensas y tormenta eléctrica, con una temperatura de veintidós grados centígrados, resumen seguido de los tradicionales deseos de que hayan tenido un vuelo agradable y la esperanza de volver a tenerlos a bordo de un vuelo de la compañía.

Algo despejada ya, recogió del suelo y leyó con detenimiento el «perfil de Costa Rica», la ficha típica que el PNUD tenía para cada país donde operaba, con los principales indicadores: país pequeño, de 51 100 kilómetros cuadrados y 2,7 millones de habitantes. República presidencialista (presidente: Óscar Arias Sánchez). Capital: San José. Moneda: el colón. Tasa de analfabetismo: el 2,3 %. Renta per cápita: 1 210 dólares.

Ojeó por encima los datos de producción y de consumo, exportaciones e importaciones, y retuvo el de una impresionante superficie protegida (casi el 30 % del país), en forma de reservas y parques nacionales, rebosantes de fauna y flora, riquísimas en variedad. Pero sobre todo, paz y democracia, bastante excepcionales en aquella región y en aquella altura de conflictos en Nicaragua, El Salvador, Guatemala, Panamá. Aunque muchos discutían sobre el verdadero papel de Costa Rica en el conflicto de Nicaragua y sobre el uso del territorio costarricense como santuario de la «contra», el ejército mercenario sostenido y financiado por los Estados Unidos y que operaba principalmente desde Honduras, combatiendo a los sandinistas.

Pensó por un momento lo que le hubiera gustado ir en misión a Nicaragua, vivir de cerca la Revolución Sandinista, sobre la que tenía impresiones confundidas, dominadas por una simpatía no compartida por Tom y sus amigos y familia. Esos días era noticia la investigación abierta en el Congreso sobre un escándalo de Reagan y su administración conocido como el «Irangate».

Se desperezó, un tanto inquieta por los saltos y brincos del avión, que más parecía un potro desbocado, y comenzó la difícil tarea de tratar de calzarse, que tuvo que abandonar ante un bache especialmente profundo que le hizo sentir el estómago en el cerebro y los ojos a varios centímetros de sus órbitas. Medio pasaje gritó al unísono mientras caían al suelo botellas, vasos, bolsos, mantas, libros y revistas, y los niños comenzaban a berrear.

—No se preocupe, señorita —le dijo su vecino de asiento—, esto es frecuente en época de lluvias. Y además es una linda tormenta. Imagino que es su primer viaje. ¿Acierto?

Ariadna, que decidió no tratar siquiera de pronunciar palabra para evitar el riesgo de abrir la boca y que se le saliera el almuerzo, asintió nerviosa, mientras trataba de asimilar lo de «linda» referido a la tormenta salvaje por la que atravesaban.

—Yo soy costarricense y aquí estamos habituados a estas tormentas, a apreciar su belleza y sobre todo a felicitarnos de que no se conviertan en huracanes, sabe, que aquí tenemos costumbre. Verá usted lo verde que es el país. Pues se lo debemos a tanto aquatamal como nos cae, clima tropical, sabe, muchas lluvias. Y está usted llegando en la mera temporada. Y fíjese qué belleza, mire, allí al fondo, por debajo de las nubes, todo el horizonte rojo y violeta sobre el Pacífico.

Ariadna, con una sonrisa un poco boba y mientras continuaba el ejercicio de gestos afirmativos iniciado al responder a la única pregunta de su vecino, hizo un esfuerzo y giró la cabeza para mirar por la ventanilla. Efectivamente, al fondo, debajo de aquellos negros nubarrones cuya dimensión y profundidad la sobrecogieron, se extendía un mar plateado que brillaba con una intensidad admirable bajo todas las posibles tonalidades del fuego.

Se acercaba el atardecer y el sol, grande e intensamente rojo, caía a velocidad notable, como buscando refugio tras el océano. El avión descendía también a velocidad de aterrizaje y, atravesando los negros nubarrones, se iba situando en un mundo por debajo de ellos, iluminado por aquella bola de fuego incandescente que teñía de todos los colores las montañas y los volcanes que ahora Ariadna distinguía, encogida de emoción en su asiento, superados ya los baches, atravesadas las turbulencias y calzados, al fin, sus zapatos.

Pudo ir distinguiendo montañas casi azules, a fuerza de aire puro, los verdes cafetales y los bosques cerrados, los cráteres de los volcanes y los valles profundos, medio a oscuras a esa hora en que ya casi no es de día y al fondo, siempre cambiantes, los colores de aquel su primer atardecer en Costa Rica.

Sintió un escalofrío. Allí se instalaría por un tiempo, y dependería de ella que fuera por dos años. Ése podía ser su país y allí trabajaría. Todo un reto. Se estiró perezosa y excitada a la vez disfrutando intensamente aquel momento mientras la emoción la desbordaba hasta convertirse en un par de lágrimas incontrolables. El avión se acercaba a la pista. Ariadna miraba extasiada, ya casi en la penumbra, las casitas rurales y los campos cultivados en las laderas de las montañas que rodean el Valle Central, donde se encuentra San José.

El valle, extenso, largo y rodeado de montañas y volcanes, con sus laderas llenas de cafetales y de bosques, fue escogido hacía ya unos siglos por los españoles para fundar un pequeño núcleo habitado con el nombre de El Cuartel de la Boca del Monte, que daría con el paso del tiempo en llamarse San José. Y constituye hoy una extensa superficie de ciudades (Alajuela, Heredia, Escazú... y la propia San José) casi unidas entre sí, que van arrebatando espacios a la naturaleza, todavía espectacular, que se resiste a ser empujada a las montañas.

El avión pisó la pista encharcada y las gotas de lluvia cubrieron la ventanilla. Era ya casi de noche. Las seis menos cuarto había dicho la azafata. Tenía que cambiar la hora de su reloj, que marcaba aún la de Nueva York. No sería ése el único cambio que tendría que hacer. Sonrió. Se sentía llena de ganas de vivir. Iba a empezar una nueva etapa de su vida. La presumía intensa. Pero nunca hubiera podido imaginar cuánto lo sería...

Un coche oficial y una bofetada de aire húmedo, que la empapó de sudor en un momento, la esperaban a la salida del aeropuerto. El chófer de la oficina la aguardaba, con un bien visible cartel del PNUD. Maletas, bolsas *duty free* y algún bolso de mano fueron introducidos en el maletero por don Julián, que así se llamaba el conductor. Llovía, ya de noche, y algunos rayos y truenos completaban el desapacible recibimiento climático. Agradeció mojarse con la lluvia para disimular el sudor.

Media hora más tarde, se encontraba rellenando formularios en el hotel, reservado por su futura secretaria. El espacioso lobby estaba lleno de turistas americanos. Subió a su habitación, se dio una ducha y se cambió rápido. Estaba excitada y deseosa de tener algo que hacer, lo que no era el caso. Decidió bajar al bar a tomarse un trago y ver gente. Había quedado con don Julián mañana a las ocho. Y mañana sólo empezaría mañana. Tenía once horas por delante...

En el bar había una cierta animación muy masculina; un Congreso Centroamericano de Cooperación Cafetalera, o algo así, le pareció leer en un panel al entrar al hotel, si bien el macherío estaba salpicado de algunas azafatas que le hicieron recordar inmediatamente a Sandra, todo sonrisas y movimientos coquetos.

Se sentó en un rinconcito y pidió un daiquiri. Miraba alrededor cuando un fornido cafetalero se cruzó frente a ella y atrapó sus ojos. Moreno, de pelo crespo y abundante, alto y un poco barrigón, se deshacía en sonrisas. No solían mirarla así en Nueva York. Apartó la mirada, entre incómoda y feliz, y sintió confirmarse sus impresiones sobre cómo se las gastaban en aquel país. El camarero le trajo otro daiquiri. «De parte de don Carlos.» Agradeció con un gesto de brindis y al minuto, don Carlos estaba a su lado compartiendo el rinconcito.

A pesar de la emoción y el cansancio del viaje, la música que sonaba a todo volumen, la conversación de Carlos, que perdió el don al tercer daiquiri y parecía menos barrigón al cuarto, su conciencia de mañana primer día en la oficina le aconsejó una prudente retirada sin aceptar las insistentes propuestas de Carlos, que se hacían apremiantes, de «un besito, un baile, cualquier cosa», que quedaron en vagas promesas de visitarle en su finca de Alajuela, unos teléfonos intercambiados y el famoso besito, que bastante osado por su parte y directo hasta los fondos, constituyó su despedida.

—Otra vez te metes la lengua en el culo —le dijo una inusual Ariadna mientras emprendía su retirada a los ascensores, un poco vacilante pero digna.

Carlos quedó entre aturdido y triste, pensando en qué andaba aquella atractiva española tan vulgar de lenguaje, tan inesperada en su reacción. Se pidió otro daiquiri y, algo herido en su autoestima, dirigió sus pasos hacia una coqueta señorita entrada en carnes y alcohol que se sentaba en la barra. «Mejor olvidar el incidente.»

«¡Uf!, menos mal, las once y media y a salvo!», se dijo Ariadna mirándose en el espejo del ascensor con ciertas dificultades para enfocarse. Cuarto, cama, apagar luces y ni ella sabe si soñó aquella noche.

Desayunó en la habitación. Hacía un sol radiante y por la ventana divisaba las montañas, imponentes. Un aire fresco y húmedo la envolvió cuando salió a la terraza. Eran las siete y la luz casi cegaba sus ojos. Sonrió y sintió un pequeño escalofrío de placer. Tenía que llamar a Tom... pero lo haría luego. Se vistió y organizó sus papeles para llevar a la oficina. Se había traído algunos libros y allí estaba, encima de todos, *Mamita Yunai*, regalo de Sandra, que apenas había comenzado a leer y que tanto la sedujo. «Para el fin de semana», se dijo. Se miró al espejo y se encontró radiante.

Sus ojos azules brillaban con ese aire que tan bien conocía ella, de cuando estaba al borde de hacer locuras o disfrutaba de haberlas hecho. «Estoy en San José. Hoy empiezo una nueva vida... bueno, un intento.» Se hizo burla en el espejo y se rió. Cogió sus papeles, los metió en su cartera de cuero (regalo de Tom) y bajó a tomar otro café al borde de la piscina. Tenía más de media hora hasta las ocho...

Don Julián la esperaba puntual, mientras pasaba un paño por la carrocería del Toyota Land Cruisser, blanco y con un claro distintivo PNUD en las puertas delanteras. Sonrió al verla y le hizo toda clase de preguntas sobre habitaciones, sueño, comidas, descanso, estado de ánimo y demás. Era realmente simpático y atento. Y conducía con rapidez y eficacia entre una jauría de locos al volante. El hotel estaba al otro lado de la ciudad y tuvieron que atravesarla entera para llegar al barrio Escalante, donde se encontraba la oficina.

San José, como ya le habían explicado, no era una ciudad demasiado interesante arquitectónicamente. Mucho humo de tubos de escape, mucho ruido de cláxones, y mucha y activa gente de a pie. Un centro que se atravesaba sin reconocerlo y pocos edificios destacables.

Don Julián contribuía voluntarioso. «La catedral, el Teatro Nacional, el Museo del Oro, la Asamblea de la República...»

—Ya ve que no es muy lindo, pues. Hay ciudades más bonitas, como Heredia, donde los cafetaleros, Escazú, donde otros ricos, hasta Cartago, que es la antigua capital. Y luego barrios residenciales, muy cuidados y con casas lujosas. Pero el centro, lo que es el centro, pues como que se quedó siempre sin terminar, mal acabadito. Y hay que quererlo para que le guste a uno.

»Y me tenga cuidadito de no pasearse sola a la noche, a pie, que hay mucho bandido. Cada vez más, sabe, por el turismo y la droga. Y si maneja, con las ventanillas cerradas y los seguros puestos, doña, que a veces roban en los semáforos.

»Pero le gustará el país. Buenas playas y los parques, los volcanes, en fin, que ya irá usted disfrutando y conociendo. Buenos hoteles en las playas, restaurantes y todo eso, ya verá. Y sus colegas de la oficina la irán introduciendo. Somos tranquilos los ticos, buena gente, sin complicaciones. Aunque el gobierno, ya verá, es rejodido, si me permite la expresión. Son difíciles para negociar y más ahora, que están calientes con lo de Nicaragua pues, que se nos está viniendo medio país vecino, refugiados los dicen, pero mucho maleante también. Por eso hay más delincuencia y enfermedades. Mala gente, el nica, violento y de no fiar.

Les llevó algo más de media hora llegar a su destino. Pensó en que era poco práctico y anotó mentalmente que debería preguntar en la oficina a los colegas y mudarse a un hotel más cercano. Además ése era bastante caro. «Ya me salió la catalana», pensó y sonrió pensando en Nuria. «Tengo que llamar a Tom.»

El edificio que albergaba la oficina era una casa residencial, grande, blanca y de tres plantas, con un bonito jardín. Varios coches aparcados llenaban garajes y entradas y varios chóferes se aplicaban a la limpieza de cristales y de chapas, como si el prestigio de la ONU se jugara en la pulcritud de sus vehículos. Casi todos eran Toyotas, y casi todos blancos. Uno de ellos llevaba una bandera azul: estaba el jefe.

Entró a un espacioso hall y encontró a la recepcionista. Un «¿doña Aria(d)na?», y a continuación una generosa sonrisa; y siguieron bienvenidas, preguntas sobre viajes, hoteles, descansos, buenos deseos, esperanzas de que lo pasara lindo en el país, disponibilidad para consejos, apoyos, sólo interrumpidos por la llegada de su nueva secretaria, Ana, que dobló sonrisas y presentaciones, preguntas y buenos deseos y se fue llevando a una monosilábica Ariadna escaleras arriba, un poco aturdida ante tanta gentileza, incapaz de responder más allá de síes y noes, de sonrisas y miradas, entregando a Ana la tradicional cajita de bombones que provocó nuevas muestras de entusiasmo, superiores a las recientes, con añadidos de cómo se le ocurre, qué detalle, doña Ariadna, qué amable y así peldaño a peldaño, en una subida interminable de elogios y ternuras.

Fueron a su nuevo despacho, luminoso, amplio, bien amueblado, con baño. Le encantó. Pensó inmediatamente en el de Nueva York, interior, pequeño, triste, compartido y tan urbano. Miró por la ventana: las buganvillas floridas enmarcaban una vista hacia el jardín de los vecinos, de césped y flores de todos los colores. Sonrió de placer anticipado y los nervios iniciales fueron cediendo a una sensación de agradable toma de posesión. Ana le trajo un café y le empezó a explicar quién era quién, organigramas y tareas, horarios y costumbres, mientras esperaban que el representante, el jefe supremo, acabara unas llamadas oficiales al gobierno y a Nueva York.

Fueron entrando colegas varios, y Ariadna pensó que tardaría un año en aprender sus nombres. Se quedó con Jorge, César y Virginia, profesionales como ella y más o menos del mismo nivel. Jorge era argentino, extremadamente atractivo y seductor y le cayó bien a primera vista. Tendría unos treinta y pocos, era alto, moreno y de ojos verdes. Su mirada era entre irónica y viciosa, acompañada por una cuasi permanente sonrisa ladeada, rodeada de unos labios carnosos y eróticos. A Ariadna le pareció súper. No estaba mal como primer conocimiento. Y además colega. Fue recíproco. Charlaban animadamente cuando sonó el teléfono y Ana le anunció: «La espera.»

Bajaron por otra escalera a la planta principal y tras una sala de espera y un despachito donde le sonrió, entre fax, télex y teléfonos, otra secretaria, entró a un impresionante despacho de sillones de cuero, ventanales al jardín y un enorme escritorio de madera negra.

El supremo se puso de pie (mediría casi dos metros), se presentó y le indicó uno de aquellos sofás; era tan profundo y suave que Ariadna se sintió pequeñita ante las dimensiones de todo lo que la rodeaba, incluyendo a mister Morris quien, sonriente pero tratando de impresionarla, iba describiendo a grandes rasgos las actividades de la oficina, los principales proyectos, los problemas del gobierno y sus tareas. Sería asistente en un proyecto de apoyo a cooperativas bananeras en el Atlántico. El jefe del proyecto, sorprendido por una rara enfermedad, llegaría unos quince días después, así que por el momento debía tomarse las cosas con calma, instalarse, disfrutar, conocer el país y, eso sí, pasarse de vez en cuando por la oficina, pues no estaba de vacaciones. Llegado a este punto, le guiñó un ojo en señal de complicidad, mientras torcía la sonrisa a lo Clint Eastwood, pues era un cincuentón atractivo y no renunciaba al coqueteo.

—Éste es un país muy especial, donde parece que no pasa nada... pero pasan muchas cosas —le dijo entre misterioso y prudente mister Morris—. Y hay que saber adaptarse. Y disfrutarlo. Estoy seguro de que sabrás hacerlo. Y también de que decidiremos juntos que te quedas, después de tu período inicial de prueba. No son buenos esos períodos. Te impiden mirar desde el principio las cosas con la perspectiva necesaria. Pero, en fin. En enero decidimos juntos, con la evaluación. Espero que te quedes. Te será interesante y útil.

—Yo también lo espero —dijo Ariadna con una sonrisa.

«Así que estoy casi libre quince días —pensó Ariadna entre frustrada y encantada—. Pues a disfrutar.»

Hizo algunas preguntas, respondió otras cuantas, tomaron otro cafecito y mister Morris le anunció que esa noche daba un cóctel de bienvenida en su honor, a las seis y media en su residencia.

—Vendrán todos los de la oficina y algunas autoridades y amigos. Te recogerá un chófer.

Charló un rato con sus nuevos colegas, visitó la oficina, le presentaron al personal de apoyo que no había conocido todavía, salió al jardín a tomarse otro café (¿cuántos llevaba?) y se le unió Jorge, el argentino.

Se tomaron el café mientras se contaban cosas de sus vidas, sin entrar, obviamente, en grandes profundidades. Llegó Virginia, colombiana, y empezaron a cotillear un poco sobre mister Morris, la oficina, el país y su gobierno, y al rato estaban muertos de risa ante las imitaciones que Jorge hacía del jefe. Virginia tendría unos cuarenta y era también encantadora, aunque más tímida que Jorge.

Como era viernes, los que no estaban de guardia o tenían algún trabajo especial, terminaban a la una, así que Jorge invitó a Ariadna a comer y le sugirió que se sumara a un grupo de «locos divinos» que salían para la playa esa tarde, hasta el domingo.

—Vamos a una de las playas más bonitas del mundo, no te lo podrás creer. Se llama Manuel Antonio y es casi tan linda como las argentinas —bromeó Jorge—. Y llena de gente beautiful y facilona, vos me entendés.

Ariadna aceptó encantada. Iría al hotel.

—Mejor te mudás aquí enfrente, al apartotel, si no pasarás media vida cruzando la ciudad —le dijo Jorge y Virginia asintió—. Y si querés en unos días, te mudás a lo mío, es que ahorita estoy full, con amigos de allá —añadió Jorge señalando al sur.

Quedaron pues a la una. Ariadna se cambiaría de hotel entretanto y se irían a la playa después del cóctel de mister Morris, a eso de las ocho y media.

Cuando tras algunas despedidas y bienvenidas más subía al Toyota con don Julián, Ariadna estaba medio mareada de tantas presentaciones y sonrisas. Pero agradablemente impresionada por el ambiente de la oficina, nada que ver con el de Nueva York de rostros y pasillos grises. En todo caso, también le preocupaba la sensación de que se trabajaba más bien poco, de que todo era fiesta y amabilidades, un poco empalagosas a la larga.

La próxima semana se pondría a trabajar. Tenía que llamar a Tom.

JORGE

El proceso de adaptación de Ariadna no fue difícil, aunque fue viviéndolo con sentimientos encontrados. Todo era bonito, simpático, fácil, demasiado para su gusto. Y tenía remordimientos, como si aquella inserción se hiciera en detrimento de Tom. Jorge la ayudó a conocer gente, la llevó a la playa y la convenció de irse a vivir con él y «un amigo», Robert, que en realidad era su amante. Norteamericano de California, simpático y despreocupado, era el tipo de compañía *light* que sin grandes aportaciones contribuía con su buen humor y su saber estar a la vida social y privada. Era guapo y atlético, rubio de pelo y bronceado de piel, dentadura de dentífrico y, salvadas las diferencias, que eran muchas, le recordaba un poco a Tom en su pulcritud y sentido del humor americano.

Pero tampoco era demasiado fácil para ella adaptarse a una vida despreocupada, pasota, que la atraía y que al mismo tiempo, a ratos, rechazaba. Aunque casi sin darse cuenta, y contagiada por el entorno, iba aceptando alegremente.

Jorge era un peligro público. Hedonista y bello, conquistador profesional, se definía como «un heterosexual en transición inacabada hacia una homosexualidad imperfecta». Y no sólo se quedaba tan ancho, sino que trataba de demostrar a la menor oportunidad el manejo práctico de esa definición, en forma de intentos constantes de aproximación erótica y sexual. A Ariadna le gustaba aquel artista despreocupado y era quizá lo que ella necesitaba para sentirse más liberada de «todo aquello» que había dejado en Nueva York. Y así empezó su aproximación y se fueron, poco a poco, rompiendo las barreras mentales que separan la amistad del sexo.

Fue una tarde en la cabina de la playa: tras unos cuantos canutos y bromas, sus cuerpos calientes de sol e instintos, muy lejos los convencionalismos, entre la selva y el mar. Ariadna sintió cuánto había necesitado volver a vivir el sexo con la emoción de la novedad y la malicia de la transgresión.

Robert era extremadamente liberal y aceptaba la incorporación de Ariadna a la larga lista de devaneos de Jorge. No le quedaba más remedio. Además, según le dijo a Ariadna una tarde, prefería que fuera con ella, porque así se distraía menos en la caza y captura de nuevas presas. Y lo llevaban bien.

Conversar con Jorge solía terminar en carcajadas. Y a él le gustaba introducir a Ariadna en los usos y costumbres locales. Sobre todo en el lenguaje.

—Ensayo general de introducción a la habladera local —anunciaba Jorge teatral—. Lección cuatro. Aportes a la palabra *pene*: banano, biguan, cebolla, clavo, corneta, culebra, chile, verga, gabacho, garrote, guabila, guindajo, iguana, lengua, leño, palo, palomo, papo, pelado, peludo, pejibaye, picha, pinga, rejo, turca, guaba, gusano, polla, pendón, el que cuelga, la durita, sacacorchos, la terrible...

Sofocadas las risas, Jorge continuaba con la lección número cinco.

—Contraparte, lo de ellas: bicho, bisagra, bollo, disco, carioca, carrucha, catalina, ojo de chancho, chingo, chiquito, chito, chucha, el feo, güeco, el hediondo, la iguana, mico, mono, panal, panocho, papaya, papacito, papo, peluda, ozo, raja, chucheca, cuevita, el más profundo, agujerito, el oscuro, la noche...

—Y por último, algunos ejemplos de la preferencia tica para construir sustantivos abstractos con la terminación -era: bailadera, bebedera, comedera, contentera, conversadera, escribidera, jodedera, limpiadera, viajadera, sabrosera, salidera, tembladera, sudadera, tosedera, cambiadera...

Y reían, mientras Robert preparaba daiquiris de plátano y fumaban unos canutos, llamados *puros* en ese país, que a Ariadna le iban gustando más y más.

—Es una pura gozadera —contribuyó Ariadna entre los aplausos entusiastas de Jorge y Robert—. Y nos vamos manejando una contentera de ahí te agarro el guayabo.

—Dejame que te explore la chucheca —reía Jorge, saltando sobre Ariadna—, voy a lanzarme en una comedera de cuevitas.

Robert solía animar la contentera con coca. Y a Ariadna, que apenas la había probado en Barcelona un par de veces y en dosis mínimas, le encantaba el rollo animado, parlanchín y optimista que les daba. Por eso la llamaban *perico* en el país. Y también excitaba sus sentidos y le rompía timideces, lo que hacía el sexo más desinhibido, más salvaje. Y Jorge se ponía a cien con aquel polvo, a la larga traicionero.

—Me la recomienda mi psicoanalista para superar mi crónica timidez —decía Jorge—, es puritita prescripción médica. En el fondo, sabés, mi indefinición sexual es producto de un onanismo infantil desenfrenado, consecuencia, a su vez, de esa timidez enfermiza que siempre me impidió...

—Cállate, farsante —reía Ariadna—. Te salió el argentino...

—Te ruego que no introduzcas variables étnicas en la conversación que delaten tus prejuicios lamentables de burguesita catalana. Que aquí nos pasamos a las madres patrias por los reproductores —gesticulaba obsceno Jorge.

Juegos, bromas, a veces infantiles. Drogas y sexo. Fueron pasando los días, fiesta a fiesta, siempre en fiesta, pues hasta ir a la oficina estando a la espera de trabajo era casi una fiesta. Y los fines de semana a Manuel Antonio, la playa favorita de Jorge, donde tenían tiempo para todo, en los dos días y dos noches de naturaleza y vida.

Ariadna se encontraba feliz y cambiada. Pero al mismo tiempo pasaba fases de cierto miedo, de remordimientos, sensaciones de estar precipitándose inconscientemente por un abismo sin retorno. Y contaba los días que faltaban para su primera evaluación y para la decisión de volver o no a Nueva York. Según los momentos, pensaba en irse, para arrepentirse después y decidir que decidiría llegado el momento. Disipaba las dudas o inquietudes con un trago, un canuto, una raya o los brazos de Jorge. Y seguía la contentera...

San José, 5 de noviembre

Querida Nuria:

No puedes imaginar lo contenta que estoy y lo bien que lo estoy pasando, a pesar de estar recién llegada. O quizá por eso, por recién llegada, pero creo que no. Creo que lo que estoy viviendo es un aperitivo de lo que pueden ser mis dos largos años en este país, si así lo decido. No te voy a aburrir con tonterías, así que paso rápido por oficinas (trabajo poco, de momento) y jefes (el mío no llegó aún y el supremo es medio bobo, pero no es mala persona).

Me he fumado un canuto glorioso, así que no respondo de mi carta.

Estoy viviendo con un colega y su amigo, en un aparta-mento cerca de la ofi y es divino, con una terraza que da a un jardín maravilloso. Bueno, aquí todos los jardines son maravi-llosos, todo el país es un jardín. Costa Rica, Nurita, es fan-tás-tica, sobre todo tica, que es como se llaman los costarricenses, ticos y ticas. Sólo conozco un poco el Valle Central, donde está San José y el camino a las playas del Pacífico, sobre todo a una que es de-men-cial. Se llama Manuel Antonio y he ido dos veces con Jorge y otros amigos.

57

Reconoce que estás muerta de ganas de saber quién es Jorge. Eres capaz de haberte saltado ya varias líneas para saber antes. Te conozco, mosquita muerta, son ya muchos años.

Pues venga. Jorge es el colega con el que vivo. Ya sé que no te basta. Está muy bien, demasiado bien y sí, han pasado cosas de las que quizá debería arrepentirme. Pero sólo lo hago a ratos (aquí los calores, humedades, las playas, el trópico, Nuria, el trópico, te ponen a cien). No es nada serio, no te asustes. Él vive con otro tío, supongo que será calificable como bisexual o gay, pero ¡ay si fuera macho macho! Su novio es un encanto y no le importa nada. Sólo me dijo «porque sos fémina, que si no...» y también le gustaría apuntarse pero no te asustes, de momento no pasó nada a tres bandas. Sólo hemos hecho locuras unas cuantas veces. Las necesarias. Y me encanta lo que siento al hacerlo con él.

Te conozco tan bien que imagino tu cara, con los ojos abiertos como platos tras tus gafitas de ejecutiva modelo. Si te he asustado tantas otras veces, me parece, Nurita, que lo que se viene es de infarto. Y todavía acabo de llegar. Bueno, te cuento de animalitos y de playas, que es más light. Pero no te asustes, de verdad, que estoy encantada y feliz como nunca.

Venga. Pues te cuento que las playas son absolutamente increíbles, unas con gente, es decir con alguna persona cada dos kilómetros, y otras solitarias, es decir con alguna iguana cada seiscientos cocoteros. El mar, ese Pacífico que sólo conocí en California, aquí es cálido y acogedor, con olas limpias y poco traicioneras, así que estoy todo el día haciendo bodysurfing.

Medio país es parque nacional y, como te decía, parece un inmenso jardín, que llega hasta la arena blanca de las playas. Y flores por todas partes, de todos los colores, de todos los tama-

ños, de mil variedades. Costa Rica tiene la mayor variedad de especies de mariposas del mundo, como de ranas, y de alguna otra especie de bichitos de los que no te gustan na-da. Hay monos y perezosos, y ya soy amiga de un mapache, que viene a comer de mi mano por las noches en un restaurante de Manuel Antonio. Le encanta el pan.

Como sé cómo te gusta el tema, te envío un magnífico libro sobre las especies de mariposas de Costa Rica. No sabía que cada mariposa tenía sus plantas particulares hospederas, es decir, donde nacen los gusanos y de cuyas flores se alimentan. Pero para que veas que no todo es sexo y fiesta te impresiono con una lista de las especies y subespecies del género de mariposas Heliconius y, para volverte loca, de las plantas pasiforáceas en las que hacen sus capullos las nuritas mariposas buenas. Pero debes saber que muchas de las especies son bien conocidas, cuando las ves en las floristerías, y producen hermosas flores que se conocen como pasionarias, por lo general bisexuales (sí, Nurita, lo siento, pero las flores también tienen sexo), y casi todas con cinco pétalos y cinco sépalos fusionados. Y sabes, ya he aprendido que las mariposas viven sólo un día, mientras que las flores duran más. Pero son todas tan bonitas...

Y claro, como son tantas, Nurita, necesitan de muchas variedades o especies de pasifloras para hacer sus cositas y poner sus huevitos, para que nazcan los gusanitos, que harán capullitos. O algo así. (Sí. Te lo confieso, me acabo de volver a fumar un canuto a media carta y me ha dado un subidón de lujo.)

Creo que me está quedando una carta larga y un tanto confusa, y como no te quiero asustar más, ni con mis conocimientos botánicos ni los que más me interesan, antropológicos, te diré sólo que la hierba es magnífica, mejor que la que cultivaba o cul-

59

tiva Jordi en el Empordà. Y es barata. Sobre otros polvos blancos y pecados, prefiero ni contarte, mi monjita preferida, aunque ya te he dado una pista.

Me tengo que ir de compras, que me cierran el súper. Son las seis de la tarde y ya es de noche, como todo el año, tan ordenadito, eso sí te gustaría, Nuria, ni cambios de clima, ni cambios de horario, siempre me meto contigo. Después voy a una fiesta con Jorge y otras gentes que ya te iré describiendo. Habrá de todo un poco. Y espero que acabe... ya sabes.

No te oculto que todo esto me da un poco de miedo. Y que sobre todo la parte profesional deja mucho que desear. Me gustaría trabajar más y sentirme más útil. Probablemente en dos meses decida que ya está bien de tanta contentera y haga lo que me temo que debo hacer, que es volver a NY y a Tom. Valores seguros. Pero no lo sé. Estoy más confundida de lo que trato de reflejar. Y algo en todo esto no me acaba de gustar. Será mi educación medio calvinista (por parte de padre). Tiempo al tiempo. Te iré contando.

Un besote tierno y todo mi cariño.

ARIADNA

P.D.: ¡ESCRIBE PRONTO!

BOB

Llegaron a la playa, patinando sobre los lodos de tanta lluvia. Jorge aceleró para pasar la duna que separaba los últimos barros de la arena, blanca y pegajosa, de las de corales. Giró bruscamente el volante y, dando media vuelta, quedaron hundidos y frenados por la arena, mirando el mar y el sol, el mismo sol de todos los atardeceres, rojo, inmenso, rielando el agua de dorados. Salieron del coche y Jorge alcanzó y abrazó a Ariadna y rodando por la arena se besaron.

Corrió Ariadna, desnudándose, hacia el agua, sin apartar los ojos del sol quemante todavía, y cuando ya le cubría las rodillas y su carrera salpicaba por encima de sus hombros, reflejando en mil gotas de oro al rey atardecido, se lanzó de cabeza contra una ola; una ráfaga de placer la recorrió de arriba abajo.

Sol sobre la lluvia recién caída, cambios constantes de región tropical, que modifican emociones como climas. Mar caliente a todas horas, que se llena de fosforescencias por las noches, al moverse tu cuerpo, agitando a especies de luciérnagas marinas, fuegos fatuos, millones de plancton luminosos, mar tranquilo en los amaneceres y atardeceres, y de olas nobles y largas el resto del día y de la noche.

Pacífico, costa descubierta por Ariadna entre fiestas y jajás, entre sexo y coca, con Jorge al lado, en aquella Costa Rica que la arrastra con todos sus encantos, a veces traicioneros, a veces importados, a veces ilegales.

Qué importa, vivir todo ahora, sentir ahora, romper los límites ahora, y mañana... no es el futuro mañana, sino sólo ese domingo concreto de octubre de 1987 que traería de nuevo al sol que se empezaba a hundir por donde siempre, rutina solar que aportaba el único elemento de certeza en aquellos días de incertidumbres buscadas, ansiadas, en aquel juego vital que incorporaba lo imprevisto a las previsiones.

Estuvieron jugando un rato largo, buceando y tomando olas, mientras se hacía de noche a velocidad tropical. Luego, hicieron el amor en el agua, maestro Jorge, Ariadna primeriza, sin prisas, relajados, cogidos por detrás y ambos de cara al mar sólo agitado por la cadencia de su ritmo pausado. Salieron del agua y se vistieron, mojados e incómodos por la pegajosa sal, para ir a recoger a Robert, que llevaba varias horas esperándolos en Velamar. Ya estaría borracho. Se metieron un par de rayas para animarse, pues el día, el sexo y el baño les habían relajado demasiado.

Tuvieron, otra vez, una necesidad inevitable de hacer el amor allí mismo. Y allí mismo lo hicieron, durante una eternidad, mojados, salados y sudados, mezclando salivas y sexos, con sexos y salivas, y todo se juntaba en aquel coche, arenas y semillas, amores y urgencias, orgasmos e inquietudes por el retraso acumulado. Con otra rayita se pusieron en camino, patinando por los mismos lodos, cuesta arriba, ya de noche y sin luces ni señales, por una trocha de selva, implicando en su suerte al Poderoso...

Robert estaba, efectivamente, borracho. Pero como era muy simpático, casi ni se le notaba. Sólo al caminar. Tras un «cabrones me habéis abandonado como a un perro. Llevo hoooraaas esperándoos y me he tenido que tomar un par de daiquiris para no aburrirme. Sois unos cabrones. Os habéis llevado toda la coca y estoy seco. Pásame unas rayas o te asesino a besos», Jorge se fue con él al baño, después de mirar a Ariadna que fingía no estar.

Lograba casi hacerse transparente cuando no quería ver algo, o estar en un sitio. Y se sentía mal con Robert. Jorge era su amante y, aunque lo llevaba bien, le daba un poco de vergüenza haberse estado tirando a Jorge y a su coca, que del pobre Robert era la mercancía. No estaba mal, por cierto. Era absolutamente increíble la cantidad de coca que podían consumir en aquel país, como si el clima acompañara y se sudara la coca como el alcohol. Más coca, más alcohol, si te traba la coca la bajas con alcohol o con un canuto, y cuando te baja, te metes otra raya y sexo en medio, que baja la coca y a empezar. Se acordó de aquella fiesta en Barcelona, cuando la invitaron a un polvillo blanco, en cantidades diminutas, y todos se pusieron cachondones menos ella, que sólo sintió sueño y ganas de un bocata. Hacía ya tantos años y emociones...

Le entraron algo parecido a remordimientos, se quedó pensativa unos instantes. «Joder», pensó. Y se acordó de Tom. Pero borró todo en seguida.

Se pidió un margarita, se fue a duchar con la manguera del jardín y volvió empapada pero dulce, sin el salitre y otras cosas pegajosas entre las piernas.

«Y además —seguía pensando en Barcelona— se arruinan con la maldita mierda que les venden, carísima mierda, para "pijos e irredentos". Aquí se volverían locos... ¿como yo? ¿Se pasará esta fiebre de recién llegada? —sonrió—. Seguro. Pero todavía no, por favor. Como siga pensando memeces me dará un bajón.»

Se hicieron unas rayas más en Velamar antes de decidir qué hacer, como si fuera un problema escoger las opciones. Lo curioso de aquel mundo es que todo era maravillosamente previsible en las secuencias, pero no en los contenidos. Era como un guión abierto, por el que pasas de escenario en escenario, pero puedes hacer en ellos lo que te venga en gana. Irían a las cabinas, se darían otra ducha y saldrían a cenar al Barbarroja. Antes tomarían unos tragos con Justine y después verían qué pasaba, dónde se montaba la fiesta aquella noche, porque todas las noches se montaba una fiesta. Y si estaban cansados, pues comprarían otro gramillo de la buena, no en la calle, sino allí donde la vende el de la DEA, los americanos de la antidroga, que son unos pasados.

—Tú puedes ir, niña, que tienes inmunidad y eres de fuera. Éstos sólo quieren jodernos a los locales —le dijo una tica que acababan de conocer.

En las cabinas, por primera vez, y casi sin querer, se

fueron acercando, se fueron tocando, lamiendo, besando, y cuando se dieron cuenta, estaban haciendo el amor los tres juntos, cambiando de posiciones y sabores, despacito, con ternura y naturalidad, borradas por la coca todas las fronteras. Ariadna se dejaba hacer, excitada y sedienta, con ganas de participar y de sentir algo nuevo, tan diferente de sus experiencias pasadas. Y le gustó, ansiosa como estaba de encontrar lo inesperado, lo necesario para lograr transgredir y transgredirse.

Se fueron a cenar hacia las nueve. Pensar en la habitual hamburguesa les produjo náuseas. Llegaron patinando, como siempre, esta vez sobre el asfalto (Ariadna pensó muy rápido que Jorge debería tener carnet de patinar, en vez de conducir) y tras un frenazo memorable, casi al borde del precipicio de doscientos metros que separa el Barbarroja de las aguas, se bajaron, entre los insultos benignos de algunos paseantes, llenos de alcohol y coca y dispuestos a lo que hiciera falta.

La entrada fue discreta, dado el estado de los demás clientes, y nadie prestó particular atención a los llegados, salvo la mitad del bar, es decir, los conocidos. Tras algunos margaritas y daiquiris, se sentaron a una mesa en la terraza, con el cielo estrellado y los corazones taquicárdicos y agitados. Muchas visitas al baño acompañaron la sincopada cena, cuyas sobras parecían más voluminosas que los platos recibidos, mientras los vasos cambiaban constantemente, dada la limitada superficie de la mesa y la intensidad de aquella inaplacable sed.

Al rato hizo su entrada Bob. Era alto, delgado y de mirada dura desde unos ojos azules penetrantes. Se apoyó en la barra cerca de la entrada y pidió un whisky. Sus cincuenta años de piel morena por el sol, que no de origen, no le habían robado su atractivo. Musculoso y algo tierno, andaba pidiendo cariño, pero con un aire de autoridad: le trataban como a un apestado, a la vez que con respeto. Era difícil ser de la DEA y que no se supiera. Sólo la DEA en Washington parecía ignorar que todo el mundo sabía que Bob era de la DEA. O quizá lo sabían y eso hacía el juego a sus objetivos, siempre extraños, clandestinos, tan secretos que nadie parecía controlar a quién servían.

La Drug Enforcement Agency es una confusa agencia norteamericana encargada de perseguir a los productores y vendedores de drogas a escala internacional, pero con extrañas alianzas y actitudes, en particular en aquella región del mundo y en aquellos años, donde se supeditaban todas las actuaciones al objetivo principal: frenar y revertir la penetración comunista en la Nicaragua sandinista, así como a través de las guerrillas de El Salvador y Guatemala. Noriega era de los suyos. O lo fue mientras les sirvió. Y toda la coca que transitaba por Costa Rica, y la que se quedaba, venía del país vecino. Un escándalo salpicaba a la DEA y al presidente Reagan esos días: el financiamiento de la contrarrevolución nicaragüense con fondos provenientes del tráfico de drogas.

Bob sólo lograba amistades tan efímeras como una madrugada de fiesta, invitando a casa y a coca, escogiendo con quienes compartir las evidentes soledades de aquella maldita profesión suya. Era claro que así conocía a todo el mundo y también que la coca da perica, parlanchina, y desnuda los corazones y las almas. Y que Bob se pasaba la noche preguntando, observando, proponiendo y constatando.

Todos conocían el mecanismo y sabían que si Bob había salido es que habría fiesta en su casa aquella noche. Y sin mostrar interés alguno se iban acercando, saludando, bromeando, tonteando, pegajosos y como distraídos, a la espera de los famosos «tú, tú y tú. También tú. Pasad luego por la casa. Os invito a una fiesta».

Ariadna, quizá la única persona del lugar que por recién llegada estaba en la inopia de aquellos juegos y movimientos de tropas, se acercó a pedir otro margarita y Bob la agarró de un brazo, con dulzura no exenta de una firmeza que la sorprendió.

—¿Eres nueva tú, no? No te había visto nunca. Y jamás te habría olvidado. ¿Eres nueva, no? ¿De dónde eres?

—¿No te parece que preguntas mucho? Y suéltame el brazo o te doy una patada en los cojones —fue la respuesta de Ariadna.

—Me encantas. Poca gente me trata como tú. ¿Cómo te llamas?

—Ariaddddna.

—Me encanta. *It's lovely*. Arianne.

Casi le da de verdad la patada. Pero se conformó con un exagerado corte de mangas y una pedorreta bucal que incluyó algunos pedacitos del intragable filete empanado que, mordisqueado con desgana, la había llevado a la barra en busca del margarita.

El trato enérgico sorprendió a Bob, que así confirmó

que, efectivamente, «Arianne» era nueva por allí. En un lugar como aquél, lleno de jetas y gorrones, la chulería de aquella niña le fascinó. O era poderosa, o inconsciente, o tonta, pero no tenía aspecto de lo tercero. La invitaría, carajo, o no habría fiesta. ¿Con quién cojones estaría la españolita? Hizo un rápido repaso visual de los impresentables habituales y se concentró en la mesa del fondo. ¡Ah! Con la parejita coquera, Jorge y Robert. Las locas divinas. Así que la niña era una nueva funcionaria internacional. Cada día eran más golfos. Pero esto ya no interesaba ni a sus jefes. Bueno. No eran de lo peor entre aquella peste de aspiradores. Y además no eran gorrones ni montaban escándalos, no solían tratar de suicidarse por pendejadas y desamores.

Se tomaría otro whisky y después las decisiones. Le quedaban unos treinta gramos. Sería suficiente si no le robaban los cabrones. Y esta remesa del panameño que iba para Honduras no estaba todavía adulterada. Era para una operación A. Y no estaba mala la hija puta.

Empezó a pasearse entre las mesas, saludando a unos, ignorando a otros. Se sabía poderoso y odiado, y en el fondo le gustaba, aunque hubiera preferido ser únicamente temido, con el poder que da la impunidad y la ciudadanía soñada por tantos: norteamericana. Llegó a la mesa donde estaban Jorge y Robert, mientras Ariadna miraba desde la barra, masticando filete empanado y esperando su margarita. Se detuvo. Saludó a ambos con una espléndida sonrisa.

Intercambiaron unas palabras y unas risas. Se dieron la mano en un OK, y Bob siguió su camino. Mesa a mesa, lentamente, avanzaba un poco teatral, poniendo en vilo a todos los que querían ser invitados y que trataban, malos actores, de hacerse los distraídos. Nerviosos, demasiado solícitos y sonrientes a pesar de los esfuerzos o quizá por ellos, eran abandonados a su suerte, mientras Bob, mister DEA, continuaba su paseo por la terraza sobre el abismo, colgada de las selvas que rodean todo lo que no es mar, desde las arenas de allí abajo hasta esas alturas tan cercanas; imposible descender por aquel risco, maleza tupida y pendiente vertical hasta las olas.

Ariadna supo por Jorge que la noche sería agitada: Bob se encargaría. También le contaron de la DEA. Y no le gustó. Se bebió a sorbos largos el margarita. «Mierda, se beben mucho más rápido de lo que se tarda en prepararlos», y pensando en lo que faltaba hasta la mañana, trató de comerse el filete empanado con ensalada que había pedido hacía horas. Estaba frío y asqueroso, y lo logró a medias, empujando con más margaritas. «Vaya canalla este Bob, y los tiene a todos como abobados, con su chulería. Es insufrible», pensó. Y se olvidó en seguida.

Llegaban amigos y se iban conocidos, unos entraban, otras salían, volvían algunos... seguía con la noche el ajetreo cotidiano. Se quedaron como una eterna hora más. Estaban hasta el culo.

Jorge había quedado con mister DEA hacia las doce, después de pasar un rato por la disco El Arcoiris, allí abajo, en Quepos, el pueblo viejo. Como siempre, Jorge parecía ser el menos borracho de todos. Eran ya un grupo de más o menos diez. Estaban todos bastante difíciles de mover, entre idas al baño, excitaciones, depresiones, conversaciones inacabables y algún llanto de arrepentimiento amoroso. Jorge dio un grito, agarró a Ariadna e hizo un gesto de que le siguieran.

—¡Vamos al Arcoiris!

Y algunos se empezaron a mover. Subieron cinco al todoterreno. Jorge metió la tracción a las cuatro ruedas, pegó tres acelerones y se fueron al cuarto; los daiquiris, margaritas y whiskies a punto de salirse de las bocas y los corazones de los pechos, tal era la velocidad que alcanzaban, cuesta abajo, llena de curvas la carretera que debía conducirles al destino. Aunque era difícil saber cuál sería el destino si Jorge no dejaba de conducir como un demente, tratando de batir todos los récords.

Pero llegaron. Una vez más, llegaron. Ariadna tuvo una breve sensación de alivio y suspiró. Cruzaron desde la arena, atravesaron el camino, y por el puente sobre el estero entraron en la disco. Los cachearon, porque estaban prohibidas armas de fuego y machetes. Techo de cinc, estructura de madera, paredes hasta medio cuerpo, el resto abierto. Con sus dos pistas y muchas mesas, el Arcoiris era una institución. En caso de desesperación, quedaba tirarse al agua sucia del estero. O tirar al vecino, en caso de disputa amorosa o directamente etílica.

«Cómo miran estas gentes —pensó Ariadna—, te queman a cien metros.» Se sentaron y pidieron botellas de ron y cocas, con mucho hielo y limones. Algunos fueron a bailar merengue. Luego vendría el tercio de moderna y luego el de baladas. Después volvería el tercio de salsa y caribeña, para volver a empezar con moderna y baladas y luego... Ariadna sintió que se estaba quedando dormida. Necesitaba una raya. Pero allí no había dónde. Pidió las llaves del coche a Jorge. La acompañó. Se fueron de la puerta unos kilómetros, aparcaron entre palmeras, en el inmenso palmeral de la United Fruit Co., o tristemente célebre Yunai, que durante kilómetros rodea el pueblo. Se hicieron unas rayas y unos arrumacos y volvieron, cansados de sexo como para empezar de nuevo, pero llenos de energía. Despiertos y dispuestos. Sonrientes y excitados.

La pista los acogió con Juan Luis Guerra, haciendo burbujas de amor la noche entera y juntando sus sudores en todas las peceras...

Al rato, mister DEA, que estaba en un rincón de la barra con otros americanos bastante sospechosos, salió de la disco. Fue la señal de alerta para dos docenas de personas, que se pusieron en marcha hacia su casa, a pocos kilómetros pero en la selva, lejos del mar, en una zona aislada y protegida por una jauría de perros que sólo ataba cuando hacía fiestas. Ilusionados y ansiosos, viciosos y llenos de todo lo posible, se disponían a gozar de una interminable fiesta, a base del inagotable perico.

Envueltos en los sonidos de la noche, ruidosos y apresurados, fueron llegando las gentes y se fueron sirviendo los vasos. En una baranda, abierta hacia la selva y el camino, protegida por un dudoso mosquitero, empezó la fiesta. Música desordenada, desde Mammas & Papas, pasando por Creedence Clearwater Revival, pero sobre todo mucho Beach Boys para los surfistas, hasta Rubén Blades, con boleros de Toña la Negra y salsa cubana intercalados, un poco reflejo de las capas generacionales

71

y culturales que se mezclaban en aquel caserón destartalado.

—Estoy trabbbaddo —decía Robert, con las mandíbulas apretadas y una rigidez como post mórtem, los ojos redondos como platos, las pupilas dilatadas como un gato en la oscuridad, sudorosas las manos y la frente—. Me he pasado un poco —se acertaba a entender de los sonidos que expulsaba entre dientes y en un temblar sincopado.

—Lo que pasa es que este gringo se maneja una contentera de ahí te quedás —contribuyó un jovencito al que inmediatamente Jorge trató de seducir.

Conversaciones intensas y desnudez de confidencias, gramo a gramo, beso a beso, trago a trago, trabazón a trabazón, algunas hipocondrías propias de los excesos, pero sin víctimas, avanzaba la fiesta y se consumían litros y gramos.

Bob, que había estado muy ocupado sirviendo, preguntando, memorizando y sonriendo, se acercó a Ariadna con un punto de insolencia, tratando de ser duro y atractivo.

—Así que eres brava, baby, te gusta marcar espacios.

—Lo que de verdad me gusta es que me dejen en paz —contestó ella, en un tono bastante impertinente.

—Nadie te obligó a venir, sabes, bonita.

—Ni baby, ni bonita —Ariadna sube el tono—. Además vine porque venían mis amigos. No por ti, pesado.

—No sé muy bien si eres tonta o maleducada —se impacienta Bob—, pero te daría dos azotes para que aprendieras modales, sobre todo respeto por el dueño de la casa donde estás.

—Te puedes meter tu coca, tu casa y tu educación por el culo. Eres un imbécil. Y lo de los azotes ya te dije, te doy un par de patadas en tus sucios cojones —gritó Ariadna dándose la vuelta.

Bob, que no solía perder los nervios, la agarró del hombro y la obligó a volverse.

—¡Pero qué te has creído! —dijo éste justo antes de recibir una sonora bofetada propinada por una Ariadna desconocida, fuera de sí.

Bob devolvió la bofetada justo antes de que Jorge saltara disparado y sujetase a Bob el brazo con el que se disponía a repetir el golpe.

—Te estás quietecito, hijo puta, o la liamos. Gringo de mierda —Jorge apretaba los dientes, lo miraba furioso, sujetándolo con fuerza.

Bob, a punto de romperle la cara, lo pensó dos veces.

—Largo de mi casa, maricón de mierda. Tú y tus amigos. ¡Fuera todos! ¡Se acabó la fiesta! ¡Mierda, fuera todos de mi casa, banda de hijoputas! —Y empezó a empujar y a levantar a unos y a otras, dando la espalda a Jorge.

La noche se acabó de pronto y amaneció un sol brillante y traicionero.

Sin entender muy bien qué pasaba, como vampiros en busca de la oscuridad, se fueron despidiendo y agrupando por deseos, diluyéndose como grupo irrepetible, pues Bob nunca repetía, y menos aquel grupo. Ariadna, Jorge, Robert y el pachuco, que en el lenguaje gay, según le aclaró Jorge, significa joven que te pone a cien y que está dispuesto a todo, se fueron juntos, alterados, ner-

73

viosos, enfadados. Robert dormitaba, tras unos valiums que le metió Jorge, no sin esfuerzo, por su boca de bulldog cabreado.

Se despidieron de Bob con un cruce de miradas que hubieran podido anunciar los minutos previos a un tiroteo.

Y sudaron por todos los poros, hasta el mediodía... El sol llamándolos hacia las aguas tibias de aquel mar bañado por sus rayos.

Una vez despiertos la tarde del domingo y despedido el pachuco con cariño («se había portado regio», insistía Jorge), prepararon el equipaje y lo metieron en el coche, un poco doloridos por todos los excesos, pero contentos. Se fueron a bañar a la playa, se ducharon donde Mario, se tomaron una ensalada y unas birras en Florita y emprendieron el regreso a la rutina. Ariadna no podía creer que todo aquello era la rutina. Hasta los lunes eran divertidos, cuando te invitaban a «pasar la goma» (la resaca) en cualquier casa. Si no le picara bastante la nariz, todo sería perfecto. Sólo durante un momento, breve y rechazado, sintió un remordimiento, una sensación de inquietud. «Bob es peligroso», pensó.

Como una lucidez de la que quería escapar, que le hacía sentir que aquello tenía que terminar, aquella locura, apetitosa como todas las locuras, pero no prolongable, borró las reflexiones de su mente y dio un beso a Jorge. Sonaba Andreas Wollenwider, *White Winds*, en el estéreo.

Duro, mirando a la carretera, sonrisa Bogart, Jorge los llevaba de regreso. Quemado por el sol, salado en los rincones, adelantaba baños y espumas, buena música y un trago en copa de cristal: su apartamento. Y se iba haciendo la tarde, entre la selva y las montañas que atravesaban, cambiando todos los colores y todos los matices, en aquella ruta de tres horas que les llevaría de vuelta a casa... «a casa, a casa...», pensó Ariadna y se durmió cuando la niebla se iba haciendo densa y en las cumbres se apagaron todas las visiones.

Barcelona, 7 de noviembre de 1987

Querida loca mía:

¡Perdóname!

He tardado una eternidad en contestarte. Lo siento.

La verdad es que en el curro están todos muy nerviosos después de lo del lunes negro. ¿Te has enterado, verdad?

El 19 creía que el mundo se acababa.

No había visto nada igual en toda mi vida. ¡El índice Dow Jones cayó más de quinientos puntos en una sola jornada!

Y cuando Wall Street estornuda, las demás bolsas se acatarran, dicen...

Pero lo del otro día no fue una tosecita... ¡No!

¡Fue un pedo total!

Todavía no me he recuperado del susto y de la paliza de los clientes que, espantados, han querido mover todos sus depósitos en operaciones más seguras —como si fuera posible estar seguro en este mundo financiero global—, y provocaron así más desestabilidad en el sistema. Ya ves, al final los clientes son los culpables de todo...

Como no me has llamado, he hecho lo que he podido.

Tu fondo en divisas está jodido. Y el de deuda se resintió. Pero moví algunos depósitos y creo que resistiremos. Creo que tu padre se sentiría contento de cómo nos hemos defendido. Con el dinero que te dejó estamos estirando bien el chicle... ¿No crees?

El dinero no duerme aunque tú sí.

No sé si te importan estas cosas. Mientras tengas dinero fresco creo que pasas de todo. Como cobras en dólares te parece que estás siempre mejor que nadie...

¡Pero no siempre es así, querida!

Te acompaño los últimos extractos y movimientos de las cuentas para que veas cómo estás. No te asustes con los nuevos formularios. Es que hemos cambiado de logo y esas cosas.

Espero unas felicitaciones formales. Acepto regalos.

Más.

No sé si te tengo envidia o sencillamente estoy asustada de lo que me cuentas...

Parece que te va de cine y que vives una auténtica película en la que tú eres la protagonista principal. Comprendo los escenarios y me hago una idea de los actores... pero no entiendo el guión. ¿De qué vas? ¿Qué ha pasado con Tom? Parecía que te iba bien... Además nunca me imaginé que ir a trabajar a Costa Rica con el PNUD pudiera permitirte tanta risa y fiesta. De todas maneras parece que estás bien y que te lo pasas mejor. Bueno.

Eso es importante. El otro día por teléfono te noté happy total.

Me parece que estás viviendo mucho en poco tiempo.

Aquí todo es previsible dentro de la agitación controlada de cada día. Pero hay novedades...

¿Te acuerdas de la Pírez y de Hans? Han contactado con

Marta y con todas. *Se está preparando una cena de los ex de la Escuela Suiza. Seguramente será antes de Navidad, y tú serás nuestra atracción más internacional y más sexy. Me muero de ganas de ver a la gorda Pírez y sus amigas. Será un encuentro sangriento. Hay mucha gente con los cuchillos afilados dispuesta a cortar algunos cuellos con sutiles o descarados comentarios. Si es que no pasan a la acción.*

Te necesito. Ya sabes que sin ti me comen. Ya te llamaré cuando sepa algo más concreto.

Final.

Te envío unas fotos.

Te explico.

Las de NY han salido bastante bien. Tom y tú estáis estupendos.

Y yo no me quejo.

La mía en el campo me la hizo Jordi el último fin de semana. ¡No está mal! ¿Verdad?

Cuando me veo así, me animo. Aunque no me lo creo.

Es la falta de confianza en mí misma, la que siempre me ha faltado... Pero en las fotos, todavía...

Y tu madre me ha dado las otras. Son del verano en Cadaqués.

Tiene un tipo estupendo. Me da mucha envidia.

Bueno, locatis. Acabo.

Nos vemos en Navidades. Hasta entonces cuídate mucho.

Te quiere, tu amiga del alma que sin ti no puede vivir y que te añora y que piensa en ti y que... bla, bla bla.

Ciao,

NURIA

VIRGINIA

—

¿De dónde venían y adónde iban esas gentes, arrastrando a través de los siglos el pesado fardo de su piel quemada? ¿Adónde encontrarían su tierra de promisión?

Huyeron en la jungla africana de los cazadores de esclavos; tiñeron con sangre las argollas en las profundas bodegas de los barcos negreros; gimieron y se internaron en la manigua tropical como alzados, perseguidos por los perros del patrón. Pareciera que para los negros se ha detenido la rueda de la Historia: para ellos no floreció la Revolución francesa, ni existió Lincoln, ni combatió Bolívar, ni se cubrió de gloria el negro Maceo. Y ahora, los pobres negros costarricenses, después de haber enriquecido con su sangre a los potentados del banano, tenían que huir de noche a través de las montañas, arrastrando su prole y los bártulos. No los perseguía el perro del negrero: los perseguía el fantasma de la miseria. ¿Qué les esperaría al otro lado de la frontera? ¿Adónde irían a dejar sus huesos?

Mamita Yunai,
CARLOS LUIS FALLAS

79

Y los días iban pasando de rutina en rutina, o sea de fiesta en fiesta, si bien Ariadna se calmó un poquito pasadas las primeras emociones. Trabajo: poco y tenía que inventárselo, tanto que empezó a ayudar a revisar las cuentas de la oficina. Esta tarea voluntaria la fue acercando más y más a Virginia, que era la oficial de Finanzas de la delegación.

Su jefe, afectado por alguna enfermedad indetectable por la ciencia, posponía su llegada desde Londres. Y el proyecto no empezaba. Así que, además de ayudar a Virginia, fue haciendo pequeños trabajillos aquí y allá, ayudando a sus otros colegas, ante la total indiferencia del supremo, más preocupado por sus partidos de golf que por el desarrollo del país.

El apartamento de Jorge era muy bonito. Contaba con dos cuartos y un amplio living, cocina equipada y un baño enorme; disponía además de una generosa terraza que daba a los cafetales. Allí pasaba la vida Ariadna cuando estaba en casa y, como era cubierta, podía disfrutar de las tormentas sin mojarse. El desayuno en aquella terraza le parecía uno de los lujos más exóticos que le había deparado la vida. Todavía acostumbrada a los calculados espacios de una de las ciudades más caras por metro cuadrado del mundo, la amplitud de dimensiones de este apartamento le parecía un lujo impagable.

Por primera vez en mes y medio, aquel fin de semana no irían a la playa. Jorge estaba de misión en Nicaragua y Robert de vacaciones en San José de California, de donde era originario. Ariadna podía haber ido a la playa con cualquier otro amigo, pero decidió descansar de verdad y quedarse en casa. Quería leer y escribir a Nuria y tenía que volver a llamar a Tom. Hacía casi diez días que no lo hacía y cada vez el «tengo que llamar a Tom» se convertía en un esfuerzo más difícil e incómodo. Le resultaba imposible transmitirle sus emociones, sus vivencias, sus amoríos y todo lo que la rodeaba, más allá de neutrales y admiradas descripciones paisajísticas y pequeñas historietas de oficina. Sentía que el abismo que se abría entre ellos era profundo y cada vez más sin retorno. Pero se resistía a tirar la toalla de una relación que significó tanto para ella. Y empezaba a estar cansada de tanta fiesta y de tanta contentera. No estaba mal, como un escape, como una experiencia, pero no era ésa una forma de vida que pudiera o quisiera adoptar. Y a veces, como ahora, pensaba que no era ella la que controlaba su vida, sino su vida a ella. Y se alegraba de tener motivos suficientes para justificar su regreso a Nueva York el mes de enero. Seguía sin saber qué decidir y según el día y el momento pensaba cosas contradictorias. Demasiado alcohol y demasiada coca.

Algo había que reconocer en Tom, y era que su prudencia y respeto le habían desaconsejado anunciar una visita a San José, que hubiera resultado un desastre de proporciones imprevisibles. Tenía que llamarle.

Empezó la mañana con un desayuno copioso, de frutas, zumos y café con tostadas. Y se estiró en la mecedora de la terraza, cogió el libro *Mamita Yunai* aplazado tantas veces, dispuesta a no abandonarlo esta vez.

—¿Sabés a cuántos barcos redujo la Yunai su movimiento por mes? Pues, a dos. Yo conozco muchas familias de negritos, en Limón, que están viviendo a punta de cangrejos y de bananos. Se abandonan las fincas y no hay trabajo por ninguna parte, ¿qué vamos a hacer? Los blancos tienen el chance del Pacífico, ¿pero nosotros? ¡No ves que hasta pa legalizar nuestra ciudadanía nos ponen dificultades! No hay trabajo ni podemos cultivar la tierra, ni nos dejan ganarnos la vida en el Pacífico... ¿nos tenemos que morir de hambre, entonces? No somos cuatro, somos miles de negros costarricenses que tampoco podemos convertirnos en salteadores. Por eso tenemos que irnos pa Panamá.

Ariadna pensó en los miles de negros que dejaron Costa Rica cuando se retiró la Yunai, yéndose a probar fortuna a Panamá, a la construcción del canal. Muchos no volvieron. Siguió adelante. Subrayó algunas partes.

Cayó la noche con toda su negrura y un coro de mil ruidos misteriosos comenzó a vibrar entre las sombras... Ya podría dormir, eternamente, tranquilo, sin quien le gritara a las tres y media de la madrugada. Y hasta tendría las mujeres hermosas que tanto deseó. Su carne deshecha, convertida en pulpa de banano, sería acariciada por los ojos azules y por los labios pintados de las rubias mujeres del norte...

*«Conozco un mar horrible y tenebroso
donde los barcos del placer no llegan...»*

Fue pasando el día y la lectura, que saboreaba a cada frase, y que le hacía conocer la otra cara del país dorado, la absorbía sin dejarle pensar en otra cosa. Le entraron unas ganas enormes de conocer el Atlántico, la costa caribe de Costa Rica. Llevaba dos meses en el país y nunca había ido hacia aquel lado. Sólo Pacífico, otra orilla mirando hacia otro sitio. Quería ver amaneceres en el mar, no sólo atardeceres. Quería ver las bananeras y los negros, sentir otras emociones que las del Pacífico, turístico y civilizado, en comparación con la otra costa. Estaba deseando que llegara su jefe, que empezara el proyecto, tener algo que hacer que a la vez le ayudara un poco a equilibrar tanta «contentera» con algo que justificara su generoso salario. No era su carácter el «valeverguismo», expresión que acababa de aprender y que traducía por «meimportaunbledismo», en vano intento de atrapar en castellano la riqueza expresiva del país y la región. Jamás lo entendería Nuria. Si se animaba, le haría un diccionario de modos y usos locales, traducidos al ampurdanés.

Pensó otra vez en llamar a Tom, pero estaría en Long Island y le horrorizaba pensar en quién respondería al teléfono y qué tipo de forzada conversación le esperaría.

Prefirió no hacerlo. Lo haría mañana. Se arregló y salió hacia casa de Virginia, con la que había quedado para cenar. «Conozco un mar horrible y tenebroso donde los barcos del placer no llegan...», se le había quedado incrustado en el cerebro.

Mientras se dirigía a casa de Virginia, se sintió más calmada y con ganas de poner un freno a la locura de las últimas semanas. Menos fiesta, más lectura, más estudio, más trabajo (a ver si era verdad que su jefe llegaba el martes), fueron algunas de las promesas que se hizo al volante de su Suzuki. Y visitar el Atlántico, los parques nacionales, hacer más ejercicio que coger olas (tenía que olvidar el uso hispano de «coger», que aquí se refería exactamente a «aquello». «Me cogió un ola», había dicho un día ante la carcajada general).

Faltaba poco ya para las Navidades y tenía también que pensar qué hacer en esas fechas. Claro que si decidía no prolongar la misión y regresar en enero, no valía la pena irse. Mejor quedarse en Costa Rica, para conocerla un poco más. Lo decidiría los próximos días, para desmontar obligaciones según fuera la opción. Quizá debería alejarse un poco de toda aquella locura en la que se había dejado deslizar y ver a Tom. Ver qué pasaba con Tom. Sí. Iría a Nueva York. Pero no el inevitablemente familiar día de Navidad, que le producía espanto desde niña, y más aún si se trataba de pasarlo con la familia de Tom.

Aunque también le apetecía Barcelona, más por ver a los amigos que a su madre, que desde que se quedó viuda se había hecho todavía más insoportable. Pero en Navidades... mejor lo dejaba para otra ocasión. Eso sí, si decidía quedarse por dos años, tenía que invitar a Nuria a Costa Rica, ahora que estaba más calmada. Seguro que le encantaría. Echaba siempre de menos a Nuria, después de tantos años y secretos compartidos. Sobre todo secretos suyos, pues Nuria no parecía tener demasiados. Tendría que pensar un poco más lo que iba a hacer. Pero intuía que todas las decisiones se concretaban en una, inevitable, inamovible en sus fechas, decisiva en sus consecuencias. Y evitaba tomarla, esperando al último momento.

Virginia la esperaba a la entrada del jardín, con una espléndida sonrisa. Era guapa, en su estilo, alta, rubia, un poco descuidada quizá. Estaba unida sentimentalmente con un alemán mayor que ella, que trabajaba en export-import con Alemania y se veían poco. Cuando venía a Costa Rica, Virginia desaparecía del circuito y sólo se les veía juntos y solos. Y no parecía ir mal la cosa. Pero luego, cuando el alemán se iba, Virginia se quedaba llorando varias semanas. Y eso pasaba, al parecer, demasiadas veces. Nadie se atrevía a meterse en esa historia, y quizá hacían bien, pues hay historias que no son para meterse, «excepto para cagarla», pensaba Ariadna.

Bajó del coche y se besaron, entraron en la casa, que olía a un guiso delicioso y cerraron la puerta. Un calor de intimidad olvidada, acompañado por Mozart, envolvió a Ariadna. El confort tranquilo de aquel espacio la arrastró por el camino de la nostalgia y se acordó de su padre y de Ginebra. Qué perfecta continuación de aquel domingo, de serenidad y recuperación de los espacios perdidos a golpe de locuras. Virginia le sirvió un vaso de vino y, tras algunos pasos exploratorios y admirativos de cuadros y decoraciones, se sentaron. Ariadna también pensó en Tom, y en la ternura tranquila. Y sintió añoranza.

Virginia sonreía levemente al brindar por ellas. Y Ariadna comprendió, encantada, casi necesitada, que aquella noche empezaba una amistad de confidencias.

El jefe de su proyecto de apoyo a las cooperativas bananeras, Robert Wright, llegó finalmente el martes. Estaba realmente pálido y delgado y Ariadna sintió lástima por todas las bromas que habían hecho sobre su supuesta enfermedad. Su secretaria, Ana, con la que se llevaba estupendamente, lo describió como «un espagueti aguadito, de esos que quitás del fregadero para que no se cuele después de lavar los trastes. Que Dios me perdone, amorcito, pero no corremos peligro de enamorarnos».

Finalmente, le habían descubierto y tratado un extraño virus que había atrapado en África, en su anterior misión. Ya estaba de alta, pero sufría las secuelas, lo que le llevaba a trabajar a medio ritmo. No era mal tipo y tenía ganas de trabajar, aunque le fallaran las energías y le atraparan, de improviso, algunas indisposiciones.

En cualquier caso, pronto empezaron los contactos, reuniones, visitas, llamadas, papeles, documentos y estudios, y Ariadna recuperó un cierto entusiasmo por el trabajo y se alejó bastante de la banda enfiestada en permanencia. Jorge regresó de misión y Robert de vacaciones, y ellos también se calmaron un poco. Se enfiestaban de vez en cuando, pero sin los excesos de semanas anteriores. Todos estaban un poco asustados y habían hecho propósito de enmienda. «Nos empujamos mutuamente», fue la conclusión provisional sobre tantas contenteras sin límite.

Eso no le impedía seguir haciendo el amor con Jorge y salir algunos fines de semana a la playa, pero redujeron sus visitas a Manuel Antonio y se dedicaron más a hacer turismo, conociendo nuevos lugares como las playas del Coco, Jacó, Ocotal, y algunos parques nacionales que pillaban de camino. Algo de coca siempre había y les parecía casi imposible una fiesta o hacer el amor sin excitarse con el maldito, accesible y barato polvo blanco. Pero lo atenuaban con más marihuana, lo que contribuía a calmar sus ansiedades y les ayudaba a disfrutar de los paisajes. Vivían un poco más a la luz del sol.

Ariadna conoció esas semanas antes de Navidad a bastantes ticos que la invitaban a fiestas, y así fue confirmando los aciertos y errores en las informaciones que le había transmitido, hacía una eternidad en Nueva York, su amiga Sandra.

Pudo también, en esas semanas de diciembre, iniciar visitas de terreno a las cooperativas objeto del proyecto. Así conoció el Caribe, aunque sólo las zonas bananeras al norte de Puerto Limón. Un calor sofocante y húmedo, muchos mosquitos, lluvia permanente que se alternaba con soles abrasadores, y aquellas plantaciones inmensas, donde parecía que el tiempo se había detenido para siempre, fueron sus primeras impresiones. Y los poblados, construidos por la Yunai alrededor de la vía del tren, tal y como los describía Fallas, aunque algo mejorados, era verdad. Pero impresionada, se le hizo presente aquella terrible descripción de *Mamita Yunai*:

Todo en el miserable caserío era monótono y desagradable. Las dos filas de campamentos, una frente a la otra a ambos lados de la línea (del ferrocarril, nota del autor), exactamente iguales todos: montados sobre basas altas; techados con zinc que chirriaba con el sol y sudaba gotillas heladas en la madrugada; construidos con maderas creosotadas que martirizaban el olfato con su olorcillo repugnante y pintadas de amarillo desteñido. Al frente, los sucios corredorcillos, en los que colgaban las hamacas de gangoche, sucias y deshilachadas por el uso constante. Arriba, colgando de los largos bejucos, tendidos de punta a punta en los corredores, chuicas sucios y sudados, casi deshaciéndose. Abajo, infectándolo todo, el swampo verdoso. Un poco más lejos, sobre la línea, y como huyendo de la suciedad de los campamentos, los carros encedezados, limpios y confortables en que vivía el ingeniero Bertolazzi. Y como fondo sombrío, ahogando la miseria del pueblucho con sus miasmas palúdicas, la extensión inmensa y pantanosa ensombrecida por árboles gigantescos. Y roncar de congos. Y croar de ranas. Y zumbido de zancudos.

Ariadna no conoció en esas sus primeras visitas al Atlántico más que el lado más sombrío de una zona abandonada desde siempre, sólo descubierta para el negocio bananero por concesionarios extranjeros que la habían explotado y dejado hundirse varias veces. Articu-

88

lada en torno al ferrocarril, toda la economía de la región dependió de esa vía de comunicación que pretendía acabar con el aislamiento costeño e integrarlo al país, o sea al Valle Central. Y si bien algunas cosas habían cambiado afortunadamente en las últimas décadas, el atraso de esa zona atlántica en comparación con el Valle y el Pacífico era evidente y profundo.

La United Fruit Company, de tan merecida mala fama por buena parte de la América Latina, la había abandonado definitivamente hacía años, trasladándose al Pacífico y provocando miserias sin límite. Ahora, una flamante Dole, propiedad de un conocido congresista americano, reemplazaba, con técnicas modernas, a la tristemente célebre Yunai. Y las cooperativas, que vendían sus bananos a la Dole, estaban atrapadas en sus garras de comercialización. Sobre ellas se centraría su proyecto, que basado en formación y en créditos para aumentar la productividad pretendía sacar de la miseria a sus socios, desprotegidos ante la fuerza del gigante.

Ariadna sentía deseos de conocer más aquella Costa, su historia y sus desgracias repetidas, el origen de la presencia de tanto negro mayoritariamente jamaiquino, cuándo llegaron, por qué se quedaron, sus tradiciones y sus miedos, impresionada como estaba por su belleza y por su marginación en aquel país latino. Se propuso leer sobre la Costa y visitarla con más tiempo que en sus rápidas misiones de trabajo, bastante instructivas, por lo demás. Puesto que estaba pensando en que quizá no prolongaría su misión, tendría poco tiempo para conocer más ese territorio fascinante.

«Me vengo las Navidades —decidió nada más iniciar el regreso a San José en uno de sus viajes—. Convenceré a Virginia o a Jorge o a todos y nos venimos una semana al sur de Limón. Quizá como despedida.»

—¿Cómo se llama ese pueblecito del que me han hablado tanto?

—Puerto Viejo —le respondió don Julián.

«Navidades en Puerto Viejo. Sin electricidad, sin lujos, sin carretera, sin velitas ni niños Jesuses. —Sonrió y dijo en voz alta—: Puerto Viejo —como si reafirmara así su decisión.»

El viaje a San José se le hizo cortísimo, preguntando a don Julián sobre el lugar, los accesos, su gente y sus playas. Poco sabía don Julián de todo aquello, pero desarrolló su imaginación dando todo tipo de descripciones fabulosas, que incluían algunas de las precauciones que debían adoptar las turistas, tal era la bravura de sus varones negros y sus artes de seducción o cosas peores. Lluvioso, incómodo, caliente y pequeño, a Ariadna le parecía cada vez más la decisión más brillante de los últimos meses. Porque lo que sí sabía, por haberlo leído y escuchado, es que tenía docenas de kilómetros de playas blancas, selva virgen y mar turquesa, y que el clima no era tan lluvioso como anunciaban sus detractores. El sol se alternaba con las lluvias torrenciales, dándose tiempo el uno a las otras, en aquellos interminables días de calma y vida. Y pensó que sería un lugar ideal para tomar decisiones. Y tenía que tomarlas.

Llamaría a Tom... para desquedar en Navidades. No tenía sentido ir por unos días si se volvía a finales de enero. Y no le apetecía hacerlo, en ningún caso, antes de decidir su futuro. «¡Qué pereza!», pensó, y se quedó dormida mientras subían a las alturas del Valle, atravesando el impresionante parque Braulio Carrillo, todo brumas y neblinas en aquellas horas del atardecer.

Barcelona, 20 de diciembre de 1987

Querida Ariadna:

Acaba de llamarme tu madre. Le ha sentado fatal que no vengas por Navidades. Creo que no entiende nada. Ni por qué estás en Costa Rica, ni lo que haces. Tampoco comprende cómo, por primera vez, no iremos al «tradicional Concert de Sant Esteve, en el Palau de la Música». Me parece que ya habíamos fallado aquel año que estuvimos en Londres, pero para ella es «la primera vez». Ya había comprado las entradas, como siempre con dos meses de antelación. Le encanta Haydn, y este año el programa era perfecto. Está disgustadísima. Aunque, en el fondo, lo que creo de verdad es que nunca comprendió por qué te fuiste de Barcelona y por qué entraste en las Naciones Unidas. Olvídalo, nunca sabrá pronunciar PNUD, y es incapaz de recordar lo que significan las siglas.

La verdad es que yo también me he sorprendido, aunque de ti puedo esperar cualquier cosa. Hubiéramos podido hablar como hace tiempo que no hacemos. Ir al cine, salir, ir de compras...

No sé, estar juntas por unos días y que me contaras —¡de verdad!— lo que estás haciendo en esa misión en la que te has liado. A saber.

No nos vemos desde NY en julio, y ahora que estás en Costa Rica tengo la impresión de que estás aún más lejos, y no me parece una cuestión geográfica. No sé si son manías mías. Ya sabes que a veces me pongo pesadita, pero la verdad es que te echo mucho de menos y hay un montón de cosas que quiero comentarte y enseñarte.

Entre otros temas, hay que hablar de tus dineritos, señora mía.

No sé en qué te los gastas, pero... después del palo del crac del octubre pasado, te has quedado justita... y además no paras de pedirme transferencias antes de los vencimientos de los intereses. Te lo he dicho mil veces, cada vez que me pides un reintegro antes de tiempo te penalizan el fondo de inversiones. ¿Qué pasa? ¿Es que no te pagan suficiente, chata?

Bueno, voy a dejar este tema, que me pongo carca.

En fin, que ha sido una putada tu noticia. De verdad.

He bajado a comprar La Vanguardia. *Y me voy esta tarde al cine a ver* El último emperador, *que la estrenan hoy. Creo que ésa es la única manera que tengo de viajar realmente. Soy una* voyeur *aburguesada. Han remodelado el Urgel y la sala está estupenda. Vamos Jordi, Marta y yo. Cuando les diga que no vienes les cogerá un cabreo. Especialmente a Jordi. No te preocupes, te haré quedar bien, como siempre. Le diré que nuestra Ariadna no puede venir a casa porque la revolución no se lo permite. Así tragará. Desde que estás en Centroamérica está interesadísimo por todo lo que pasa en Nicaragua, Honduras, El Salvador... Creo que tampoco se ha enterado de que estás en Costa Rica. Piensa en ti como en una guerrillera sandinista. Me parece que así proyecta su frustración revolucionaria, ahora que trabaja en el bufete Cuatrecases. Está hecho un plasta, pero sigue siendo tan educado que una se siente como una reina a su lado. Además siempre paga.*

De Marta no te cuento. Simplemente te mataría cuando Jordi se encanta hablando de ti y de tus gestas. Siempre fue así, desde el cole.

Bueno, corazón, te dejo. Que me has partido el mío.

Te envío un christmas *de la Unicef, como muestra de buena voluntad y para que veas que no te guardo rencor. Sólo te odio.*

Felices Navidades y Feliz Año Nuevo.

Adiós, locatis. Sé buena.

Te quiere,

NURIA

P.D.: Te recorto del diario un reportaje sobre Margarita Yourcenar. Murió el viernes. Te gustaba más que a mí. Lo siento.

«Cada uno de nosotros —decía— posee mayor poder sobre el mundo de lo que se imagina.»

¿Te acuerdas cuando leíamos Les yeux ouverts*?*

Besos.

JONÁS
—

Cómo podría describir el viaje y sus emociones, en un día que empezó de lluvia, para cambiar a un sol total y poderoso que ocupaba casi todos los espacios que alcanzaban las miradas, menos las recatadas sombras, producidas por las impresionantes montañas y por la densa vegetación tropical. Fueron descendiendo hacia Limón por el parque Braulio Carrillo, del que se distinguían todos sus contornos y su infinita vegetación, con la piel sensible a sus humedades. Y bajaban, por una ruta repleta de camiones, a las profundidades de aquella costa olvidada y todavía hoy marginada de los planes de desarrollo nacional.

Reflexiones acompañadas por música clásica, adorada por Virginia, pero sin pasar del confortante barroco. Algunos pensamientos de Ariadna sobre Nuria, su madre, Barcelona y la convicción de haber tomado la buena decisión al no ir. Otros sobre su última conversación con Tom, su disgusto, su mal contenida tristeza, su «ya sé que te estás alejando, pero hablemos», su «te manda saludos mi familia», «Nueva York está magnífica, como siempre», «ayer comí en Rik's, en nuestra mesa de siempre y tu ausencia me hizo dejar hasta el dry martini».

Del martini al daiquiri, de Nueva York a Puerto Viejo, tuvo que decirle que no cuando, hecho una ruina, le propuso coger un vuelo y plantarse en San José. «Necesito meditar y estar sola. Por eso no voy tampoco a Barcelona», mintió.

«Menudo viaje en tres meses —pensaba—. Pero creo que ya basta. El país es una trampa, fácil, tentador. La vida puede convertirse en una sucesión de emociones excesivas, todo es excesivo, al menos lo ha sido. Y no puedo tirar por la borda todo lo que tengo, ni a Tom. Soy una egoísta imposible. Qué fácil jugar a deshojar la margarita, sin tener el coraje de tomar decisiones, estirando todos los chicles, manteniendo el dolor y la angustia ajenas. Y el trabajo... qué trabajo, no estoy aprendiendo nada más que a convertirme en otra vaga más financiada en sus vicios por el sistema ONU. Me iré. Creo que debo decidir volver y dejarme de aventuras. Vale con tres meses. Sí. Creo que me iré...»

Miró a su lado y la visión sosegada pero alegre de Virginia le dio una sensación de seguridad y compañía y no pudo reprimir coger su mano y besarla.

—Esto va a ser divino, tesoro, y como dicen en España, vamos a quemar la Costa.

Últimas experiencias, quemar la Costa. Vivir el tiempo que le quedaba, volver después a la seguridad y a la coherencia. Pensó en su padre. Sí. Volver.

Llegaron a las llanuras costeñas. Atravesaron kilómetros de bosques, a los que poco a poco iban reemplazando zonas deforestadas, producto de la emigración ganadera que iba destruyendo miles de hectáreas por año. Cada vaca una hectárea, cada año más vacas, y cada pocos años, nuevas tierras, erosionadas las anteriores por la deforestación y por los pastos, que al poco pierden fertilidad los suelos pobres, donde sólo la selva se multiplica. Empezaron los paisajes de bananeras, pasaron cerca del proyecto de Ariadna, continuaron por la carretera en una recta interminable, cerca del mar pero sin verlo, de norte a sur, bananos, vacas, pueblitos con nombres curiosos para el novato, resumen de migraciones y de la historia de la colonización de la Costa. El ferrocarril dejó sus campamentos, la Yunai sus poblados, el progreso sus madereras y todos, los núcleos urbanos de servicios.

Entraron en Puerto Limón. Casas destartaladas de madera, puestos en la calle, esa especie de buitres urbanizados que aquí llaman zopilotes y en Colombia gallinazos, según le explicó Virginia, posados y revoloteando en bandadas por encima de las basuras. Zopilotes en vez de palomas en una ciudad que había conocido mejores tiempos, alguna vez, hacía años, altibajos en la historia de la Costa. Muchos negros por las calles, ajetreo, bicicletas, calor sofocante.

Salieron de allí sin parar, después de atravesar Cieneguita, barrio popular y duro, violento y pobre, lleno de negros caribeños y de emigrantes latinos, vestidas ellas de colores, rulos en las cabezas, niños por todas partes. Pobreza urbana y delincuencia.

—Cuidado si se me detiene en Cieneguita, doña Ariadna, ni aunque la pare la policía. Mala gente, señorita, mala gente —le había insistido don Julián, entre un paquete de recomendaciones tan sensatas como impracticables—. Y me tenga cuidadito con la droga, que se la echan en los traguitos para adormecerla y luego se la precipitan a todas sus orgías. Yo no soy racista, usted lo sabe, que lo he jurado para entrar de chófer en la ONU, en ese papel que hay que suscribir, pero que el negro de aquí, no sé yo en otras partes, pero que el de aquí es violador, ladrón y pendenciero, lo sabe hasta su Creador, que dicen que es el mismo que el nuestro, pero en días distintos.

Siguieron por la carretera que pronto se hizo camino, con el mar a la izquierda y una inacabable playa de cocoteros y gotas saladas que provocaban las olas. Pasaron por los parques nacionales de Cahuita y Puerto Barrios, sin parar tampoco, ansiosas de llegar a su destino. Bebieron alguna cerveza en el camino, la música fuerte y salsera de Radio Limón atrapando, con la playa y el entorno, los sentidos.

Y llegaron a un control policial, corrientes en esa zona fronteriza con Panamá, donde abundan los clásicos contrabandistas y su versión moderna, los narcotraficantes. Las pararon, les pidieron los papeles y las dejaron seguir con un «diviértanse» y algunos comentarios y risitas.

Salieron de la ruta principal por un desvío y en seguida, tras una curva, apareció ante ellas toda la belleza. Habían llegado a Puerto Viejo. Un escalofrío recorrió la espalda de Ariadna. ¡Por fin!

Puerto Viejo la esperaba con su playa de arena negra, metálica, con brillos de cobre, en pelea de olas con el mar azul, en cuyo movimiento se daban todos los posibles tonos que se multiplicaban en encajes bordados y cambiantes de espuma blanca. Playa negra única, pues toda la costa es blanca y coralina. Playa amenaza, inexplicable, como para alejar a los tímidos y a los buscadores insensatos de rutinas. Se sintieron de pronto en su destino. Un camino de arena, a la derecha, que formaba parte de la playa misma, un par de puentes de madera, una barcaza de hierro medio sumergida, oxidada y llena de plantas donde crecía un almendro tropical de considerables proporciones constituían la antesala de una aldea de techos de cinc herrumbrosos, de casas de madera desteñidas, llenas de baches sus calles de arena compactada, entre árboles y vegetación exuberantes.

Colgado de una península que separa dos bahías, Puerto Viejo se colaba en las arenas y corales, más viejos que él, dando abrigo y existencia a algunos centenares de personas.

Viejas gordas con vestidos floreados, algunas con sombreros de ir a los oficios, jóvenes rastas de andar rítmico, perros nacidos de todas las hipótesis posibles, con un linaje dominante de pelo corto rojizo y orejas largas, siempre intentando una verticalidad tan imposible como orgullosa. Niñas y niños de uniforme azul; enseñanza obligatoria y gratuita. Música de enormes transistores en todas las tabernas, en todas partes.

Pararon, para respirar y orientarse, en el caserón más grande. Dos pisos y amplias barandas de madera sin pintura reconocible en sus colores, una magnífica mesa dando al mar, protegida de las olas por una cierta altura resuelta en escaleras, y bancos de listones de madera desgastada. Era la pulpería, el comisariato antiguo, era El Chino, emblema de la aldea, historia de Puerto Viejo impensable sin aquel chino resolvedor de necesidades diversas, pues de todo se encuentra en su almacén.

Se aplicaron a la obtención de dos cervezas bien frías. Y se las bebieron en la veranda, mirando al mar y a una interminable colección de personajes que por allí pasaban. Indios en familia e indios borrachos; rastas cansinos y jóvenes activos, gordas divinas y flacos pesados, italianos turistas y turistas americanos, surfistas y fumotas, pescadores y campesinos, blancos, negros y mulatos; todos entraban y se llevaban algo de El Chino.

Algunos sólo llamaban por teléfono, pues ése era el único del pueblo. Tenían a ese efecto una especie de cabina, construida en madera y pegada a la pared de la que colgaba el aparato. La puerta no cerraba, por los calores y la humedad, y la confidencialidad buscada con el armatoste se quebraba por culpa de la calidad de las líneas, que obligaba a dar berridos al cliente. También el chino era el cambista del pueblo, pues sólo había banco en Puerto Limón, a dos horas de viaje.

Preguntaron al chino por su hotel y éste les indicó el camino. Estaba a unos tres kilómetros al sur, en playa Chiquita. Hacia allí se dirigieron, pasando por el cuartelillo de la Guardia Rural, bordeando la pequeña bahía por la orilla y pasando por Stanford, la discoteca del pueblo, pues tenía generador y era el centro de reunión social por excelencia, en las deliciosamente monótonas noches tropicales, cuando la falta de electricidad y sus consecuencias reducen la actividad a la repetición de conversaciones con pocas novedades. O al siempre apremiante sexo.

Pasaron por enfrente del Bambú, el bar de doña Zoila, y continuaron el camino por la costa y entre selvas tupidas, salpicadas de casas y cabinas del lado del mar, y abundantes flores por todos lados. Y al poco llegaron a su hotel. Estaba en la playa, era sencillo y dominaba en él el buen gusto americano, nacionalidad de sus dueños, una pareja madura, todo sonrisas ecológicas.

Una estructura central y tres cabinas de madera multicolor, cada una con dos cuartos, cocina equipada y terraza con hamacas, componían el conjunto. Librerías con títulos desconocidos y algún bestseller estaban a disposición de los clientes (y de bastantes animalillos) en cada cabina y en una especie de librería central que había junto a la recepción.

Bajaron las cosas del coche y se instalaron en una de las tres cabinas que habían alquilado, pues Jorge y Robert vendrían en breve. Salvo echar de la cama a una iguana y asustar a algunas arañas imponentes, no hubo mayores dificultades a la hora de instalarse. Se pusieron el bikini a la carrera y corriendo, por la arena, se lanzaron a un mar calmo y transparente, de esos de foto.

Desde el agua sólo se veía el mar, el cielo y la verde y tupida selva, que lo cubría todo, hasta su cercano hotel. El agua cálida pero refrescante de sudores y cansancios, el sol a media altura ya, camino de su reposo y que, para sorpresa de Ariadna, se hundía también en este mar y no en la selva que había supuesto al oeste. La orientación de

Costa Rica y la de la bahía en la que estaban la habían confundido. Tendría que mirar un mapa. Eran las cuatro y media. Y tenía diez días por delante.

Durante un largo rato saltaron y nadaron sobre las olas, bucearon y se lanzaron agua, entre risas, hasta que Ariadna decidió tumbarse en la arena y, quitándose el sujetador del bikini, comenzó a observar su cuerpo, pies, muslos, cintura y pechos, dándose un aprobado y sabiéndose atractiva. Mejoraría, pensó, con algo más de sol y de ejercicio. Miró también el cuerpo de Virginia, sus movimientos en el agua, su cara risueña. «No está mal. Es alta y tiene una buena línea. Un poco fondona, quizá, pero a ver cómo estoy yo a su edad.»

«A ver cómo estoy yo a su edad... y con quién.» Volvió a pensar en la decisión inevitable. Cuestión de días ya, decidir si se iba o se quedaba. Y cada momento que pasaba sentía que la fuerza de aquel país la atraía, como una influencia mágica que resistía a todos sus intentos de una sensatez cada vez más difícil, más alejada de lo que le pedían sus instintos.

Al poco y a lo lejos vio que, por la playa, del sur hacia Puerto Viejo, venía caminando alguien. Cargaba una plancha de surf y parecía joven. Según se acercaba, lentamente, a Ariadna se le quedaban pegados los ojos a su forma, cada vez más nítida, cada vez más bella. Y su figura atraía, ocupaba los espacios, parecía surgir de la naturaleza. Algo mágico, especial, hacía que cambiaran los sonidos del mar, que se callaran los pájaros, que se silenciara la selva. Tendría veintipocos años, era mulato y una cabellera rasta le caía rozándole los hombros. El pelo rubio y el cuerpo fuerte, musculoso y ágil tenía un atractivo irresistible.

Venía mirándolas y, cuando llegó a su altura, se paró en la orilla. La corta distancia permitía distinguir su carnosa boca y sus ojos verdes, grandes, expresivos y, como todos sus gestos, libres. Ariadna, intimidada, subía y bajaba la mirada sin saber dónde detenerse, pues cualquier lugar le hacía sentirse descubierta.

El joven saludó con un hey y preguntó:

—¿Pura vida?

Sin esperar demasiado una respuesta, en vista del visible aturdimiento de las dos amigas, dijo:

—Nos veremos luego en el pueblo, ¿ok? Y bien venidas. —Se despidió con la mano y con otro, esta vez afirmativo *pure life! See you later.*

Ariadna se quedó callada, la boca entreabierta, mirando descarada el caminar rítmico que alejaba a aquella aparición de carne y hueso. Y parecía que el paisaje se abría para dejarle paso, que todo a su alrededor se movía en función de su ritmo, y atraía. Las pocas palabras habían dejado su voz, de tonos graves y dulzura tranquila, pegada en los rincones de los oídos de Ariadna. Y ya lejos su cuerpo, perduraban su sonrisa y su mirada en las retinas de Ariadna.

También Virginia se había quedado en silencio, mirando al horizonte, hipnotizada.

—¿Lo has visto bien? —acertó a preguntar Ariadna al rato, incrédula—. ¿Estoy loca o era el hombre más guapo que has visto en tu vida?

Virginia empezó a reír asintiendo, mientras Ariadna se tiraba al agua y empezaba a mojarse la cara, como para despertar de un sueño, y a pellizcarse las mejillas con gestos de sorpresa.

Ariadna se quedó en silencio por un rato. Su cabeza daba vueltas y su corazón latía. La belleza de aquella aparición trascendía la de sus formas perfectas. Había ocupado todos los espacios y dejado como una estela duradera en un aire que sentía su ausencia.

«Es el erotismo vivo, es la atracción pura, es perfecto y poderoso, es la encarnación de esta costa con todo su misterio. Mierda, a lo mejor no lo volvemos a ver», pensaba una Ariadna confundida, excitada y ansiosa.

—¿Qué te ha parecido el monstruo? —logró preguntar Ariadna tras un largo meditar solitario—. ¿Crees que lo encontraremos otra vez?

—Que sí, tonta —le decía Virginia entre carcajadas—. Lo verás cada día en Stanford y en el pueblo.

—¡Vamos al pueblo ya! ¡Se me ha desatado un hambre incontenible! —bromeaba Ariadna.

Y de pronto, mientras caminaban de vuelta al hotel, los pies sobre la arena caliente y blanca, el sol enorme y cayendo, tuvo la certeza de que no se iría de aquel país, de que no quería volver a sus rutinas, de que no quería más seguridades que la de volver a ver esa aparición decisiva, sensual y mágica. Porque acababa de decidir que se quedaría. Que apostaba por la vida y por sus riesgos, por no dar nunca marcha atrás, por seguir preparada y disponible para lo que quisiera un destino cargado de emociones.

Y sintió un escalofrío. Y una sensación de libertad, porque allí, en aquel momento, se acabaron sus dudas. Iba a sentir la pura vida. Y a jugársela por ella.

SEGUNDA PARTE

PUERTO VIEJO

Volvieron a su cabina y se ducharon. Las cinco y media. Llegarían a ver el atardecer en el que les habían recomendado como el mejor sitio: la terraza de El Chino.

Cuando aparcaron en la arena, el sol estaba a punto de iniciar su despedida. Varias personas lo miraban con nostalgia, pero con la certeza de que volverán a saludarlo por la mañana. Todos los colores del rojo se reflejaban en las nubes y en el mar, mezclados con los platas, los turquesas y los verdes de las aguas calmas del atardecer. El espectáculo excitó a Ariadna, que se había fumado un canuto, *puro* en aquellas latitudes.

«Esto no es Long Island, desde luego. De aquí no me arrastran ni con Caterpillar. —Tembló en un breve escalofrío, que le provocó una risita tímida y maliciosa—. No quiero ni imaginar lo que me espera...»

Fueron a la terraza a sentarse a la gran mesa de madera con bancos pegados a la pared, que permitía una de las más bellas vistas del Puerto. Pidieron unas cervezas heladas Imperial y encendieron sendos cigarrillos. Si aquello no era el paraíso terrenal, era difícil imaginar dónde estaría. En todo caso no valía la pena buscarlo. Dejaron pasar en silencio la encantadora rutina del anochecer observando a las personas que entraban y salían de El Chino, unas a por velas, otras a por comida, aspirinas o alka seltzer, a por repelente para insectos y ungüentos para aliviar los fallos producidos por el repelente. Las más de las veces venían a por bebida o cigarrillos. La diversidad era la característica dominante de la clientela.

Eran de todas las edades, color o condición; unos venían andando, otros en bici y algunos en todoterrenos de alquiler; surfistas locales y americanos, italianos y canadienses componían, junto al mestizaje local, el grueso de la clientela. Todos parecían conocerse y se saludaban en inglés; algunos apuraban sus cervezas en la terraza o esperaban a sus amigos que hacían cola para llamar por teléfono.

Al poco, un zumbido creciente empezó a dominar el silencio sólo roto por las voces. Y lentamente se hizo la luz. Era el generador de El Chino, uno de los dos generadores del pueblo. En seguida llegaron los mosquitos y Ariadna se dio algunos manotazos antes de entrar a comprar una sustancia pegajosa y maloliente que cumplía, en parte, con su objetivo: ahuyentaba a los zancudos menos insistentes.

Y en ésas estaba cuando, plancha a la espalda, sudoroso, sonriente y acompañado por dos gringos, hizo su aparición el chico de la playa. Dejó la plancha apoyada en la baranda y, sabiéndose animal perfecto, subió por la escalera junto a Ariadna y Virginia, que se quedaron boquiabiertas. Entró a la pulpería.

La cabeza de Ariadna no paraba: «Es bestial. Qué monstruo. Es todavía más guapo e impresionante de lo que me pareció en la playa. Encarna la belleza de la Costa, de la negritud, huele a limpio, a selva y a mar. Nunca he sentido tanto deseo de estar con alguien como con él. Es la belleza en estado puro, es... pura vida.» Ariadna se rió de su último hallazgo y lo repitió en voz alta:

—Pura vida.

También reía Virginia, que pareció captar sus pensamientos.

—Si hay más como éste, lo cual dudo, uno para ti, por lo menos. Aquí nos quedamos para siempre.

Se calló de pronto, incapaz de dejar que la risa se le escapara del cuerpo, nerviosa, al ver salir al monstruo con una cerveza entre las manos. Las miró de reojo y, habituado como estaba a provocarlas, en seguida captó sus emociones. Se sentó en la baranda de banco corrido, justo enfrente de ellas, apoyándose en una de las vigas de madera que sujetaban el voladizo de cinc.

Parecía que la viga estuviera allí para que él se apoyara; parecía que la ubicación de la bombilla estuviera estudiada para resaltar sus ángulos; parecía que todo lo que le rodeaba fuese un escenario diseñado en exclusiva para enaltecer a aquel ser magnífico.

En ese momento empezó a sonar, desde los profundos rincones de la pulpería, Bob Marley.

El joven empezó a tararear la música *(Buffalo Soldier)* y a mover levemente su cuerpo relajado y húmedo. Ariadna, nerviosa, trataba de mirar hacia otro lado. Llegaba más gente, algunos guapos, otros interesantes, pero nada veían sus ojos, mirara donde mirara.

El monstruo se levantó y volvió con tres Imperiales entre sus manos, de dedos fuertes y largos, que Ariadna pudo apreciar muy de cerca.

—*What about a beer?* —dijo con voz amable entre dos filas de dientes perfectos—. ¿Qué tal una cerveza? —repitió en castellano—. ¿Pura vida?

Y esta vez, al unísono, como autómatas, respondieron: «¡Pura vida!», como si de una lección aprendida se tratara, como las buenas alumnas que responden a coro.

Se ruborizaron levemente y se sintieron de pronto integradas, como de golpe, en aquel entorno mágico, cargado de erotismo y decorado con todas las bellezas. Habían bastado aquellas palabras para ayudar a romper la sensación de aislamiento que tenían las recién llegadas. Habían franqueado la primera barrera de la incomunicación. ¡Pura vida! y como en casa.

El monstruo se sentó con ellas. Brindaron con las botellas y Ariadna se relajó un poquito. Ahora, al conversar, tendría que mirarlo por fuerza. Sus ojos eran de un verde tan claro que cambiaba de color con los reflejos. Sí. Tendría veintipocos años.

—Me llamo Jonás Wilson, para lo que haga falta. ¿Han llegado hoy? ¿Es la primera vez que vienen? ¿De dónde son? ¿Dónde viven? ¿Cuánto se quedan?

Estas y otras preguntas las convirtieron en maquinitas nerviosas de responder. En media hora, Jonás tenía ya una perfecta radiografía de ambas.

Ariadna no sabía muy bien por dónde empezar su

turno, y se exprimía las neuronas para evitar hacer una pregunta estúpida. La hizo.

—¿Y tú, eres de aquí? —atinó a decir antes de insultarse a sí misma por idiota, mientras intentaba una inocente sonrisa de naturalidad—. ¿Jonás dijiste que te llamabas?

Jonás asintió varias veces y miró hacia donde lo llamaban sus amigos.

—Ahora me tengo que ir. Pero nos veremos por la noche en Stanford, ¿no?

Sin saber por qué y maldiciéndose al instante, Ariadna se apresuró a negar con la cabeza.

—Creo que esta noche no. Estamos cansadas, acabamos de llegar. ¿Estarás allí mañana?

Jonás se la quedó mirando unos instantes, como sorprendido y hasta contrariado. Hizo un ruido gutural, como un leve gruñido.

—Pues claro, niña, ¿dónde quieres que vaya mañana? Y además mañana es la fiesta. Irá todo el pueblo. Será *too much*. Bueno, pues, si no nos vemos antes, será mañana. ¿Ok?

—Ok —dijo Ariadna, con una sonrisa—. Hasta mañana. ¡Pura vida!

Jonás se levantó, les hizo un guiño y recogió su tabla.

Mientras caminaba y reía con sus amigos gringos, se dio la vuelta un par de veces y les sonrió y saludó con la mano.

Aquella aparición se fue perdiendo entre las sombras, aunque su imagen tardó un rato en disiparse de las retinas de Ariadna y, un poco menos, de la más sensata Virginia.

STANFORD

—

—¿Por qué le has dicho que hoy no, si estás deseando verlo? —preguntó Virginia.

—La verdad es que detesto las obviedades. Y me parecía obvio que deseaba verlo, obvio que él pensaba que nos veríamos, obvio que podía pasar lo obvio... no sé. Era demasiado obvio. Y tendremos tiempo... espero, y si no, pues pasarán otras cosas. Nos quedan muchos días, acabamos de llegar y hay otras muchas emociones que sentir.

Pero Ariadna estaba contrariada, molesta consigo misma, con ganas de darse de bofetadas por tonta, sin saber cómo podía pasar de tomar decisiones geniales a estropearlo todo después. Quería ver a Jonás, estar con él, sentir su mirada, su olor, la magia que lo rodeaba. Quería ver su sonrisa y su nariz perfecta, aquellos rizos dorados que caían por sus hombros fuertes, quería...

Dejaron pasar el rato observando de nuevo a los personajes de aquel entorno.

A Ariadna le interesó sobremanera un hombre negro mayor, gastado, gordo y con una gorra en la cabeza, como de marinero, que con los ojos saltones y sentado en su mismo banco, saludaba, sonreía y comentaba, sin importarle demasiado la reacción de los destinatarios de sus palabras. Bebía, a sorbos pequeños, el guaro de un botellín que guardaba en el interior de una bolsa de mecate.

—Ha cambiado este pueblo, *oh yeah*, muchos cambios —dijo dirigiéndose a Ariadna—. Usted no puede imaginar. Éramos pocos por aquí. *Oh yeah*, éramos pocos. Pero unidos. Mucha pesca en los corales, cuando estaban vivos, antes de que los mataran los pesticidas. Langostas, con arpón, como se debe hacer. Sólo las grandes y con arpón. Ahora... mucho extranjero y poca langosta. Y estos jóvenes vagabundos, melenudos, soñando con irse, siempre soñando con irse... cuando no los quieren en ningún sitio. Ni de donde vinimos, ni a donde vayan.

Seguía hablando, sin esforzarse demasiado en ser escuchado. Y entonces Ariadna notó que uno de los mulatos jóvenes que se hallaba sentado junto a ella, la miraba fijamente.

—Es Boby, un pescador retirado. Es de los más viejos del pueblo —le informó. Era discreto, guapo, muy parecido a Jonás, pero sin su magia—. ¿Qué tal? ¿Pura vida? Me llamo Wilbert Wilson.

Rayos. O todos en el pueblo eran Wilson o éste era pariente de Jonás.

—Sí. Soy hermano de Jonás. Ya vi que son amigas suyas. Lo vi hablar con ustedes hace un rato. Y me alegro de que lo estén pasando bien. —Se acercó más a ellas y chocaron las cervezas—. Saben, aquí es siempre lo mismo. Bueno para los turistas, que siempre llegan fatigados, pálidos y nerviosos como si sus vidas fueran puro sufrir; pero para nosotros es un poco cansado. Sólo ustedes cambian y aunque eso enriquece también nos cansa. Cuando se van, no se acuerdan más de nosotros. Es una pura cambiadera —filosofó Wilbert—. Y en el fondo, y perdonen, que a veces soy algo bruto, vienen a culear y a encontrar emociones con nosotros, por negros, fumotas y calientes, pero les importa un carajo nuestra vida, nuestra historia, qué hacemos aquí y quién nos trajo.

»Se creen que nacimos por generación espontánea, nos invitan a unas birras, las cogemos y hacemos todas las cochinadas que nos piden y alguna más que se les ocurre en el camino, y les invitamos a marihuana. A otros les enseñamos dónde surfear rico y tranquilo y dónde la coca y al carajo. Se vuelven a sus países y que se joda el negro. A veces una postal y esas pendejadas. O se lo llevan con ellos para devolverlo maleado, cuando mamá y las tías y el novio idiota y frío que dejaron ganan la batalla y echan al puto, con ayuda de la migración. Y el pendejo que se cogía a su niña, mierda, sale devuelto y sin plata, y nos vuelve enfermo de melancolía y humillación, joder, qué jodedera.

»Pero no se preocupen, que aquí lo pasarán bien y se irán cuando quieran. —Miró a Ariadna atentamente y guardó silencio unos instantes—. Y tú encontrarás lo que buscas. Mi hermano no sólo es el más guapo, sino que, a su manera, es buena gente. Pero sabe que es el más guapo.

Las dejó con dos Imperiales y saludó, con los ojos un poco rojos de marihuana, mientras se iba.

—Perdón por el sermón. ¡Nos vemos luego en Stanford!

Se montó en su bicicleta y se perdió entre los árboles.

Se quedaron con la boca medio abierta y aturdidas. Pero aparcaron el discurso para un análisis posterior. Si algo habían aprendido en las últimas catorce birras, era que todos se verían «luego» en Stanford y que más valía tomarse las cosas con cierta calma, porque a ese ritmo, los diez días serían largos.

Cuándo sería «luego», era todavía difícil de determinar para las recién llegadas. Prometiéndose volver a ver y a hablar con Boby, Ariadna se despidió de aquel recuerdo viviente, que le respondió alguna cosa y varios *«all right»*, *«ok»*, *«see you»*, mientras bebía de su vasito de guaro. Se dirigieron a la playa para mear entre los corales, como habían visto hacer a los demás.

«Este pueblo es muy fuerte —pensaba Ariadna mientras relajaba su vejiga—, y los dos Wilson, la hostia.»

El discurso de Wilbert se le había quedado grabado. Parecía que no todo era fiesta en aquel lugar que, para ellas, ciertamente, equivalía a aventura y emoción. Estaba segura de que la mayoría de los visitantes sólo se acordarían de los felices días que allí pasaron. Pero ella no era una turista. Ni quería serlo. Ella era una viajera y, como tal, necesitaba saber, aprender, entender. Y había mucho que entender y aprender si se quería. Y ése era su caso.

Tomaron el coche y se fueron a buscar dónde cenar. Acabaron, tras inútiles vueltas por encharcadas calles sin iluminación alguna, y donde los descampados competían con fortuna con las escasas viviendas o negocios, en la Soda Tamara, que tenía un sofisticado sistema de iluminación de farolillos de gas.

Al pasar buscando la Soda varias veces frente al Parquecito, una especie de cruce de caminos junto al mar, donde unas barcas en la arena y algún almendro daban refugio a fumotas y birreros, vieron a Jonás, fumando un puro que pasaba a sus dos amigos gringos, surfistas colocados.

La cena, sin ser gloriosa, les permitió recuperarse de las cervezas. A Ariadna le apetecía fumar algo y meterse una rayita, pero no dijo nada. Se había dejado la maría en el hotel y estaba a varios kilómetros del imposible camino en su estado. Cómo llegarían era una pregunta que prefería posponer para otro momento. Ver a Virginia lanzada pero sin perder el control le produjo una sensación doble de alegría y seguridad.

Decidieron dejar el coche donde estaba, una vez descubiertas las distancias que hacían inútil el uso del vehículo y constatado el estado etílico de Ariadna. Cerca, en otro pequeño restaurante peor iluminado, vieron varios vehículos amarillos llenos de cables y postes, maquinaria y herramientas. ICE, estaba escrito en sus puertas.

—Instituto Costarricense de Electricidad —le aclaró Virginia a una observadora Ariadna—. Qué raro, si aquí no hay luz.

Decidieron parar en el Parquecito, donde la misma variada muestra de diversidad humana bebía cerveza al son del *reggae* que vomitaba un enorme aparato de pilas. Descalzos, en shorts o bermudas, desnudos de medio cuerpo para arriba, sudando entre mosquitos asesinos, una buena colección de hombres bellos y dispuestos, con aquella sonrisa medio boba que a veces pone la marihuana, cortejaba a otra colección de europeas y norteamericanas blancas, algunas color cangrejo cocido, pues cocidas estaban al sol que no perdona tras largos días de exposición inocente a su engañosa fuerza.

Ariadna pensó por un momento que le molestaba formar parte del segundo grupo, si bien su reciente llegada las salvaba de ser confundidas con sus potenciales contrincantes color cangrejo en la obtención de los placeres soñados, y probablemente ya sentidos, por las que inmediatamente definió como «aquella colección de estúpidas impresentables sin vergüenza».

Con esta actitud positiva, se sentaron a una mesa vacía, casi en la entrada, que les permitía observar cuanto sucedía y a cualquiera que pasara por la calle. Y pidieron a un negro lleno de collares, pulseras y hasta un diente de oro, dos Imperiales bien frías. Ariadna se acordó del sermón de Wilbert y se prometió no actuar como aquellas buscapichasnegras.

Por increíble que pareciera, eran sólo las nueve de la noche. Y «luego», no parecía haber llegado aún, en vista del trajín que se tenían por las calles. Y así siguieron, mirando, sonriendo, haciéndose bromas y aceptando birras, algunas de ellas Pilsen, otras Bavaria y, las más, Imperiales.

Ariadna ansiaba que llegara el día siguiente y seguía torturada por la decisión tomada. Al fin y al cabo podían haber ido a Stanford y como si nada. Pero su «estamos cansadas» forzaba a una retirada temprana.

Era claro que nada ni nadie impediría la llegada de aquel momento en que volvería a encontrarse con Jonás. No le daba ninguna vergüenza desearlo. Sólo sentía ya celos por la persona que sabía ansiada y obtenida por otras, tantas veces. Pero ese intuir su vida de sexo en sexo, más que distanciarla la atraía. «No había venido aquí a hacerse monja ni a casarse. Ni que fuera Nuria... Nuria, tenía que contestar a Nuria y contarle su decisión.»

«Luego» llegó bastante más tarde, o sea casi a las once. Y fue como un ir llegando, despacito. Antes, casi todo el mundo había desaparecido, también poco a poco, sin que se notara hasta que se iban yendo los últimos y quedaban vacías mesas y barra, calles y caminos. A cenar o a descansar, a sus casas o a sus cabinas, se fueron retirando, dejándolas solas, recién llegadas, desconocedoras de secretos y costumbres, un poquito ebrias, por imprudentes y agitadas, cuando aquí todo debía ser calma y el tiempo era tan lento que parecía que las horas se repetían.

Al rato, algo recuperadas de tanta cerveza, ya se disponían a irse cuando Ariadna dijo:

—Rectificar es de sabios. No nos vamos. No podría dormir en toda la noche. Quedémonos. ¿Vale?

Virginia sonrió. Y un suspiro acompañó a su decisión de quedarse con su amiga.

Al final del pueblo, ya en la carretera que lleva a Punta Uva y Manzanillo, se alza, desde que el pueblo es pueblo, Stanford. Siempre fue, junto a El Chino, el lugar de reunión social, pero además, el de la fiesta y el baile. Música *reggae, socca*, caribe, de grupos desconocidos para ellas, mucho Marley y algo de Jimmy Cliff. Ron con coca (cola) y muchas birras, cuerpos morenos de hombres y mujeres y cuerpos blancos enrojecidos por el sol.

Stanford está en la playa, y es un edificio de dos plantas, parte en cemento y el resto en madera, con techo de cinc. En la planta superior tiene el restaurante y la cocina. Todo abierto hacia el mar, como una gran terraza cubierta, con barandillas de madera. Abajo, una pista de cemento cubierta de arena y cuatro paredes, dos de ellas abiertas a la playa.

Bailan todos en la pista y en la arena, en comunicación tan directa que algunos cangrejos acaban pisoteados cuando entran a comer los restos que caen al suelo. Un perro rojizo, de orejas largas, dormita en medio de la pista, ajeno al barullo y a las emociones: su amo debe de andar por ahí. Nadie le molesta.

Se bebe y se baila y se conversa mucho en Stanford. Pero no se fuma maría: dos guardias rurales suelen visitar y vigilar la disco. Hay que andar unos metros hacia la orilla y fumar en la luminosa oscuridad nocturna.

La música reemplaza a base de volumen la falta de calidad de su sonido. Una bola de espejitos colgada del techo constituye el juego de luces. Hay varios disc jockeis que se turnan, en un ejercicio constante de voluntarismo. Muchos clientes piden la música que quieren, pero siempre ponen lo que les da la gana y nadie se enfada.

Ariadna y Virginia se pidieron unos ron con coca y salieron a apoyarse en las columnas que dan al mar. Desde allí controlaban al personal que las rodeaba, que entraba a pedir y salía a beber, que iba a fumar y volvía fumado, que bailaba y sudaba. Los nativos, de todas las edades, las van dejando extasiadas con sus cuerpos en movimiento: bailan hasta quietos, se mueven bailando, bailan simplemente con moverse.

El sexo está presente en todas las miradas pero es discreto: nadie se desata en público. Caricias, sonrisitas maliciosas, miradas que queman y reflejan ansiedades todavía no satisfechas. Y Bob Marley, que provoca cada vez un efecto superior al de la música, como de nuevo cántico religioso. Todos saben sus letras y las cantan y las bailan con veneración, en todos lados. Una negritud redimida en sus canciones.

Ariadna y Virginia están extasiadas. Observan, se mueven poco, pero el ritmo y los ron con coca las van incorporando a la melopea colectiva. Se acercan a hablar con ellas y éstas contestan, sonríen, incluso Virginia sale a bailar un par de veces, colombiana, más tímida esta vez Ariadna, catalana, que, convencida de su discreción, mira constantemente hacia todos lados, como distraída, buscando lo único que le interesa en realidad aquella noche y que tiene nombre y apellido: Jonás Wilson.

Y espera. Y tiene tiempo de sentir que aquí la música es más que música. Que el baile es más que baile. Nada que ver con las discos de Europa o Nueva York. Aquí la música comunica, une, transforma y rebela. La danza sale de dentro, no se aprende, no depende de la gracia de unas caderas. Transmite, contagia, es religiosa, como el negro espiritual, y rechaza al blanco oso patoso, que generosamente aceptan entre ellos, pero que es insensible a su magia. Y atrapa a pocos, que en definitiva pueden creer que comprenden, pero que no viven. Música de dolor y soledades, música resultado de siglos, que viene de las profundidades de África, camina por los barcos negreros, refleja la sorpresa del nuevo mundo y de la esclavitud, que llora a tanto muerto, que busca los orígenes para entender un futuro, que quiere encontrar los símbolos de una dignidad pisoteada y que llama a la rebelión por encontrarla; música que une a viejos y jóvenes, en la que comulgan todos, negritud reivindicada, orgullo de raza negra, americana, pero siempre africana, música que hierve las entrañas y se expresa en esa danza espontánea, que sale de ellas, imposible de aprender si no se siente.

Ariadna sigue mirando si llega el príncipe. Empieza a estar enamorada, pero no de él, sino de todo aquello. Una sensación de que todo es posible la embarga. Sólo parece depender de ella realizarla. Y cada música, cada trago, cada nuevo olor a humano sudado que le pasa cerca, aumenta esa sensación de ebriedad de los sentidos. Y quiere que él la guíe. Encuentra, sin embargo, a su hermano Wilbert.

—¡Hola, Arianne! ¿Pura vida?

—Pura vida —responde ella.— ¡Ariaddddna!

—*Ohh yeahhh, sorry*, Ariadddddne, ¿te diviertes? Te presento a mi prima Amalia, Amalia Wilson.

Se dieron un beso. Ariadna observó a la mujer, unos años mayor que ella, de facciones lindísimas y con un gran parecido a Jonás. Un poco ancha de caderas y con una evidente tristeza en la mirada, pero no momentánea, sino de melancolía crónica.

Aquella familia debía de ser grande y, por cómo se

vestían y por su seguridad, importantes, pensó Ariadna. Al rato, mientras Wilbert conversaba con unos amigos, ellas charlaban animadamente. Virginia entraba y salía de la pista, solicitada por todos para bailar.

—No te conocía en esta faceta, niña —atinó a decirle en una fugaz aparición Ariadna—. Bailas superguay.

—Colombiana y caribeña, bonita. Esto se lleva dentro.

—¿Tienes algo de negra, mi amor?

—Aquí no hay nadie que no lleve un desliz en su sangre.

Supo Ariadna que Amalia era maestra en la escuela, soltera y que vivía con la abuela, Mahalia, que era también la abuela de Jonás y Wilbert. Era una de las tres maestras del pueblo. Algo le hizo sentir a Ariadna que estaba enamorada de su primo Wilbert.

Al poco, lo que pudo ser una hora o diez minutos, una figura empezó a aproximarse, moviéndose con lentitud pero con el ritmo de la música, arrastrando los pies por la arena y dando pasos hacia adelante y hacia atrás, con una birra en la mano y una sonrisa inconfundible.

Jonás hizo su aparición cuando Bob Marley cantaba *Etiopía* y Ariadna sintió un escalofrío y que demasiadas miradas se movían en la misma dirección. Jonás avanzaba lentamente, besando con familiaridad y chocando manos (un ejercicio de unos cinco movimientos, en distintas posiciones, que concluía con un chasquido de dedos, un poco como los negros americanos).

—¿Conoces a mi primo Jonás? —preguntó Amalia.

Y antes de que pudiera responder, Jonás constataba preguntando:

—¿Ya conoces a mi prima Amalia?

Ariadna respondió a todos con un movimiento afirmativo de cabeza y una sonrisa. Jonás la besó con calidez y fue a pedir bebidas. Amalia se quedó mirando a Ariadna, con aquellos ojos tristes.

—¿Te gusta, verdad? Es un bandido. Yo lo quiero de verdad, porque es buena gente, a su manera. Y es el más guapo de la Costa, de verdad, y no lo digo por ser su prima. Los dos hermanos son muy guapos.

—Tienes razón. Y debe de ser cosa de familia, porque tú también lo eres —respondió Ariadna, cogiéndola de la mano. Una sonrisa iluminó brevemente la cara de Amalia.

—Ojalá —fue su respuesta.

Volvía Jonás, cogiendo de la cintura a Virginia, los dos riéndose.

—La he rescatado de unos italianos pesados. Sabía que vendríais. Nadie resiste la primera noche. —Miró, con ojos tiernos y pícaros a la vez, a Ariadna—. Y estoy muy contento de que así sea. ¿Os apetece un puro de maría? ¿Sí?

—Virginia no fuma, pero a mí sí que me apetece —contestó Ariadna sin pensarlo un segundo. «Ahora me llevará a la orilla, sin Virginia, y estaremos solos.»

—Vamos a la orilla a caminar un poco. Por aquí suele venir la ley. ¿Vos venís, Viki?

«Si dice que sí, la mato», pensó Ariadna.

—No, gracias, me quedo con tu prima, si a ella no le importa —y miró muerta de risa a Ariadna. Luego miró a Amalia que estaba también a punto de estallar de risa y luego a Jonás, que simuló no percibir nada.

«El muy canalla», pensó Ariadna. Y se volvió para hacer burla a Virginia.

Caminaron un rato hacia las oscuridades, con la música cada vez más suave en los oídos. Jonás la cogió de la mano, tras preguntarle si podía hacerlo y obtener un silencio por respuesta. Ariadna sintió su piel, se acomodó en ella, mientras respiraba despacito, para que le llegara mejor el olor de su cuerpo. Olía a hombre distinto y a mar salada, y un poco a ese sudor limpio pero constante, que te sale por todos los poros en el Caribe en cuanto te mueves. Y ese olor era dinamita.

Se sentaron en la orilla, en un inmenso tronco de árbol que había arrastrado la corriente. Una tímida luna se abría paso a ratos entre rápidas nubes y se veía alguna estrella en el medio cubierto firmamento. El mar sonaba a marea baja y olas cortas, repetidas, pequeñas, rompiéndose en espumas entre los corales.

Jonás liaba el puro con destreza. Miraba al mar y luego al cielo, giraba la cabeza hacia el bar y dejaba al fin sus ojos colgados de los de ella.

Ariadna se quedó atontada mirando sus manos color canela, diestras, eficaces, grandes; dedos largos y fuertes pero sin callos o durezas. Tan magníficas como sus pies.

—¿A qué os dedicáis por aquí? —le preguntó, ansiosa de saber en qué trabajaba.

—Bueno, sabés, no hay mucho que hacer. Antes había cacao y eso, pero se jodió con la plaga, ya cuando mi padre. Luego muchos se fueron yendo. Como ves, lo que tenemos es el mar. Detrás, es puro monte ya, al abandonarse las fincas. Mi familia ha ido malvendiendo algunas tierras, ahora son más caras, por el turismo. Y lo serán mucho más, en cuanto que instalen la electricidad. Será una fiesta, pasado mañana, Navidad con luz.

»Pues, ya ves, vivimos un poco de la pesca, sobre todo cuando en julio o agosto entran las langostas. Se cultiva algo de piña, algo de cacao todavía, y tenemos gratis todos esos cocos que hacen kilómetros de costa. Y luego el turismo, ya ves, como vos, que vienen a vernos como si fuéramos animales en extinción. Dicen que éste es uno de los lugares menos destruidos del Caribe. Y aunque no hay comodidades, pues vienen a vernos. Somos un poco museo antropológico, y un poco solárium exótico.

»Yo no hago gran cosa, un poco de langosta, algunos trabajillos que salen, y luego surf. Me gusta el surf. Viviría toda la vida con un puro y en una plancha de surf... Bueno, bajaría de vez en cuando, vos sabés, para... bueno para... estar con alguien como vos. Pero aquí se vive bien. Yo no gasto en ropa, estos shorts y otros más me los han regalado los gringos, porque les guío, les enseño, vos sabés. Y me regalan T-shirts, sandalias, tenis, e incluso relojes. Y luego la casa es mía, bueno..., nuestra y comer como poco, un día en casa, otro aquí o allí y suelen pagar los gringos. Y la maría es de producción propia. ¿Qué más puedo querer?

Había terminado de hacer el puro. Se lo dio a ella para que lo encendiera. Se miraron a los ojos. Ariadna no podía apartarlos de los de Jonás. «Es bueno a su manera», recordó que le habían dicho dos veces en unas horas y dos miembros de su familia.

Fumaban, cogidos de la mano y caminando con los pies en el agua.

—Vos sabés, dicen mis amigos y mi hermano que el turismo joderá este pueblo, pero son unos radicales, hasta están organizados y se reúnen y hablan y planean cosas raras, como sabotear los puentes, robar coches y esas cosas, para que no vengan. Imaginate vos lo que sería de nosotros aislados, pues eso quieren, pero luego bien que se dejan invitar y beben con ustedes y otras cosas. Pero dicen que ya que están, mejor explotarlos. Yo creo que no se puede parar el progreso, sabés, que hay que estar con los tiempos. Y yo no me quiero tener que ir de aquí. Qué haría yo fuera de aquí. Todo lo que ves es mío. Kilómetros al sur y kilómetros al norte, voy donde quiero, nadie me molesta, tengo amigos, pesco si tengo hambre o cazo. Bajo una pipa de coco si tengo sed, bebo y ofrezco. Y canto solo, sin que nadie piense que estoy loco. Y fumo, fumo, lo que me da la gana, sin que me joda la ley. Tengo mi marihuana y mis birras y no pago recibos de nada ni esas tasas que obsesionan a los del Valle... No me falta nada, que yo sienta.

»Quiero decir que aquí estoy bien y no en los Estados, donde los negros son pura mierda y viven jodidos, siendo americanos. O en África, oh sí, que es nuestra tierra pero como si no lo fuera. Yo no creo que el ras Tafari Makonnen, entronado emperador de Etiopía como Hailé Selassié, haya hecho mucho por nosotros. Pero ni se me ocurre decírselo a Wilbert. Y aquí ya somos ticos, aunque yo me siga sintiendo jamaiquino, pero eso es un sueño. No nos dejan ni entrar en Jamaica... Oh sí, Jamaica, de allí llegó el primer Wilson, hace mucho ya, mucho. Y mucho sufrimiento. Nosotros somos la primera generación que ya no sufre. Mira la luna, niña, mira la luna, es toda nuestra... y el mar, mi mar, lo conozco como a un hermano, hermano mar... hermana luna... Aquí nadie se cree que esto es lo mejor. Pero me lo dicen todos los que vienen. Y yo sí lo sé. Maldito el día que me vaya... será por algo muy fuerte, *oh yeah, must be something very very special.*

Se soltó de Ariadna y empezó a correr, para dar luego volteretas en el aire, sin poner las manos en la arena. Riendo y cantando, se adentró en el agua y dio una última voltereta para desaparecer bajo una ola.

Salió al rato riendo, feliz, se sacudió la melena, y se le acercó diciendo:

—Volvamos. Te están esperando.

Aunque Ariadna estuvo a punto de decir un «no», se contuvo. Sí. Los estaban esperando. Jonás la miró a los ojos. La marihuana empezaba a aproximarles, a destruir los escasos restos de barreras, timideces, rigideces, prejuicios. Él la tomó de las manos y restregó su nariz con la de ella antes de besarla.

—Luego nos escapamos, si querés.

Y siguieron caminando, Ariadna con el corazón encogido de emoción y latiéndole furiosamente. Agarrada de su mano y sintiendo pegado a ella el olor de aquel beso y la suavidad de su nariz, en aquel restregar salado que erizó todo su vello.

Volvieron a salir de Stanford una hora más tarde, como sin querer y cogidos de la mano. Les siguieron bastantes miradas envidiosas. Ariadna dejó a Virginia con Wilbert, Amalia, unos italianos y unos rastas; en buenas manos. Un ahora vuelvo y un pellizco cómplice.

Se fueron caminando por la playa, hacia el coche. En el camino, sólo las estrellas fueron testigos de un beso suave, dulce, lento y de un abrazo envolvente, fuerte, donde sintió su cuerpo poderoso y flexible. Jonás le posó las manos en la cara y se la acarició toda mientras sus lenguas se enlazaban, salían y entraban y se encontraban fuera, separada brevemente su cara de la de él por aquellas manos que había admirado toda la noche.

La acariciaba toda con sus dedos; la nariz, el cuello, el pelo, se lo revolvía despacito, ella pegada como una lapa y abrazada a su espalda, sube y baja de apretones, de caricias, hasta tocarse ambos a la vez, sus caras moviéndose, alejándose, apretándose, las lenguas buscando las gargantas, los recovecos.

Chocaban y rozaban sus narices, perfectas, suaves, ella le metía la lengua por sus orificios y él la imitaba, tras un gemido corto, dulce. Juntaron sus cinturas entre caricias y las lenguas revolcándose, girando, entrando y saliendo de sus bocas. Ella le mordisqueó un dedo, se lo metió en la boca y fue pasando de dedo a dedo y él la imitaba. Le metía la lengua despacito en cada oreja, y recorría con ella todas sus formas para luego pasearse por detrás y seguir por el cuello hasta los hombros.

Dedo a dedo Ariadna recorrió aquellas manos, grandes, bellas, suaves, morenas. Jugaba con su pelo ensortijado, largo, y continuó comiéndose sus rizos, rascando su cabeza con sus dientes.

Enlazados, pegados, volvían sus lenguas a encontrarse y Jonás mantenía levemente separada su cabeza para que sus lenguas tuvieran que buscarse fuera, y luego, se dejaban ir escondiéndose, cada una en boca ajena, acercándose. Ariadna se estaba volviendo loca de dulzura, de ganas de amarlo allí mismo, embriagada por un olor distinto, nuevo, un olor excitante a sudor limpio de mulato, por primera vez, aquel olor distinto.

Tocó sus nalgas firmes, apretó su cuerpo, sintió su sexo duro y vertical, enorme y decidido. Jonás apretaba los senos contra su pecho, y bajaba una mano por su espalda, tocando en cada nervio, presionando en cada vértebra, en un masaje relajante de tensiones y excitante de sentidos. Y sus lenguas, enamoradas ya, inseparables, juguetonas e insistentes, entrando y saliendo, de boca en boca, en un beso total en que al final los cuerpos sólo parecía que acompañaban a sus lenguas...

Jonás la apartó de sí con firme dulzura y la miró a los ojos. Ella se estremecía, totalmente entregada a aquel milagro.

—Vámonos a un sitio que conozco. Aquí nos ve todo el mundo, aunque tú no los veas.

Subieron al coche y arrancaron. Ariadna temblaba, se olía las manos, se olía en su aliento el aliento de Jonás, toda ella olía a Jonás, antes de llegar más lejos, antes de que pasara lo que tenía que pasar, antes de que, ya lo sabía, se volviera loca de amor por aquel hombre. Nunca con nadie había sentido lo mismo, nunca con nadie.

Hicieron pocos kilómetros a lo largo de la costa, antes de entrar por un camino que decía «private». Anduvieron doscientos metros hasta una cadena y Jonás la abrió. Ariadna vio su cuerpo una vez más a la luz de los faros. Jonás seguía en shorts y sin camisa, con unas sandalias de goma que dejaban ver aquellos pies perfectos. No era una ilusión, no era un error, era el hombre más guapo que había visto en su vida.

Le hacía señales de que avanzara, lo hizo y cerró la cadena. Habían pasado a otro espacio y a otro reino. Se oían las olas cerca y se sentía el salitre. Había una cabaña, con una hamaca colgada en la baranda, completamente a oscuras. Poco a poco fueron acostumbrándose a la oscuridad, para intuirse y moverse sin sorpresas entre hamacas y columnas.

No pudieron ni ir a ver el mar. Se atraían de manera irresistible y sus lenguas se juntaron de nuevo, sus cuerpos empezaron a reconocerse, manos y narices, nucas y orejas, besos por pómulos y cuellos. Tras dejar caer la camiseta de Ariadna, los paseos fueron más largos, sus lenguas por axilas, pezones, comer de dedos, bocas juntas. A cada movimiento, alguno tomaba la iniciativa y el otro lo imitaba, subían, bajaban, Ariadna descendió, lengua afuera despacito, centímetro a centímetro por el pecho de Jonás, hasta su ombligo.

En él se detuvo, recorriéndolo, hundiéndose, como si quisiera penetrarlo. Descendió por el vello hasta el cinturón, siguió bajando, lamiendo el short y de inmediato encontró su sexo que apretó con su boca, mordisqueó despacio, tocó con sus manos, hizo crecer hasta parecer que el short iba a estallar y un gemido largo, incontenible de Jonás la llevó al ojal de la cintura, haciendo caer el short, con un certero movimiento de sus dedos.

Sexo moreno, gigante, loco; Ariadna se acercó despacito para olerlo, olor de locura, de sexo nuevo, olor que moja el suyo sin tocarlo, lo acaricia con su nariz mientras aspira, lo rodea, lo recorre, levemente sujeto con su mano. Sube y baja por aquella verga inmensa acariciándola, sabiendo que nunca olvidará ese olor ni esa emoción jamás sentida. Se atreve, acerca sus labios y lo besa, arriba, en lo más alto y suavemente desciende a besos hasta su base, y continúa despacito en sus testículos.

Vuelve a subir y a bajar a besos tiernos, apenas apretados sus labios húmedos, Jonás gime y no se aguanta. Pero se aguanta y gime.

Ariadna abre sus labios y lame el pene, lo recorre a lamidas bien mojadas, lo lubrica con su saliva sedienta de más sexo. Se lo mete en la boca, cree que no le cabe, pero insiste y, poco a poco, su boca y el pene se van acomodando, entra y sale, lo recorre, baja hasta sus testículos y los absorbe, los expulsa y vuelve al apéndice inflamado que Jonás sigue dejando quieto, dejando hacer, entre gemidos de placer que van subiendo de tono y, de pronto, cuando ella se afana en sorber y gozar del último resquicio de sabor de aquel pene que ya es suyo, Jonás la aparta, la levanta, la besa, se pega a ella, desabrocha su cinturón y sus botones y caen los jeans de Ariadna dejando al descubierto sus nalgas respingonas, sus piernas largas, bellas, morenas de playa, y el vello de su sexo.

Se besan, Ariadna gime, quiere, necesita, no resiste y Jonás gime, la recorre con sus manos, espalda, culo, salivea sus pezones, los mordisquea, insiste en su boca y sube y baja. La acerca aún más, y coloca los pies de ella sobre los suyos. Los cosquillea desde abajo, acerca su sexo y roza el de ella, mojado, abierto, ansioso. Ella se pone de puntillas y pasa el pene entre sus piernas, sexo atravesado, su clítoris salta y se vuelve loco, mientras él se deja hacer unos minutos, para luego alzarla con sus brazos, ella con sus piernas rodeando sus caderas.

Avanzan unos pasos, Jonás la deja recostarse en la hamaca, atravesada. Ella lo perfila en su sombra, rodeado de estrellas. Él se pone de rodillas, limpia los pies de Ariadna de arena y empieza a comerle dedo a dedo, se mete después todos sus dedos juntos en la boca, lame sus plantas, besa sus tobillos, sube por las piernas, lentamente, llega a sus rodillas, las besa y lame por detrás. Cerrando un poco sus piernas se deja atrapar por ellas, pierna a pierna toda su cara comiéndose sus huecos.

Sigue, acercando a Ariadna con la hamaca, de rodillas él, el falo enorme, llega al sexo de ella poco a poco, lo rodea con la lengua, lo besa y se entretiene. Sube al pubis mientras Ariadna se debate para abrir más las piernas. La acerca y la aleja meciéndola, coloca las piernas de ella sobre sus hombros, su lengua le hace estallar en mil pedazos, una y otra vez. La hamaca está alta, a la altura justa, Jonás se pone de pie y se acerca, su sexo se acerca al de Ariadna y juguetea, como pidiendo permiso para entrar. Ella sólo quiere sentirlo dentro, todo dentro, que la llene y que se corra en sus entrañas, no puede más, se vuelve loca.

—Jonás, Jonás —grita.

Jonás roza con su bestia bravía, apenas, la entrada a la cueva de todas las delicias, se queda quieto, aproxima poco a poco la hamaca, empujando hacia sí las pantorrillas de Ariadna enloquecida. Poco a poco va entrando en ella, poco a poco, centímetro a centímetro hasta que la mitad está a cubierto. Empuja y separa la hamaca y sale, Ariadna grita, gime, se encabrita. Jonás se la mete en la boca, deja que ella lo disfrute por un instante y baja. Empuja otra vez la hamaca hacia sí y el sexo vuelve, despacito, a entrar un poco más.

Aleja y atrae la hamaca mil veces, sacándola, subiéndola hasta aquella boca ansiosa y volviendo a entrar, más a fondo, más a fondo, mientras besa y lame los pies de Ariadna, que ya mueve la hamaca sola. Ella grita cada vez más, tiene todos los orgasmos, menos uno, el que llega cuando Jonás cambia de ritmo, ya no sale, solo entra, entra, entra, cada vez más, crece más y más hasta llenarla toda y empieza a gemir, gritar, la levanta de la hamaca y la toma en brazos, la llena aún más y la sube y la baja en un frenesí salvaje, total, sus bocas gritando entre besos de lenguas enloquecidas, sus cuerpos pegados, sudados, hechos uno, su sexo crece, crece, y un grito largo, que empieza dentro, que sube y se amplía, un bramido sale de los pulmones de Jonás, al mismo tiempo que un torrente de semillas inunda aquellos interiores y Ariadna tiene un orgasmo desconocido, total, que se repite, que viene y va para volver más fuerte, como oleaje en mar embravecido, mientras Jonás sigue y sigue descargando su herencia en ella, y se siguen mezclando sus salivas, y Jonás se queda en ella, con ella en brazos y con sus piernas agotadas envolviendo sus caderas, ojos alucinados, corazón de Ariadna deshecho de amor por aquel monstruo.

—Te quiero —acierta a decir a su oído—. Te quiero.

Tiembla. Se dejan caer en la hamaca, ella tumba a Jonás boca arriba y le mira. Acaban de terminar y ya lo desea de nuevo, descubre que quiere comer sus pies, chuparle el pene mojado en ella, y empieza a besarle aquel sexo poderoso, medio alerta. Lo pone duro, baja hacia sus pies, recorre sus piernas, le come dedo a dedo, se los mete en la boca. Jonás empieza a masturbarse, dejándola hacer. Sus manos también sirven para eso. Abre sus piernas y coloca la cabeza de Ariadna entre ellas, la sujeta con la mano libre y dirige sus besos a sus testículos, levanta sus piernas, deja a la vista el culo y acerca sus labios, que ansiosos, besan aquel lugar íntimo y prohibido, rodeado de poderosas nalgas morenas, con poco pelo ensortijado.

Él se excita y ella le lame, le chupa, sube y baja por los alrededores del lugar escondido, para volver a él y tratar de romper sus barreras con la lengua, él con sus piernas sobre los hombros de Ariadna, que le lame y lame, mientras él se masturba cada vez más rápido, más fuerte y comienza a gemir y a gritar y, justo antes de eyacular, levanta la cabeza de Ariadna para que vea su semen saltar por los aires, cubrir su vientre, llegar hasta su pecho y la trae hacia él y se abrazan fuerte.

Luego la llevó al agua y la tomó por detrás. Volvieron a la hamaca, se lamieron todos los rincones y se enfurecieron por no encontrar más sitios. Se dijeron te quiero muchas veces, después de cada orgasmo. Sabían que se verían a la mañana siguiente, a la tarde siguiente y así por días, y nada parecía poder frenar ni sus ímpetus, ni sus deseos. Impregnada para siempre Ariadna de un sur moreno y loco. Llena del olor de aquel semen que venía de tan lejos y que tenía tan cerca. Hasta dentro y para siempre de un Wilson de Puerto Viejo.

El sexo ya no tendría jamás otro olor, otro color, otro nombre que el de Jonás...

Se ducharon con una manguera de agua dulce en la cabaña y cogidos de la cintura se dirigieron al coche. Tenían que regresar a por Virginia.

Cuando llegaron a Stanford la fiesta continuaba, con todo el mundo más borracho y bastantes menos personas mayores. Ariadna tardó un rato en encontrar a su amiga, sentada al fondo de la pista en lo que parecía una animada conversación con los italianos. Ésta hizo un gesto de «ya era hora» y empezó a despedirse. Jonás llegó con dos cervezas. Serían las tres de la mañana.

—No quiero excusas —decía Virginia, simulando enfado—. Me habéis dejado tirada como pañuelito desechable. Podría haberme pasado cualquier cosa. Estoy mueeerta de cansancio.

Tras los perdones, un besito reconciliador y algunas consultas, emprendieron el camino a las cabinas, con Jonás. Ariadna tenía las llaves de la tres, así que informó a Virginia de que dormiría con Jonás.

—¿Dormir? —preguntó Virginia por la ventanilla—. ¿He oído dormir?

Desde luego, se durmió poco aquella noche en la cabina número tres, que ocupaban los dos amantes. Llegó el amanecer y les sorprendió constatando una vez más sus descubrimientos, inventando nuevas formas de placer, recorriéndose centímetro a centímetro, lamiéndose hasta el último rincón de sus cuerpos ya conocidos y cada vez distintos.

Y sólo se abandonaron al sueño cuando la luz, que penetraba por las rendijas de las persianas de madera, empezaba a ganar su batalla cotidiana a las tinieblas y se afirmaba en el exterior, mientras cambiaban los sonidos de la noche por los del amanecer. Se callaron las ranas. Y se llenó la selva de roncar de monos.

El sol, prepotente, entraba por la ventana desde hacía horas cuando se levantaron pasadas las nueve. Y con la sensación de haber prolongado el sueño. Jonás se había ido muy temprano. No había ninguna obligación, nada en la agenda. Eran libres.

Fueron a desayunar a la cocina/espacio social del hotel. Un tucán, alborotador y domesticado, jugueteó con los zumos, la piña troceada y los huevos con beicon. Ellas preguntaban sobre playas y lugares, y les indicaron que caminaran hacia el sur, hasta que pudieran. Si estaban de buen ánimo, llegarían a Punta Uva. Y al final de la playa, en Punta Catedral, podrían disfrutar de la mejor playa, de las mejores sombras, la calma caribe de un mar que allí era especialmente bello. Playa salvaje, llena de troncos y maderas de mil inundaciones selváticas, el mar devuelve, en aquella altura, una parte sustancial de lo que a él llega.

Cubiertas de loción con protección solar, entre factor quince y ocho, según las zonas de su anatomía, y hartas de agua para evitar deshidrataciones y desmayos, se lanzaron a caminar por la playa, entre arenas y corales, para descubrir Punta Uva.

Caminaban encantadas, entre una selva que se perdía en la mirada, y un mar de azules varios, de olas largas, sobre la arena blanca y bajo un sol que anunciaba su inmisericorde decisión de quemar todas las pieles que pudiera.

Iguanas, monos, lagartijas, cangrejos, pájaros exóticos, caracolillos y ermitaños engañosos en sus conchas, libélulas y mariposas, moscas y abejorros, avispas nerviosas y escarabajos voladores torpes y pesados acompañaban su ruta. Pudieron ver, en las sombras de la orilla, un perezoso que, fiel a su nombre, se movía de manera extremadamente lenta hacia el árbol que le daba refugio y comida. Sólo las miró de reojo y brevemente, ajeno a cualquier sentimiento de autodefensa.

Y así, durante tres horas, bañándose en las piscinas de corales que aparecían de cuando en cuando entre la arena y las olas, avanzando decididas hacia la meta, llegaron a una playa con forma oval, una bahía entre las demás bahías, que acababa en un montículo grande, cubierto de vegetación salvaje y que llegaba hasta las aguas, sombreando espacios de mar calma, protegida por aquella protuberancia rocosa.

Se lanzaron al agua tranquila y transparente, sudadas como estaban de calores y salitres. Y cuando ya reían por haber disfrutado de inhabituales placeres, Ariadna pensó que no se habían encontrado con nadie (humano, claro) en las tres horas de marcha por la arena.

«Qué difícil es lograr sentir, o más bien analizar, lo que aquí vivimos. Dentro de poco me molestará pensar que alguien, salvo Jonás, está a menos de diez kilómetros de nosotras.»

Se aplicaron a nadar y bucear, y llegaron a la punta, donde un enorme agujero entre las rocas les permitió pasar al otro lado para descubrir que, playa a playa y roca a roca, la costa continuaba, solitaria y virgen, hasta las cercanas lejanías de Panamá.

Pasaron allí unas buenas horas, descansando de la nadadera en la arena sombreada. Cuando el reloj de Virginia marcaba las tres, muertas de hambre, iniciaron el regreso con una sensación de plenitud.

Y sólo Ariadna, recobrados algunos objetivos tras la molicie playera, ansiaba que llegara la noche, en todo caso inevitable, para ir a Stanford y encontrarse con Jonás. Su olor seguía pegado a ella y sentía en su cuerpo sus caricias. Y se excitaba sola, oyendo su voz y sus gemidos, que seguían dando vueltas por las circunvalaciones de su cerebro, atrapados y atrapada.

LOS WILSON

—

Gaceta oficial de Limón

11 de diciembre de 1873. — A las dos de la tarde de
hoy, fondeó en este puerto procedente de Jamaica
la goleta *Lizzie*, al mando de su capitán Crighir.
Siete hombres de tripulación, y ciento veintitrés
trabajadores para la empresa del ferrocarril, y además tres mujeres; cargamento, tabla para el señor
don Carlos Abrah(m). Siete días de mar: consig-
nado a don Orie Abrah(m).

Se veían a todas horas, se encontraban por todas partes, se necesitaban constantemente. Aquella tarde, Jonás preguntó a Ariadna si quería que le presentase a su abuela Mahalia. Y quedaron en encontrarla al día siguiente, tras el entusiasta sí que obtuvo como respuesta.

Mahalia era una señora en la que Ariadna ya se había fijado. Era gorda, con pelo ensortijado y blanco, facciones bonitas, de unos setenta y tantos años; tenía una mirada penetrante, de sabiduría acumulada y un puesto de venta de frutas junto al Parquecito. Bananos, piña, mango, papaya, naranjas, limones, granadilla, cas, guayaba, frutapán... En mejor o peor estado se exhibían en aquel puestecito bastante concurrido por turistas y locales. También hacía trenzas, sentada en un viejo barco de madera, encallado en la arena frente al puesto. Y daba consejos mientras las hacía.

Pero Jonás llevó a Ariadna a conocerla a su casa, al final del pueblo, hacia la montaña. El camino de tierra y lleno de charcos avanzaba hacia la espesura de la selva, subía lentamente y, tras un último recodo, terminaba en una casita como todas las del pueblo, pero más cuidada, con una baranda más amplia y llena de flores, la selva macheteada alrededor para despejar la vista y reducir las humedades. Unos grandes tablones evitaban los últimos charcos frente a la escalera.

La prima Amalia les estaba esperando en la veranda y se hizo toda sonrisas, sin perder esa tristeza que la acompañaba siempre. Los invitó a sentarse tras besar a ambos y Ariadna ocupó una mecedora de madera, rústica y cómoda. Un perro un tanto castigado por la edad y por los rigores del trópico la olisqueó un momento antes de tumbarse a los pies de Jonás. Se llamaba *Tobi*.

Al poco salió la abuela sonriendo. Recién lavada, peinada y perfumada, se acercó a Ariadna y le tendió las manos, casi sujetando las suyas largo rato, mientras en un inglés incomprensible para Ariadna daba bienvenidas, festejaba la ocasión, bendecía a los presentes y hacía votos sobre saludes y futuros. Jonás la besó y ella lo regañó, entre sonrisas incontenibles, moviendo las manos como si le estuviera propinando una azotaina. Se sentó enfrente de Ariadna, en la mejor mecedora, y tras ella se sentaron los primos.

—Bien venida, m'hijita —fue lo único que dijo en español. Y continuó en un inglés mucho más comprensible—. Ya te he visto estos días pasar varias veces. Y también sabía que conocías a este golfo de nieto, que me trae loca pero que es adorable. Sabe cómo serlo, mi canallita.

Mientras la abuela hablaba, Amalia entró en la casa y preparó una bandeja con té, pastel de carne, dulce de coco, mermelada de guayaba. Ariadna intervenía poco, sólo para agradecer, asentir, negar y, de vez en cuando, para preguntar.

Así supo, de boca de Mahalia, algo de la historia de los Wilson, de cuando «allá por el 1873, llegó el primer Jonás Wilson a estas tierras, desde Jamaica, para la construcción del ferrocarril. Era mi abuelo», de sus sueños y sus desgracias, de nacimientos y muertes, y a cada frase aumentaba su fascinación.

—Jonás I tuvo una vida dura y desgraciada, siempre soñando con volver a Jamaica, donde dejó familia y novia. Pero lo engañaron en el contrato, como engañaban siempre a todos los negros los de la compañía, que eran americanos. Así que nunca regresó y murió aquí, en tierra extraña, de tercianas y picaduras que destrozaron su salud, tras dejarse la vida como un esclavo, primero con el ferrocarril y luego con la Yunai, la maldita bananera. Se había casado dos veces. La primera mujer y sus dos hijos murieron por las lluvias que arrastraron su casita de madera, cerca del río Reventazón, allá por Limón, al norte. Pero se volvió a casar y tuvo dos hijos más. Uno, Jonás II, fue mi padre. —Hizo una pausa, miró al cielo y, al instante, una bandada de loras llenó el silencio. Ariadna miró a Jonás. Sonrieron.

»Mi papá nació en 1886 —continuó Mahalia, tras beber un sorbo de té y respirar hondo—. Trabajó toda su vida en el banano. La vida no había mejorado para el negro. Éramos extranjeros aquí, no nos querían más que para trabajar y ningún derecho teníamos. Pasamos muchas miserias y hambres. Y papá siempre quiso volver a Jamaica. Todos queríamos volver a nuestro país, pero no nos dejaban. Ya después descubrimos que tampoco nos querían allí. Ya no teníamos papeles...

»Papá y mamá Flora Brown tuvieron cinco hijos, pero dos se murieron tiernos, por las fiebres. Crecimos dos varoncitos y yo, la única hembra de la casa. Eso me condenó, porque tuve que quedarme siempre en casa, al morir mamá, para cuidar a los hombres y atender la propiedad. Y todos mis amores fueron pasando sin que... bueno, que me quedé soltera. Y por muchos años lloraba en silencio mi soledad. Por el buen Dios, papá era un buen hombre, no bebía ni era violento y siempre quiso a sus hijos. Sólo para nosotros vivía, sobre todo para los varoncitos... yo era la mayor. Luego venía Jonás III y el más pequeño, Jeremías, que mataron para robarle, unos nicas desalmados, cuando venía de cobrar su jornal de peón en donde don Miguel Montoro, hombre malo que odiaba al negro y se beneficiaba la negra.

»Así que nos quedamos tres en la casa, más la hija de Jeremías, que nos la trajo su mamá cuando murió mi hermano. Se llamaba Amalia y era la mamá de mi nieta. —Señaló a Amalia—. Era linda aquella cosita y papá me miró, yo asentí y se quedó en la casa, aunque era todo diarreas y rechazaba el alimento. Pero salió adelante...

Jonás le hacía señas a la abuela Mahalia de que tenían que irse, ante la desesperación de Ariadna. La abuela asintió, despacito, volvió a beber su té y suspiró.

—Os estoy aburriendo con historias de viejos, ya sé, pero a una sólo le van quedando los recuerdos para ir tirando. Sabes, m'hijita, la historia del negro es dura.

143

Sólo oscuridad y trabajo, machete y fiebres, extranjeros siempre... No quieren al negro, los blancos no quieren al negro.

»Nos trajeron para el ferrocarril, que debía unir el Valle con la Costa, y hasta 1948, cuando la Revolución, no nos dejaban ir al Valle. Allá por Turrialba, una cruz de piedra marcaba el límite de donde el negro no podía pasar. Todavía está en pie. Yo nunca la he visto.

»Dolor y muerte, eso es lo que nos dio esta tierra por generaciones... —hizo otra pausa— aunque algunos nos miren con ternura...

»Y tú lo haces, mi niña. Tú lo haces. Ven cuando quieras a verme, aquí o al puesto. Siempre podremos hablar y te invitaré a frescos de fruta. Ya ves que no soy la abuela de este canallita que tanto te gusta (Ariadna se sintió descubierta e insegura, por un instante). Soy su vieja tía, pero ya su papá Jonás me llamaba mami.

»Así que, como ves, soy una abuela sin hijos... —concluyó.

Ariadna le pidió permiso para despedirse con dos besos. Y se los dio.

—Volveré a verla —le dijo con una sincera sonrisa de cariño—, y me contará más cosas, ¿verdad?

Mahalia asentía todavía cuando se iban, saludando con la mano y meciéndose lentamente.

—Es buena, esta niña es buena. Pero es más vulnerable de lo que se piensa...

Ariadna pasó el resto del día fascinada. Cuando Virginia le dijo que había hablado con Jorge y que no venían, le importó un bledo.

—Se han enrollado y se van al Pacífico, los muy irresponsables.

—Tanto mejor —respondió Ariadna enfrascada en otras emociones y experiencias—. Pero tendrán que pagar sus cabinas.

Jorge le parecía ya personaje de un tránsito complejo, entre un pasado que ya lo era y las dudas de un futuro que sólo había decidido cuando encontró a Jonás. Le parecía incomprensible siquiera haber pensado en renunciar a todo lo que anticipaba tras su decisión, definitiva, inapelable, de quedarse en aquel país, con aquella gente y con Jonás mientras pudiera.

Ariadna aprovechó cada ocasión para encontrar a Mahalia en esos días, y ella estaba siempre dispuesta a charlotear y contar historias. A veces la recogía en el puesto y caminaban juntas, lentamente, hasta la casa. Y en los paseos, no escatimaba de vez en cuando algunos consejos y advertencias, aprovechando cuanto iba apareciendo a su alrededor.

—Mi niña, eres como un colibrí. Mira aquél, en la flor roja, tras la veranda. Son pajaritos pequeñísimos, frágiles y muy veloces, que van de flor en flor, golosos y atrevidos. Parece que quieren probar todas las flores y pueden estar quietos en el aire. Parecen mariposas, pero ellos viven más tiempo. Una nunca sabe cuándo vienen y cuándo van si no les presta mucha atención. De flor en flor, con su pico largo, las prueban todas. Pero son frágiles, m'hijita, y hasta cuando están quietos en el aire, chupando el néctar, sus alas se mueven a una velocidad que asusta...

»Eres buena y frágil, m'hijita, no eres mariposa, pero no te quedes en colibrí.

Se sentaban en la veranda, a veces con Amalia, pero casi siempre solas. Ariadna preparaba el té, cortaba un pedazo de dulce y, con familiaridad creciente, servía la merienda, recogía platos y tazas, ante las protestas suaves de Mahalia. Hablaba una y escuchaba la otra.

—Como te contaba, la casa se alegró con Amalia, pero pronto se entristeció con la huelga. Inocentes, creía la peonada que por pedir lo justo les harían caso. Y fue muy dura la respuesta. Hasta muertos hubo. Y la Yunai decidió marcharse, y aquí se quedó la negritud abandonada, sin trabajo y sin comida, sin esperanza ni futuro. Papá era un puro nervio, no se tenía quieto. Y decidió irse para Panamá, donde había trabajo, decían, para construir el canal. Y se llevó a su hijo y nos dejó a las dos hembras solas.

»Yo estaba muy triste, tú me entenderás, con aquella criatura, las dos solas, sin hombre para calentar la cama ni para cuidar de nosotras. Pero si no se iban, la condena ya estaba firmada para todos. Así era la vida del negro, sabes, optar entre lo malo y lo peor. Y arriesgándolo siempre todo. Papá malvendió al chino del comisariato de la Yunai una tierrita donde teníamos algo de cacao y que fue todo lo que le dejó el abuelo, y aunque el chino no era mala gente, se aprovechó del hambre del negro para malpagar. Papá me dejó los reales escondidos para que sólo yo lo supiera. Pero el chino se compadeció de nosotras y me dejó que trabajara en la limpieza en el negocio, a cambio de comida, bendito sea Dios. Hasta alguna galletita rancia me daba para Amalia.

»Así pasaron muchos años tristes, viendo huir a las gentes del fantasma del hambre. Éramos cada vez menos y más pobres, que hasta el chino casi cierra el negocio. Y nosotras sin noticias de los hombres, esperando. Sólo una vez vino un zambo enorme, que se llamaba Thomas, Thomas Taylor, creo recordar, y nos dijo haber visto al Jonás pequeño en el canal. Nos agarramos a aquella esperanza y seguimos adelante, yo entrando en años, Amalia haciéndose una mocita.

»Pasaba el tiempo y no pasaba nada. Lluvias y sol, y nuevas gentes latinas que iban llegando a Limón y a Pacuare, donde nos fuimos a vivir cuando empecé a trabajar en la casa de unos señores del Valle, que instalaron ganado y empezaron a talar el bosque. Era todo un barrial por toda la región. Cortaban la madera en aserraderos y poco a poco empezó a haber trabajo para algunos. Venían muchas gentes de fuera, que despreciaban al negro y nos iban echando de nuestras tierras. Y ocupando los espacios.

»Fue poco antes de la buena nueva que llegó la mala. Mi niña Amalia, que era m'hijita adorada, linda y esbelta, me ayudaba en la casa del patrón. Y agarré unas fiebres que casi me llevan por delante. Estuve en cama varios días y convaleciente más. Y Amalia, para que no nos despidieran, iba a trabajar día y noche a la casa, para atinar con todo. Era ya moza. Y la perdió su belleza, porque el hijo del patrón se la beneficiaba con amenazas y la pobre, conmigo enferma, no tuvo coraje de vernos a las dos en la calle. Nada hubiera pasado si la buena nueva hubiera venido antes que la mala.

»La embarazó, el muy canalla, y luego el padre, enterado, nos echó de la casa, como a dos cualquieras, sin pagarnos el jornal de varios meses y tuvimos que volver a nuestra chocita casi destrozada, aquí en el Puerto. Yo enferma y la niña esperando lo inevitable.

»Acababa la niña de parir a Amalia hija cuando una mañana, a lo lejos del camino, apareció un hombre cansado, que se sentía que estaba como distraído por dentro. Encorvado y flaco, pero orgulloso, y yo lo reconocí en seguida. Era mi hermano Jonás. Salí gritando y corriendo a su abrazo, dando gracias al Altísimo y llorando de emoción y de presentimiento.

»Y todavía me acuerdo de aquel agarrarnos y reír, tras tantos años de dolores y distancias.

Siguió un breve silencio, unas lágrimas, un sorbo de té y un suspiro. Cruzó el cielo una manada de loras alocadas, ruidosas, festivas. Rugió un felino, ladró *Tobi* con el pelo erizado, pasaron dos tucanes. Todo volvió a la calma. Mahalia se abanicó los pechos y continuó:

—La vida cambió bastante para nosotras, tres hembras que dependían de Jonás. Bueno, no tanto para Amalia madre, que se empezó a consumir, enferma de melancolía crónica. La encontrábamos a veces comiendo lombrices y tierra, se arrancaba despacito los cabellos y deliraba por las noches, que tuve que quitarle la niña antes del destete, sus mamas vacías y yo preocupada de que le pasara la enfermedad. Ninguna medicina la curaba, ni la nuestra ni la de los blancos. La llevamos a ceremonias prohibidas, la dejamos con el doctor Epiphane, el haitiano, que nos la devolvió peor y alucinada. Y Jonás la miraba con recelo.

»Habíamos cambiado de casa. Nos mudamos a esta que nos cobija. Jonás le compró de vuelta al chino el terreno de papá y otros dos lotes, diez veces más cara la yarda de lo que la había pagado, y se gastó así todos los ahorros, en la casa y en las tierras. Encontró trabajo en el cacao como peón y trabajaba por las tardes y de madrugada nuestro lote. Y así íbamos tirando. Yo volví a trabajar a El Chino, con la nueva niña Amalia a la espalda. Las cosas empezaban a ir mejor, para todos menos para Amalia madre.

»Una tarde, al regresar, sentimos un vacío extraño y los espíritus me dijeron que algo malo había pasado. Amalia no estaba en casa ni por los alrededores. La buscamos sin resultado, tarde y noche, en la oscuridad de la selva.

»Apareció a la mañana siguiente ahogada en el río, sujeta por unas raíces, con su vestido blanco que fue de mamá y con una sonrisa que se le veía entre las aguas claras. Los ojos abiertos y grandes. Parecía una novia linda y feliz. Y ése fue el recuerdo que nos quedó de ella. Varios vecinos vinieron a verla y nos daba pena sacarla de su ataúd acuático.

»Estaba bonita, mi niña Amalia. Y yo lloré durante muchos días, con la pequeña a la espalda, como una herencia de aquel malvado. Jonás también sufrió mucho y quería vengarse. Dios me ayudó en hacerle olvidar la afrenta. Pero me costó frenar su virilidad ofendida.

»Jonás necesitaba hembra propia y, aunque ya estaba mayor, la encontró. Casi cincuenta tendría. Pero recuperó las fuerzas comiendo el pescado que él mismo capturaba los domingos y que yo salaba. Se casó al poco de morir Amalia y tuvo dos hijos, Jonás IV, el que te atolondra, y Wilbert. Sólo se llevan dos años. La mujer era la más guapa del pueblo y nadie entendía por qué se casó con Jonás III, mucho mayor que ella. Pero es que Jonás tenía muchos encantos y era amigo de su padre. Y bueno... luego no salió tan bien, pero al principio fue una buena madre y respetaba a Jonás, que aquí todo se sabe. Luego, al morir su marido, se fue para Belice con un pastor protestante.

»Así que como ves, aunque me llaman abuela, soy tía vieja de ambos y tía abuela de Amalia. O sea, que Amalia no es prima sino sobrina de ellos. No sé si me sigues, pero así son las cosas: yo siempre fui la abuela Mahalia y ellos los primos Wilson.

ICE

Bajaban de todas partes, llegaban en pequeños grupos, sonreían y bromeaban todos. El sol caía y se llenaban de oros los paisajes. Nunca se había visto tanta gente en el Puerto. Ni cuando murió aquel predicador evangelista en brazos de la mulata Matilda por una maldición del Español, cura del obispado de Limón que había gozado de los favores de la mulata durante su apostolado por aquellas tierras de herejes. Y de eso hacía muchos años...

Llenaban los caminos de fiesta y ruido. Aquel día llegaba la electricidad, y como una promesa bíblica, por fin se iba a hacer la luz. Dios no había olvidado a sus negritos del Puerto, bendito sea. Navidad distinta, frío en las neveras, pollos y pescados congelados, música en casa, imágenes televisadas, luz para ver en la oscuridad de la selva misteriosa. Todo eso sería posible mañana.

Después de tantos años, ruegos, quejas, protestas, amenazas y promesas nunca cumplidas, el ICE había llegado al fin para hacer posible el inicio de nueva vida. La mayoría contentos, aunque alguno preocupado porque «todo esto se paga» y otros pocos escépticos respecto a la verdadera utilidad de la electricidad, sus aplicaciones y peligros.

Sólo unos pocos pensaban en los recibos, las inevitables facturas asociadas para siempre a los milagros de aquella extraña energía no volcánica, invisible y que quemaba, llamada electricidad.

Y era Navidad. Era Navidad para todos, para evangélicos, presbiterianos, adventistas, testigos de Jehová, bautistas, anglicanos, Iglesia de Dios y católicos, iluminados en general y herederos de la Pocomía, y con ella llegaba la electricidad, que algunos confundían con la luz, como si siempre antes hubieran vivido en las tinieblas.

Postes, alambres y contadores recién instalados poco a poco, casa por casa y por orden de inscripción, sin importar si se era blanco o negro. ¡Cúantas cosas iban a cambiar para siempre!

—¡Pobres insensatos! ¡He visto esta escena tantas veces! La electricidad tiene sus ventajas, claro, pero después, cuando se quieren dar cuenta, ya están atrapados en el engranaje y la jodedera: que si televisión, que si frigorífico, pero luego se enteran del calendario de pagos aplazados. ¡Y a ver de dónde sacan tanta plata! Y se convierten en esclavos, de otro modo pero de vuelta esclavos, y pasan de la libertad de la pobreza a la esclavitud de la miseria, eso sí, en pantalla y con canales norteamericanos, que sólo les dará ganas de irse, convencidos de que allí todo es posible.

»Y con la luz, la droga, porque los turistas llegan con la luz y vienen a divertirse y a por droga. Y como la gente necesita dinero para abrir comercios y pagar recibos, pues se pone a tiro para los narcos. Empieza la función. Siglos de marihuana de cultivo propio se transforman en mafias reguladas.

»Necesitarán dinero. Atarán a los perros que antes eran libres para que guarden las nuevas propiedades. Y para justificar el uso de televisiones, radios, frigoríficos, se quedarán más y más en casa. Cambiarán las costumbres sociales.

»Los jóvenes querrán irse a la búsqueda del paraíso. Y sólo encontrarán miseria. Y los que se queden, la delincuencia como solución. El pueblo perderá lo más precioso: su libertad. Ingeniero, escéptico y poeta Marvin Jiménez, para servirla —concluyó el personaje dirigiéndose a Ariadna, que se quedó triste y llena de sentimientos contradictorios.

Aquella Nochebuena, siendo presidente de la República el doctor Óscar Arias Sánchez, el Instituto Costarricense de Electricidad conectó la energía eléctrica a Puerto Viejo de Talamanca, provincia de Limón, «incorporando a este querido pedazo de la patria al progreso imparable que nuestro pueblo merece y por el que lucha la nación», como decía el discurso del gobernador, desplazado para una ocasión tan especial...

Algún tiempo después Ariadna escribió:

Ellos, sujetos inconscientes de un drama de larga duración —nadie se desconecta una vez conectado— pero de difícil anticipación. Todos ilusionados con la novedad. Sin conocer o importarles que la energía eléctrica ha destruido y destruye pue-

blos, territorios, ilusiones y promesas. La luz llegó aquella tarde a Puerto Viejo.

Se acabaron las sombras constantes y profundas de una ciudad pequeña y prohibida para la mayoría de los extranjeros. Como si aquella tarde iluminada pudiera acabar con las sombras de una magia ancestral, presente y contaminante, llena de olores a jazmines podridos y pescados secándose al sol. Y tú me mirabas.

Te caían las gotas de la lluvia por los surcos que formaba tu sonrisa permanente. Dientes blancos en aguas dulces, tus ojos que miraban los míos, aquella mirada penetrante que hacía que todas mis intimidades se hicieran tuyas.

Te miré, queriendo romper tu silencio cabrón de macho total que sabe que lo es. Nuestro entorno se fue excitando. Encendimos unos neumáticos. Ardían bajo la lluvia. Y cada vez éramos más. Y habíamos decidido que aquella noche era nuestra. Tu hermano Wilbert con sus wailers había organizado un comando para reventar todas las bombillas a pedradas. Pareció tener algunos éxitos, pues el pueblo se fue matizando en la espesura.

Cervezas y ron, puros y algunas rayas. Cortamos la calle/ carretera. Obligamos a beber, sin demasiados problemas, a los que iban llegando. El fuego diluyó la emoción de las lámparas eléctricas. La noche se abrió en luna y estrellas despejadas, nos veíamos todos sin necesidad de las bombillas. Pero la electricidad servirá para más. Calentará comidas y enfriará alimentos.

Y ¿qué hacía yo entre vosotros? Milagro. Ver llegar la luz en estos años, tenerte cerca, con tu mano tocando levemente mi cintura, con mis ojos llegando hasta tus huesos, de sal, de amor. Mírame, tócame, siénteme, hazme tuya otra y otra vez y para *siempre, en medio de esa nueva luz, que se supone constante, presente y pagable.*

Qué emoción compartir vuestra alegría. Mirar a tu gente: ciento diez años en esta Costa y ese día llegó la electricidad. Y yo estaba con vosotros, cargada de energía, deseando descargarla en ti.

Y presintiendo que no todo iba a ser fiesta y alegría para siempre...

MAHALIA

—

Los días que siguieron a su regreso de aquellas trascendentales vacaciones, Ariadna tuvo que enfrentarse a la grata tarea de renovar su contrato por dos años y a la ingrata de anunciárselo a Tom. No fue fácil lo segundo.

Con el supremo no hubo problema. Firmó sin chistar y sin aparente interés la recomendación positiva para la extensión y, un poco de pasada, felicitó a Ariadna por la decisión tomada.

—Habrá más trabajo. Las cosas se animan. El presidente ha obtenido el Premio Nobel de la Paz y su plan se reactiva. Habrá recursos adicionales, coordinación regional y como PNUD estamos llamados a jugar un papel decisivo en el proceso de reconstrucción y desarrollo de la región. Has tomado una buena decisión. Muchas posibilidades. Felicidades.

Cuando llamó a Tom, le explicó la decisión que había tomado. Se hizo un silencio seguido de un «ya lo sabía», y un «pues yo no, pero creo que es lo mejor».

—¿Y de nosotros qué hay, Ariadna?

—Creo que es mejor que hablemos con calma, que

discutamos las cosas, que no nos precipitemos. Nada ha cambiado definitivamente, iré pronto a Nueva York.

—No es eso lo que yo creo. Me estás mintiendo, y lo sé. No tengo ni idea de lo que te pasa, pero sé que te están pasando cosas que no me cuentas. Me estás tratando como a un imbécil o como a un niño. —Tom estaba desconocido y furioso—. ¿Crees que estoy en la vida como una reserva, para por si acaso, para esperar a que vayas deshojando el resto de tu vida, tu margarita de egoísmos, caprichos e indecisiones?

Se hizo otro silencio, tenso, insoportable.

—¿Me estás escuchando, no tienes nada que decir? —preguntó Tom casi gritando—. Necesito verte cara a cara. Quiero que hablemos y que zanjemos este asunto de una vez.

—Lo siento, Tom. De veras que lo siento, no sé qué me está pasando. Hablaremos cara a cara. Iré a Nueva York, te lo prometo. Pronto, en cuanto pueda. Y hablaremos. Sé que es muy egoísta, por mi parte, pero dame tiempo, unas semanas, dame tiempo, por favor.

Ariadna se maldice, cobarde. ¿Por qué no terminar ya?, ¿por qué seguir dando largas a lo que ya sabe que se acaba? Mentiras, medias verdades, prolongar el dolor, ganar tiempo, amainar tormentas, postergar decisiones, dejar abiertas puertas... Ariadna no se atreve, Tom se deja, los dos prefieren... Hablarán en Nueva York, se quieren, hasta pronto, nos llamamos, un beso, cariño, hasta pronto.

Pero los dos sabían, sobre todo Ariadna, que hay caminos sin retorno. Y Nueva York, Tom y su futuro confortable habían pasado de ser una apuesta de futuro a un recuerdo del pasado.

Salió a buscar apartamento, cerca de la oficina. No podía ni quería seguir viviendo con Jorge y Robert. Y pidió que le enviaran su mudanza de Nueva York. Sintió un escalofrío cuando lo hizo, y tuvo la sensación de que cerraba, así, una hipótesis de futuro que por años había sido su objetivo. Y lloró un momento.

Las semanas siguientes Ariadna estuvo muy atareada, yendo y viniendo a la Costa en la que se habían concentrado todas sus energías. Encontró apartamento y se instaló, con algunos muebles prestados, mientras llegaban los suyos de Nueva York.

El proyecto de cooperativas bananeras la *obligaba* a visitar la región, lo que aprovechaba para recorrer los cien kilómetros que la separaban de Jonás e irse al Puerto. Hacía coincidir sus visitas con los fines de semana, y pasaba sábado y domingo con su amante.

Pronto descubrió que su proyecto tenía un objetivo adicional, sutil y perverso, que no había descubierto hasta entonces. El apoyo del gobierno y de la compañía siempre la había sorprendido un poco, pues no eran demasiado partidarios de la emancipación ni de la autogestión. Y se dio cuenta de lo estúpida que había sido. Todas las mejoras de gestión y productividad, todos los créditos y condonaciones de deudas para el sector cooperativo no tenían como fin principal ayudar a los cooperativistas a salir adelante, sino garantizar a la compañía, que monopolizaba la exportación, el poder continuar con sus precios de compra o incluso ajustarlos más y obtener mejor calidad de producto.

Parte de los problemas de rentabilidad del sector se debían a los precios de garantía que pagaba la Dole, que producía cada vez menos pero exportaba más. Para la compañía era mucho más rentable pagar por el producto escogido un precio fijado unilateralmente, que pagar salarios y seguros, arriesgarse a inundaciones, huracanes o sequías, plagas y otros desatres que cada año reducían o quebraban la rentabilidad de las fincas.

Los pobres cooperativistas, trabajando para sí mismos, se endeudaban, se pagaban menos salarios que los mínimos, malvivían, pero con la sensación de que eran propietarios de unas tierras que en realidad eran del banco, aval de préstamos impagables e impagados... Y aquí intervenían el PNUD y el Banco Mundial, para prestarles dinero con el que pagar y poder volver a endeudarse, convenciéndoles además de que sus problemas eran consecuencia de su mala gestión más que de los precios que cobraban y de los altos costes de mantenimiento de las pequeñas propiedades en las peores tierras. O las más apartadas, inundables, de difícil acceso o insalubres. Años y años de pesticidas y abonos tóxicos que además mataban los corales de la costa, y con ellos las langostas y los peces... Toda una cadena de desastres.

Era palpable que los cooperativistas vivían peor que los peones. Pero eran *propietarios.* Y esta conciencia de trampa no contribuyó al entusiasmo de Ariadna, que se sintió traicionada en sus ilusiones.

Cuando acababa su visita semanal, los viernes, se iba para el Puerto ansiosa y llena de temores. ¿Jonás la estaría esperando? Llegaba ya de noche, dejaba sus cosas en la cabina y se iba a El Chino. Algunas compras, una cerveza, muchas sonrisas y encuentros siempre improvisados. Jamás quedaba con Jonás, pero ambos se buscaban.

Fue trabando amistad con unos y otros, y todos la respetaban por ser como era y por Jonás. De alguna manera estaba adoptada. Y la magia de aquel lugar la iba capturando, y ella se dejaba.

Prisionera de amor y de emociones, hablaba y aprendía de la historia del pueblo y de la zona, hasta de su imprevisible clima, que condicionaba la vida de su gente. Temblores, aguaceros, vientos huracanados, soles de castigo... La naturaleza omnipresente y mandona que se imponía siempre a la voluntad de los humanos, naturaleza viva que imponía su ley allí donde todavía no había sido controlada. Entre el mar y la selva. Y supo de mil historias, contadas por Cubali, que vivía en Punta Cocles, por Boby, el viejo pescador, y por Mahalia.

Adoraba hablar con Mahalia y ese sentimiento era recíproco. Todos conocían ya sus historias, pero para Ariadna eran siempre nuevas y la embriagaban con su magia y su misterio. Aquél había sido otro mundo ignorado en la propia Costa Rica, un mundo negro pendiente de un sueño de redención que no acababa de llegar nunca, de un ya olvidado retorno a Jamaica, de una africanidad restaurada en aquel continente que jamás llegaba a la emancipación. Con sus mitos y su espiritualidad, que habían empapado sus vidas y sus costumbres y que se iban abandonando poco a poco por la presión hispana y por un turismo creciente, dominante, exigente, destructor de identidades y recursos del que sin querer ella formaba parte.

—Sólo teníamos dos opciones: el orgullo y la dignidad, que llamaban rebeldía, o la aceptación de nuestra suerte y la sumisión, que nos hacía esclavos... Y no siempre podíamos optar por la dignidad, es decir por la muerte o la huida...

»¿Huir adónde? El color es una marca imborrable. La negritud delata más que la marca del ganado...

»Y como siempre cantábamos, al trabajar, para darnos ánimo y hacer menos dolorosa la condena, los patrones blancos pensaban que éramos felices y estábamos contentos, y hacían trabajar más al pobre negro...

»Desde que el mundo es mundo y la Costa es costa, el negro siempre paga. Sí, m'hijita, siempre paga. Y pagaremos por ti y por todos una vez más. Los tiempos cambian, pero nuestro color permanece. Siempre delata la negritud, vayás donde vayás, más que marca de ganado. Y aquí estamos para pagar... quizá porque Adán y Eva eran negros, de allá por Etiopía, y Dios como que castigó a todos, pero se acuerda más, cuando se enfada, del pobre negro. Es extraño Dios. O el que nos ha tocado: el Dios de los cristianos...

»Eso sí, Dios hizo fuerte al negro porque sabía lo que le esperaba, más fuerte que al indio, pobre indio, porque su Dios no supo o no quiso prepararle para el blanco. Y ahí los tienes, a los que quedan, más extranjeros que nosotros en sus propias tierras.

»No es que estemos peor, pero estamos dejando de ser nosotros. Dentro de poco no habrá jamaiquinos en estas tierras. Los jóvenes sólo sueñan con irse a los Estados. Y muchos lo hacen... pero pocos cuentan la verdad de lo que allí encuentran, de cómo les va, cómo los tratan y encandilan a los que se quedan con historias. Y habrá acabado más de un siglo de historia del negro en Costa Rica, sin que hayamos sido nunca costarricenses de veras.

A veces, Mahalia hablaba de la naturaleza y el hombre y a Ariadna le encantaba escuchar sus imágenes visionarias de lo que se venía.

—El hombre no lo puede todo. Y aquí, la naturaleza nos lo recuerda muchas veces. Cuanto más la atacamos, más se defiende. Es triste, porque al final quizá gane el hombre. Pero el día que lo haga y mate la belleza, el hombre loco se habrá matado a sí mismo. Y querrá entonces devolver a la vida aquello que mató. Pero como un dios destructivo no podrá hacerlo. Y la última venganza de la naturaleza será arrastrar al hombre en su agonía. Y será el fin del mundo. De este mundo. Porque la vida renacerá, esta vez sin el error humano.

»Mira cómo es de generosa la vida, cómo se recupera en cuanto la dejamos. Y es noble, porque nos advierte. Y a veces se enfada, como Dios, y nos castiga con terremotos, huracanes, sequías o inundaciones. Pero nos quiere y siempre nos devuelve mucho cuando la cuidamos. El mar, la pesca. La tierra, sus frutos, árboles y plantas que nos dan comida o medicina cuando plantamos la yuca o el frijol o el arroz. Y el cielo nos da el sol y la lluvia.

»El hombre destruye, ensucia, abusa, corrompe... —Y volvía a quedarse pensativa—. Y pronto lanzará un aviso. Demasiados cambios, agresiones. Demasiada gente que viene, compra, deforesta. La electricidad y otras energías extrañas, con ondas raras... Vendrán días difíciles, días duros. La naturaleza pondrá freno a esta locura. Y aquí, en la Costa. Aquí, en el Puerto.

»Hace años que me resigno a morir vieja y sola. No, no me contestes, m'hijita, lo sé. Mis niños no acompañarán mi muerte. No me preguntes, pero mis niños queridos me dejarán sola ante la muerte, aunque no lo quieran. No será cuestión de querer, sino de poder. Y no podrán. Me duele hablar de estas cosas. Pero algo terrible me dice que mis niños morirán antes que yo. Y lo harán por la misma causa. Una terrible confusión. Ellos, que son inconfundibles... Y lo harán en el lugar que más aman: el mar. —Lloraba Mahalia al hablar de la muerte, más por la soledad que produce que por la muerte misma. Y contagiaba a Ariadna de fatalidad—. Vendrán días difíciles y días bellos, así ha sido siempre y así será. Y tú misma pasarás las pruebas que el Señor te mande. Y tendrás que ser fuerte, m'hijita, tendrás que ser fuerte. Y pronto. Te gusta vivir de prisa y creés que tomás vos las decisiones. Pero no te confundás que, a veces, son las situaciones las que te arrastran y sólo podés defenderte.

»Pase lo que pase siempre te marcará todo esto, tanto que quizá ya estés atrapada y no puedas decidir contra el destino...

»Pero Jonás te querrá, a su manera, pero te querrá hasta su muerte... Y ya te dije, morirá en el mar...

SAN JOSÉ

—

I wanna love you and treat you right
I wanna love you every day and every night
We'll be together with a roof right over our heads
We'll share the shelter of my single bed
We'll share the same room, Jah provide the bread
Is this love, is this love that I'm feeling?
I wanna know, wanna know now
I got to know, got to know now.

Is this love,
«Kaya»
BOB MARLEY AND THE WAILERS

Quiero amarte y tratarte bien / quiero amarte cada día y cada noche / viviremos juntos con un techo sobre nuestras cabezas / compartiremos el amparo de mi cama / compartiremos la misma habitación, Jah proveerá el pan / ¿Es esto amor? ¿Es amor lo que siento? / Quiero saberlo, saberlo ahora / Necesito saberlo, saberlo ya.

Corrían por las playas, se besaban en el agua, se reían de todo y se pasaban las horas sin sentir, bajo el sol o la lluvia, apenas cubiertos sus cuerpos, que se atraían como imán y hierro. Hacían el amor inagotables, anticipando la separación de cada maldito domingo por la tarde. Se sabían a poco y se gustaban cada vez más. Y la Ariadna radiante se transformaba en la Ariadna inquieta de cada lunes, la Ariadna aburrida de cada martes, la Ariadna antipática de los miércoles, la viajera de los jueves, la cooperativa y feliz de los viernes, y la amada y amante de los sábados. Y así semana tras semana.

Pero quería más, querían más.

«Sólo algo muy fuerte me hará dejar el Puerto...», había dicho Jonás. Y Ariadna quería cada vez más ser la fuerte causa que llevara a Jonás a compartir su vida en San José, aun sabiendo los riesgos de aquel cambio. Pero no soportaba saber a Jonás solo entre semana.

—Sabes, yo te soy fiel, pero a mi manera. Te amo, vos lo sabés, pero a veces... el sexo es muy fuerte y aquí yo no sé estar solo. Pero nunca es como contigo. Ya sabés que aquí todo es mío y que soy libre. Ya sabés que el sexo no es en esta tierra como entre vosotros, que lo vivís con dolor y problemas. Aquí el sexo es para gozar.

»Sí. A veces lo hago con hombres. ¿Qué más te da? ¿Te pones más celosa con hombres? ¿Preferís mujeres?

Y salía corriendo para escapar de los golpes de Ariadna, riendo, jugando siempre. Imposible Jonás.

Pero Ariadna iba ya tramando, quizá inconscientemente, los pasos que pronto la llevarían al definitivo: «¿Por qué no te vienes por un tiempo a San José?»

Fue el último fin de semana de febrero, cuando llegó al proyecto sin saber que era fiesta en la zona. Contenta, adelantó su ida al Puerto. Llegó la mañana del viernes y cuando se encontró a Wilbert, lo sintió turbado. Y lo siguió. Jonás estaba en una cabina con dos gringos. Lo vio salir de lejos, alertado por Wilbert. Ariadna no supo, pero creyó saber. Intuición traicionera. Y no preguntó nada. Pero todo funcionó mal aquellos días. Y el domingo lanzó su ofensiva final, que concluyó en un ¿te vienes o no?

Jonás encendió un puro y fumó lento y profundo. Iluminada su cara por la maría, abriéndose su boca en sonrisa adorable, extendiendo sus brazos hacia Ariadna, dijo:

—Sí; espero que no te arrepintás, que no nos arrepintamos.

Ariadna sintió un escalofrío. Y pensó que quizá era ahora el momento de hacerlo. Pero no consiguió arrepentirse lo más mínimo.

«Creo que harás mal si te llevas a mi nieto, m'hijita. Y no te lo digo por egoísmo, que también. Pero se perderá fuera de su tierra y de sus espacios. Es alocado y atrae lo bueno y lo malo. Es como un imán. Me lo perderás y lo perderás. Lo perderemos todos. Ya sé que no me harás caso... Y no seré yo quien os desee el mal. Rezaré por vosotros», le había dicho Mahalia.

Se lanzó a los brazos de Jonás e hicieron el amor durante horas.

Llovía fuerte afuera, y el sonido atronador del agua apagó el de sus gemidos. Croar de ranas, roncar de monos. Ladridos de *Tobi*.

Habían traspasado una frontera. Y entraban en territorio desconocido...

Hola, Ariadna, la guapa.

¿Te has quedado manca?

Cojita sé que no, porque no paras y no te encuentro nunca. Ni en el trabajo, ni en el apartamento. Cieguita, quizá. Y muda me lo parecías el otro día por teléfono...

¿Qué te pasa?

¿Te has mordido la lengua? ¿Tienes pupitas en la boca? ¿Estás afónica? ¡Cuéntame!

Soy yo. Nuria. Tu AMIGA. *La del cole. ¿Recuerdas?*

¡Eh! ¡Toc, toc! ¡Vuelve!

Allo? ¿Hay alguien ahí?

Bueno. No quiero parecerme a tu madre, pero la verdad es que no sé lo que te pasa. Supongo que estás bien pero no estoy segura.

Nuestras últimas conversaciones han sido un poco raritas. Cortas, con silencios espesos y conversaciones que parecían realmente de dos mundos. Intercontinentales. Nunca había sido así. Siempre hemos sabido encontrar un universo propio entre las dos, aunque fuera a miles de kilómetros de distancia. Ahora, ya no estoy tan segura.

No adivino suficiente con lo poco que me explicas. Mejor dicho, no entiendo tus emociones «nuevas», según me dices.

Incomprensibles para mí.

Creo que tú también piensas que no puedo entenderte.

Es cierto, a veces no me entero bien de los sentimientos. Y no sé cómo comprender un lenguaje que se vive o no se puede aprender nunca como si fuera un idioma.

Sé que has decidido quedarte. Lo puedo entender. Me decías también, hace tiempo por carta, que si optabas por hacerlo tu relación con Tom terminaría. Tú sabras por qué. Pero no me has contado si así ha sido, si se lo has dicho. No puedo imaginar qué tendrá ese chico, Jonás, pero quizá sea algo pasajero. No sé, tú lo sabrás, de acuerdo. Pero quiero saber qué te pasa.

Te quiero.

Llámame o escribe.

Es un ultimátum.

Me gustaría venir, como me pedías. Pero hasta abril no permiten el turno opcional de vacaciones.

Ya sabes cómo són las cosas en un banco.

¿Podrás resistir?

Quiero verte, pero no puedo ir yo. ¿Por qué no vienes?

Ahora que acaban de darle el Premio Nobel de la Paz a Óscar Arias, presidente de tu querida Costa Rica, quizá puedas pacificar también tu vidita... ¿Qué te parece?

¡Concédete una tregua!

Tengo la impresión de que estás en guerra permanente contra ti, contra tu salud y contra todo aquello que te recuerda —incluida yo— tu vida anterior.

Leí el otro día unas declaraciones de Arias en las que decía que se «podía conseguir la paz desde la neutralidad militar, pero

no la ideológica». Creo que se refería a las relaciones con Nica-
ragua.

Y pensé en nosotras. En ti. En mí.

Prometo no lanzar ningún ataque. Soy inofensiva. Por eso
nadie me hace mucho caso. Pero déjame que me preocupe por ti.

Quizá lo hago por egoísmo. No soy tan estupenda.

Pero es que no quiero perder a mi única amiga.

Bueno, locatis. Me he puesto superprotectora y pesadita.

Pero no he podido reprimirme.

Y no te paso ningún consejito y recadito de los muchos que
me llegan para ti. Creo que te los imaginas todos. Son siempre
los mismos mensajes y los mismos mensajeros.

¿Qué voy a hacer contigo?

Besarte, abrazarte, estrujarte, mimarte, cuidarte y todos los
«tes» que se me ocurran hasta que te vea de nuevo.

No hay nada como el directo, Ariadna.

Mientras, llama.

Besos,

NURIA

Pasaban los días en una deliciosa sucesión de encuentros largos y separaciones breves. Ariadna cumplía en la oficina, sin mayor entusiasmo. Y ansiaba volver a encontrarse con Jonás. Entre semana, salían casi todas las noches, provocando los celos y envidias de sus amigos, que convertían a Jonás en la novedad sensacional de cada fiesta. Estaba radiante. El más celoso era Jorge, que no se conformaba con su nuevo papel de simple amigo. Quería más. Con Ariadna... y con Jonás. Pero lo fue aceptando. Robert estaba encantado, aunque sabía que la revancha podía ser terrible.

Los fines de semana, después de la fiesta de los viernes y de dormir la resaca el sábado, se escapaban a la montaña, pero por distintas razones no bajaron al Puerto en mucho tiempo. Quizá Ariadna, de manera más o menos consciente, quería hacerse totalmente con Jonás, y temía que el Puerto lo atrajera demasiado. Visitaron varios parques nacionales y caminar y correr con Jonás y escuchar sus locuras era un placer que se renovaba a cada instante.

Pero Jonás estaba pensativo a veces, un poco triste,

porque echaba de menos su mar y sus olas, y Ariadna siempre le prometía «la semana que viene bajamos, ¿Ok?». Y esto animaba de inmediato al niño Jonás.

Ariadna y Jonás ya habían tenido algunos problemas de pareja, nada serio, cosas de la coca. Calentones coqueros sin importancia pero que solían poner a Ariadna de muy mal humor. Sobre todo cuando lo pillaba con un guarro llamado Luis, que perseguía constantemente a Jonás. Era un niñato libidinoso y andrógino que tenía fama de ser el más salido de la ciudad. Ya los había sorprendido tres veces. Dos con Janina, y otras cuantas con una ya larga lista de «urgencias y apremios», que así los llamaba Jorge.

«Es como un imán», le había dicho Mahalia. Y aquella ciudad parecía estar habitada por seres ferruginosos... A veces, sólo en los momentos más duros, Ariadna pensaba que se estaba equivocando y que no podría aguantarlo demasiado.

Tiempo después Ariadna escribiría:

Subíamos por aquel valle, lleno de cafetales y de llamas del bosque. Era un día de invierno soleado, con negras nubes que se veían en el horizonte y con el sonido de truenos lejanos. La carretera se multiplicaba en curvas y en baches, especie de trampas donde dejarse los ejes y las cubiertas. Pero entre las rayas de coca y puros de maría nadie parecía preocuparse más que del disfrute presente y del gozo futuro de llegar a las cumbres azules de oxígenos y ozonos que siempre resaltaban sobre los verdes variados de los potreros.

Y allí los volcanes. Fuerza y energía, reto e inquietudes, al saber que de allí o por allí se organizaban los temblores y surgían las cenizas que sacudían y a veces cubrían aquellos valles.

Subir. Sensación de subir sin límites, de estar más alto que las montañas, tan alejados del suelo, tan distantes, que ni oficinas ni trabajos ni citas podían alejarte del aquel presente de emociones. Y tú a mi lado. Tu cuerpo y tu olor, que no necesariamente tu mente a mi lado. Podía poseerte allí mismo, entre bromelias y heliconias y orquídeas, entre pastos y terneros y potros y hongos alucinógenos. Allí, dejándonos caer por las laderas, entre cipreses y coníferas variadas, pegados el uno al otro por nuestros contactos eléctricos, positivo y negativo, penetrador y penetrable, poderoso y sensible, yin y yang, tú y yo, canalla mío, debilidad creciente y pasión que quema. Razón inútil ante emoción que arde, ganas de comerte, de tenerte, de beberte, de saber que en ese momento no puedes ni tienes la imaginación necesaria de ser de nadie más.

Abrazarte, cogerte del cuello y allí mismo, cogerte, cogerte... Propiedad total y momentánea. Valor supremo. Qué me puede importar el resto. Y te miro y te palpo y te toco aquello que espero más de ti y nunca falla. Paramos y me dices entre risas «ya sé lo que quieres, me ponés a cien, mi niña, me ponés a todo trapo», y nos vamos y te tengo y creo que también me tienes y de pronto, como siempre, salvaje indomable, te levantas gritando y bailando, moviendo tu cuerpo con ritmo frenético y me llamas, me gritas que te siga y sí, el cielo está cubierto. Y el bosque en penumbra.

Pero tú gritas y gritas y llamas al cielo y le señalas una bromelia entre tantas, colgada de una rama alta, en un árbol inmenso, y gritas y gesticulas y empiezas a masturbarte, loco infame, provocador telúrico, y gritas, gesticulas, te masturbas. Y no

173

lo puedo creer, pero el cielo se entreabre, un poquito, lo justo o necesario y un rayo de luz atraviesa el bosque, entre tanta rama, entre tanto árbol y llega, sí, llega directo, como un foco, a iluminar nuestra bromelia. Por minutos el cielo apenas abierto deja pasar el rayo que ilumina la planta señalada que tú escogiste entre tantas para mí. Y mientras, trepas, subes, te arañas, llegas, la coges y la bajas, y todavía al bajarla, el sol cambiante, las nubes que vuelan la iluminan, hasta que la dejas en mis manos, roja, azul, verde y viva, iluminada por un instante, breve y completo, hasta que el cielo se cierra, las nubes ganan, pero la bromelia brilla. Y está en mis manos.

Una lluvia de gotas minúsculas, refrescante, reemplaza al furtivo rayo. Te miro y me miras y, como de lejos, se acercan los truenos que sonorifican lo que nuestros cuerpos necesitan. Una tormenta de emociones, una tormenta de lluvia penetrante, un fundirnos para siempre en un minuto eterno.

Y mientras me posees, se me derraman, entre lágrimas, otra vez, todas las dudas sobre el acierto de tenerte... «Él es bueno a su manera...»

TEMBLORES

—

El borracho está convencido, que a él el
alcohol no le afecta los sentidos:
por el contrario, que sus reflejos son
mucho más claros y con mejor control.
Por eso hunde el pie en el acelerador,
y sube el volumen de la radio para sentirse mejor.
Cuando ve la luz cambiando a la amarilla,
las ruedas de su auto chillan y el
tipo se cree un James Bond;
decide la luz comerse y no ve el camión aparecerse
en la oscuridad.
Grito, choque y la pregunta a la eternidad (¿qué pashó?)

Coro
Decisiones, cada día. Alguien pierde, alguien gana.
¡Ave María!
Decisiones, todo cuesta. Salgan y hagan sus apuestas.
¡Ciudadanía!

Decisiones,
«Buscando América»,
RUBÉN BLADES y SEIS DEL SOLAR

175

Aquella semana no debería haber empezado nunca. Pero ya era lunes por la mañana, un día que amaneció oscuro y lluvioso, extraño para la época del año. La noche anterior la tierra había temblado bastante y Ariadna incluso se vistió y preparó una bolsa de mano por si acaso. Jonás dormía profundamente y no le prestó ninguna atención cuando ella trató de transmitirle su inquietud. Demasiadas copas, demasiada hierba, demasiado todo.

Llamó a Virginia casi de madrugada y se calmó bastante al escucharla decir tranquila: «No te preocupes, lo malo es cuando no avisa, y ya lleva temblando desde la tarde.» Pero Ariadna no logró conciliar el sueño. Estaba nerviosa y no sólo por los temblores. Adoraba a aquel hombre que dormía a su lado, pero la agotaba. Era incorregible y ella había pasado de la aceptación y fascinación iniciales a querer, poco a poco, ir convirtiéndolo en otra persona, más adaptable a una vida que era más de ella que de él. Y empezaba a estar claro que no lo lograría y le asaltaban razonables dudas de si siquiera debía intentarlo. Más bien pareciera que era él el que estaba logrando arrastrarla con su vida basada en obtener lo que más le apetecía, cuanto más mejor, cuantas veces se le antojara y a cualquier precio.

Ella amanecía agotada, descentrada, cada vez más aburrida de fiestas y coca y alcohol y conversaciones que no dejaban huellas ni recuerdos. Y sin ganas casi de emprender su trabajo. Y él dormía, se levantaba tarde, se hacía un puro y sonreía a todo el mundo ¡pura vida! Sólo echaba de menos el Puerto, su mar, de vez en cuando, y le hacía prometer que volverían pronto. Y otro día de fiesta, de charla, de lo que pillara y de sexo. También, y ya Ariadna lo tenía claro, con ella o sin ella. «El sexo, mi niña, no tiene nada que ver con el amor. Aunque pueden ir juntos. Pero el sexo es un instinto, no es de la cabeza, sino de aquí —y se tocaba la entrepierna—. Y yo tengo ese instinto muy desarrollado. Pero a vos te amo.»

Se levantó de la cama todavía de noche. Se duchó y preparó un café. «Escribiré a Nuria.» Empezaba a amanecer cuando se sentó y, sin poderlo evitar, comenzó a escribir entre lágrimas, lágrimas de vacío y de melancolía, como esas que se derraman al final del verano, cuando se regresa a la rutina de las obligaciones y se despide al amor conocido en aquella playa.

No sé si acabaré enviándote esta carta. No estoy en un buen momento. Incluso estoy llorando y no me preguntes por qué, que ni yo misma lo tengo claro. Pero creo que es por muchas cosas a la vez. Y además puede influir mi maldito desajuste menstrual. Llevo ya tres faltas. El caso es que hoy está temblando mucho y no puedo dormir. Deben de ser las seis de la mañana y Jonás duerme como un niño. ¡Pero qué niño!

[...] Y por eso estoy como cansada, de tanta fiesta y tanto jajá, de frivolizarlo todo y de que la vida se convierta sólo en una sucesión de emociones vividas día a día, con la única perspectiva de qué hacer el fin de semana.

[...] Y estoy celosa de saber que Jonás, en el fondo, nunca será mío. Será siempre de él mismo y como él mismo. Vive de mí pero no le importa. Cree que se merece cuanto le doy. Y si no, busca en otro lugar. No tiene la más mínima sensación de pudor o de vergüenza. Y sin embargo es muy digno, a su manera...

[...] No creo que esto dure mucho. O no duraré yo. Tengo muchas ganas de verte... Te llamaré por teléfono esta tarde o mañana. Es una lata la diferencia horaria. Cuando puedo o me acuerdo, no son horas y lo voy dejando...

[...] Creo que ya estoy mejor. Me ha hecho bien contarte estas cosas, aunque sólo yo me puedo ayudar.

Salió para la oficina a las siete y media. Dejó una nota para Jonás junto al café: «Vuelvo a la una. Por favor, espérame. Quiero que hablemos. Un beso.»

Cuando llegó a la oficina no había mucha gente todavía. Fue a la cocina a por un café y saludó a la empleada de la limpieza y a algunos chóferes y secretarias. Comentaban de los temblores como del clima y del fin de semana, sin emoción especial. No se entretuvo. Quería empezar cuanto antes el informe de progreso de su proyecto. Necesitaba que el trabajo le absorbiera los pensamientos.

Se sentó a su escritorio y ojeó la prensa del día. El diario *La Nación*, bastante malo y muy reaccionario, dedicaba varias páginas, como siempre, a atacar a los sandinistas. Y un editorial virulento se ensañaba con Noriega. Parecía que el periódico lo escribían en la embajada. Era gracioso que no hiciera falta añadir de quién. La norteamericana era la embajada a secas. «Continuará temblando», anunciaba previsor el parte geosísmico y meteorológico.

Y como para confirmarlo, una sacudida bastante intensa le derramó parte del café sobre su blusa. Entonces entró Jorge. Era la imagen viviente del desastre. Ojos hundidos, rojos y como alucinados. Sin afeitar y con el pelo alborotado, un cigarrillo en la mano temblorosa y oliendo a alcohol a cuatro metros.

Se sentó, o más bien se dejó caer, en un sillón frente a Ariadna.

—Estoy jodido —dijo como introducción—. Ariadna, estoy jodido. —Y empezó a llorar.

Ariadna se abalanzó sobre él y lo abrazó, llorando contagiada.

—No, no llores, dime, ¿qué te pasa?, ¿qué ha pasado?, ¿qué te han hecho? No, no llores.

—Es Robert. —Jorge hablaba entre sollozos—. Es Robert. La cagamos, Ariadna, la cagamos. Ha dado positivo. Sí, positivo al sida. Estamos jodidos, Ariadna, y él en San Francisco. No sé qué hacer. —Y se abrazó a Ariadna, que lloraba con él, de pena, de rabia y de miedo—. Me llamó ayer por la tarde. Sabes que nos habíamos enfadado por mi culpa, por ese muchachito que me volvió loco. Y él se marchó para reflexionar a California. Y ayer me llama y me cuenta, y no lo puedo creer, no es posible, por qué esa puta enfermedad, ese castigo, esa mierda de plaga, por qué nosotros...

Se interrumpió entre lágrimas, abrazado a Ariadna que lloraba también desconsolada y pensaba a toda velocidad en todas las locuras, en los riesgos, en sí misma, casi sin pensar en Robert. Pensaba en Jorge, en ella, en Jonás, en tanta mierda como habían hecho, en lo lejana que parecía la peste, en las risas y fiestas. ¿Qué hacer ahora? ¿Saber o no saber? Había que saber, había que hacerse las pruebas, que cuidarse, había que ayudar a Robert. Pobre Robert, mierda, joder, la cagamos.

—Nos parecía algo muy lejano, algo que no nos tocaría jamás. No tomamos ningunas precauciones, joder, hemos hecho el suicida, Ariadna, y la hemos jodido, sin remedio, parece, sólo al tiempo...

—Cálmate, Jorge, cálmate —intentaba Ariadna, ella misma destrozada y nerviosa.— Tómate algo, vete a la cama y descansa un poco. No sirve de nada...

Y pasaban por su cabeza, en una sucesión vertiginosa, docenas de situaciones, de locuras, de delicias contagiosas, de amores irresponsables concretados en penetraciones que ahora resultaban suicidas, y todos los porqués, interrogaciones absurdas por tardías, miedos que sólo se resolverían en forma de test maldito, angustia inevitable ante una potencial condena, ante aquella cercanía, constatada ahora, del virus de la muerte.

—¡Qué gran mierda! ¡Qué desastre, pobre Robert! —gemía Jorge—. Me voy, Ariadna, necesito estar solo. Me voy. Tengo que pensar qué hago, si me voy a San

Francisco, si espero un poco, si voy directo a hacerme el test, si lo dejo para más adelante... Estoy quebrado, Ariadna, estoy quebrado.

Ariadna no podía articular una sola palabra más. Ella también necesitaba estar sola. Volvió a temblar, largo, duro, se cayó un jarrón y su estrépito sacudió a los dos amigos. Era como si la tierra quisiera sumarse con su fuerza al drama humano, recriminante, consoladora o solidaria, rugiendo en sus entrañas, agitando superficies y alterando las rutinas.

Jorge la besó. Le dio las gracias y salió.

—Mírate tú también, aunque seas mujer... —Se volvió en el pasillo—. Mírate tú también...

Ariadna se sentó temblando. Desencajada, no podía ni pensar qué hacer. Se levantó y cruzó por delante de Ana, que estaba como petrificada, con cara de haber oído lo suficiente.

—Ni una palabra —le dijo al pasar. Ella asintió. Se fue a ver, a contarle, a llorarle a Virginia.

Estaba más tranquila por la tarde, cuando volvió a casa. Virginia había hablado con el jefe, inventó una excusa y se tomaron el día libre. Se fueron a pasear con el coche por las montañas y comieron en un restaurante tranquilo, con una relajante vista sobre el Valle.

Allí hablaron largo y tendido, y Virginia aportó su cariño y su sensatez, ayudando a Ariadna a tomar decisiones. Se iría unos días a Nueva York. Hacía ya algunas semanas que tenía que hacerlo, por razones de trabajo, pero lo había ido posponiendo. Iría a la sede del PNUD, visitaría a su ginecóloga y se haría el test. Seguía con faltas, y aunque tenía tendencia a esos desarreglos atribuidos a sus estados anímicos, ahora estaba más preocupada. Y además vería a Tom. Ya iba siendo hora de resolver la situación con él. No podía seguir en esa indefinición egoísta.

Virginia la dejó en casa a las cuatro. Jonás no estaba. «Te estuve esperando y como no llegabas, me fui a comer con Luis. Me llevé tres mil colones. No vendré tarde», decía la nota que encontró en el salón. «Te amo», concluía. Se alegró de que no estuviera. Así podía seguir pensando en sus planes. Saldría el miércoles y se quedaría una semana. Esperaba que fuera suficiente. Dependería de los resultados de los análisis... no quería ni pensarlo. Seguro que no, pero... Se sirvió un gin-tonic y se puso música clásica. Barroca, claro.

Estaba agotada. Vaya noche y vaya día. Se tomó otro de los calmantes que le dio Virginia. Era un ansiolítico y la verdad era que funcionaba. Se recostó en el sofá, mirando aquel cuadro primitivo nicaragüense que le regaló Jorge. Pobre Jorge. Pobre Robert. Pobres todos... Una lágrima caía por su mejilla cuando la mezcla de ginebra y ansiolítico la arrastró a un sueño agitado pero profundo. Serían las seis. Jonás no estaba.

Jonás llegó enfiestado a las tres de la madrugada.

—No me pude escapar —le oyó decir entre sueños.

—Déjame en paz y vete al sofá. No quiero que me toques —respondió ella.

Él no entendió muy bien lo que pasaba, pero sí que algo pasaba. De lo que nadie podría acusar a Jonás es de que fuera pesado. Se retiró al instante y se echó a dormir tras beberse una cerveza. Siempre se liaba. No sabía por qué se había liado con Luis. Era un cerdo y un caliente. Tuvo tiempo de añorar su vida en el Puerto. Y se fue yendo, yendo, surfeando, soñando con olas y con soles fuertes, con salitres y langostas, con Bob Marley, que sigue cuidando desde el paraíso a sus hermanos negros...

Ariadna se levantó triste. Fue recordando las escenas del día anterior, sus planes, sus angustias. Se hizo un café y ni despertó a Jonás, que dormía desnudo, con el sexo en guardia y una sonrisa de niño inocente en sus gruesos labios. Qué guapo era. Siempre se lo perdonaba todo con sólo mirarlo un rato dormido. No había maldad en él, pero su vida era imposible. Y Ariadna estaba contribuyendo a ella facilitándole su cama, su dinero y su amor, satisfaciendo su deseo de tenerlo junto a ella.

Se vistió con rapidez, intentó hablar con Jorge sin resultado y salió para el trabajo. Tenía que arreglar un montón de cosas. Billetes, informes, hablar con su jefe («pobrecillo, no era mal tipo, pero era tan aburrido...»). Era urgente encontrar a Jorge. Empezaba a preocuparse en serio.

La conmoción en la oficina era palpable. Llantos, corrillos, un coche de la policía en la puerta. Antes de que Ariadna pudiera siquiera bajar del coche, Ana se lanzó sobre ella, toda lágrimas.

—¡Ay, doña Ariadna, ay, niña, qué disgusto, qué horror, qué desastre! ¡Don Jorge, ay, don Jorge...!

Ariadna empezó a temblar.

—¿Qué pasa, qué le ha pasado a Jorge, dónde está? ¡Dime algo!

—Ay, niña, ay, que se mató de madrugada, qué horror, un accidente, en la playa, cerca de Manuel Antonio, el coche destrozado y él murió en el acto, ni al hospital, Ariadna, ni al hospital.

Ariadna sintió un escalofrío. Luego empezó a faltarle el aire y estalló en un llanto incontenible y profundo que salía de sus pulmones en forma de grito, y mojaba su rostro contraído en una horrible mueca de dolor.

—¡Jorge, Jorge! —gritaba fuera de sí y golpeando con sus puños la pared—. ¡Nooo, Jorge, nooo!

Virginia se acercó. La abrazó fuerte y la dejó llorar. También lloraba ella, en silencio. Lloraban todos. El supremo salió de su despacho junto a dos policías y pidió que pasaran Virginia y Ariadna.

Mister Morris encendió un cigarrillo. Estaba conmovido y preocupado, además, por todos los líos administrativos que esta muerte le causaría.

—Sucedió a las tres de la madrugada, entre Manuel Antonio y Quepos. Llovía mucho. Parece que iba a gran velocidad y en una curva, al tratar de evitar un coche que iba en sentido contrario, se precipitó por el barranco. Había estado bebiendo como un demente. Al menos, eso declararon los dueños del bar Florita, donde pasó parte de la noche. Dijeron a la policía que lo conocían bien y que nunca lo habían visto en ese estado de desesperación. El conductor del otro vehículo, que logró bajar por el barranco hasta el coche de Jorge, dijo que lo halló encajado entre el volante y el techo hundido, y que lo oyó balbucear un «estamos locos» antes de vomitar sangre y morir. Perdonad que omita otros detalles.

—¿Qué detalles? —preguntó Virginia. Ariadna estaba a punto de desmayarse.

—La policía ha encontrado drogas en el coche. Cocaína, marihuana y yo qué sé qué. Y puesto que se trata de un vehículo oficial, quieren saber cómo abordar el asunto con la mayor discreción. Tendré que hablar con el ministro. He mandado a Julián a su casa, para que vea si todo está en orden y que lo deje todo bien cerrado. Teníamos copias de las llaves en la oficina.

»No sabéis cómo lo siento. Sé que era muy amigo vuestro... tuyo, sobre todo —dijo mister Morris dirigiéndose a Ariadna—. Vete a casa y tómate unos días libres. Yo me ocupo de todo. De momento he pedido la máxima discreción en el asunto. Y nada de prensa, claro. También estoy tratando de localizar a su familia en Buenos Aires. ¡Qué disgusto!

—Virginia, toma tú también el día libre y cuida de ella.

Ariadna casi no podía caminar. Con la ayuda de Ana consiguieron meterla en el coche.

—Ana, me voy a Nueva York. Resérvame vuelo, por favor —dijo con un hilo de voz—. Quiero verlo, quiero verlo. Tengo que llamar a Robert, mi pobre Robert. —Y empezó a llorar de nuevo.

—Yo lo llamaré. Vamos a mi casa. Te haré un té y te tomarás un somnífero. No puedes ir sola. Yo llamaré a Robert. Te lo prometo. Vas a descansar. También llamaré a Jonás.

Cuando Virginia entrecerró la puerta de su habitación con Ariadna dormida sobre su cama, fue ella la que empezó a llorar. Siempre le tocaba ser la sensata. Siempre tenía que controlar sus emociones. Hasta cuando supo que su historia amorosa había terminado. No se lo dijo a nadie. Vivió el desgarro desde la soledad, sin apoyo de nadie. Llorando a solas. Como ahora.

Se sirvió un vaso de vino. Ariadna dormiría unas horas. Llamaría al sinvergüenza de Jonás y a Robert. También a la oficina, para saber novedades, si las había. Organizaría el viaje de Ariadna a Nueva York. Pensó en su amiga con ternura. «Qué loca has estado, mi tesoro, pero se acabó. Yo sé que se acabó y no quiera Dios que te hayas contagiado.» Tembló y siguió llorando suave, como de lluvia larga y mansa.

Jonás no contestaba. Buscó el teléfono de Robert y le dejó un mensaje. Que la llamara. Llamó a la oficina; no había novedades. El cadáver llegaría por la tarde al hospital México y la madre de Jorge por la mañana para repatriarlo. Se sentó con otro vaso de vino en la mano y se quedó dormida, con una profunda tristeza.

Cuando Ariadna se despertó por la noche, Virginia le contó lo esencial. Jonás estaba informado y esperaba su llamada. Robert llegaría al día siguiente por la tarde; estaba destrozado. Que la madre de Jorge esperaba poder llevarse el cadáver dos o tres días más tarde. Afortunadamente, ésta sabía de Robert, y no puso ninguna objeción para que fuera a la casa a llevarse sus cosas. Ella sólo quería algunos recuerdos de aquel hijo al que siempre quiso desde la distancia y del que siempre supo, o así lo había dicho, que acabaría mal. Ariadna ya tenía reserva para volar a Nueva York el jueves por la mañana.

Ariadna asentía, abobada, desconectada, pensando en todo y en nada.

—Jorge ya no se hará el test —atinó a decir al rato, antes de prorrumpir en sollozos y de abrazarse a Virginia—. Qué absurdo es todo. Ayer, tristes por la casi condena a muerte de Robert y hoy, llorando una muerte consecuencia de esa condena ajena. A lo mejor Robert se cura, o vive diez años. Y Jorge, mi loco Jorge... —Ariadna lloraba dulcemente, con ternura y resignación—. Y ahora falto yo. A saber qué me va a pasar, lo que voy a hacer. ¡Es todo tan demencial, tan distinto a lo que me esperaba! Creo que estoy madurando a bofetadas. A lo mejor sólo se madura así. A golpes de la vida. Y cuántos más me esperan, porque mi padre siempre decía que la vida va por rachas. Y todo esto parece ser el principio de una racha muy mala.

Virginia la dejaba hablar en un monólogo liberador. Asentía, negaba, la consolaba con palabras y caricias, la cobijaba entre sus brazos cálidos, la incentivaba a hablar, a descargarse, a poner un poco de orden en sus neuronas, a reflexionar sobre vivencias, a proyectar decisiones y a animarse un poco.

Llamó Jonás interesándose por Ariadna.

—Llévame a casa, Virginia, por favor. Él no tiene ninguna culpa de todo esto. Lo que nos está pasando es culpa de mi egoísmo.

Virginia la acompañó a su apartamento, donde las recibió Jonás, un poco aturdido y sinceramente apesadumbrado. Ariadna y él se abrazaron y Virginia esperó a que ella se fuera a desvestir para pedirle a Jonás que hiciera un esfuerzo de sensatez «excepcional» y que Ariadna se iría a Nueva York por unos días.

—Ok. Pura vida. No te preocupés, no creás que soy un bestia. Vos creés que yo le hago daño a Ariadna y a lo mejor es cierto. Pero no es que yo quiera. Yo soy como soy y no creo que se lo haya ocultado a nadie. A lo mejor los dos nos estamos haciendo daño, pero nos queremos, sabés, nos queremos y mucho. Y yo no me hallo fuera de mi Costa...

Virginia no dijo nada. Se despidió de Ariadna y quedó en recogerla por la mañana, a eso de las diez. Al salir miró a Jonás y se despidió diciéndole:

—Hay amores que llevan a la destrucción. Cuídala. Y cuídate.

Ariadna y Jonás hicieron el amor, con más ternura y menos pasión que hasta entonces. Y se quedaron dormidos, inquietos y abrazados. Jonás añorando su hamaca preferida y Ariadna llena de culpas y presagios y pensando en el test improrrogable. «¿Qué importa una vez más, después de todo lo que hemos hecho...?»

Y tembló la tierra olvidada por los amantes, como si Ozhu quisiera pasarles algún mensaje que no escucharon...

DECISIONES

—

Cause I remember when we used to sit
In a government yard in Trench Town
Observing the hypocrites
Mingled with the good people we meet.
Good friends we have
Oh, good friends we've lost
Along the way.
In this great future
You can't forget your past
So dry your tears, I seh
No woman no cry.

No woman no cry,
«Natty dread»,
BOB MARLEY AND THE WAILERS

Porque recuerdo cuando solíamos sentarnos / en un parque de Trench Town / mirando a los hipócritas / que se mezclaban con la buena gente que encontramos. / Tenemos buenos amigos / oh, buenos amigos hemos perdido / por el camino. / En este gran futuro / no puedes olvidar el pasado / así que seca tus lágrimas / no, mujer, no llores.

El miércoles transcurrió de un modo vertiginoso, como suele suceder con aquellos días que desembocan en actos trascendentes. Y por sencilla que fuera la ceremonia que despediría a Jorge de colegas, amigos y conocidos, el dramatismo de la situación centró la jornada de todos ellos. Si decidió asistir fue por Robert, aunque lo que menos quería, en el fondo, era encontrarle. Escapar, escapar, escapar... fue su obsesión constante, su angustia inevitable todo el día.

Virginia y Ana le habían organizado el viaje a Nueva York. Pensó por un momento si llamar a Tom o anunciarse después de haber llegado. Decidió no ser cobarde y actuar en consecuencia con sus decisiones, y la fundamental pasaba por explicarle que se acabó, y así dejaría de torturarle con aquella indefinición, producto de su cobardía y egoísmo.

Llamó a Tom y lacónicamente le anunció que llegaba al día siguiente. Tom protestó por la precipitación de la llegada, pero en seguida mostró su alegría, una alegría forzada y tímida, premonitoria de lo que sería su encuentro.

La recogería en el aeropuerto JFK. Ariadna hubiera querido tener más tiempo, verle más tarde, pero no protestó.

—Hasta mañana.

Virginia fue a buscar a Robert al aeropuerto a primera hora de la tarde. Ariadna, con lágrimas en los ojos, le dijo que no podía ir, que no podría soportarlo. Se verían en casa de Virginia a las siete, para ir al hospital. No quiso ir a su casa y se fue a comer con Ana, aunque no probó bocado. Ana habló y habló, pero Ariadna ni siquiera la escuchaba. Miraba su plato, se secaba los ojos, esbozaba lo que intentaba que fueran sonrisas de agradecimiento a su acompañante y pensaba en Tom, en Jonás, en Robert, en Nuria y en su madre.

Su madre. Hacía dos meses que no la llamaba. Y es que cuando lo hacía se quedaba como bloqueada, sin saber qué decirle, cómo acercarse a aquella persona que siempre le había resultado distante y extraña. Y bastaba cualquier comentario de ella sobre Barcelona o la familia para que el abismo se profundizara, haciendo imposible cualquier conversación que traspasara los límites de la cortesía y los «te quiero» y besos finales. Se sentía sola. Tampoco había hablado con Nuria. Para qué preocuparla, cómo explicarle; prefería dejar pasar unos días y resolver aquel interrogante que la torturaba. Y Jorge. Y Robert. Y ella. Y lloraba. Y se secaba los ojos mirando el plato.

Volvieron a la oficina y resultó inevitable cruzarse con la madre de Jorge. Era una señora distinguida, elegantemente vestida de negro, de unos sesenta años. Alta, muy parecida a su hijo, lucía unas enormes gafas oscuras y llevaba un pañuelo en la mano. Mantenía una entereza que a Ariadna le pareció entre admirable y repugnante. Quizá fuese porque había estado pensando en ella durante la comida, pero le recordó a su madre. Podrían haber sido amigas. Y esto la indispuso de antemano con aquella señora con la que casi se chocó sin mediar palabra.

Jonás no tenía la menor intención de asistir a la ceremonia. Y Ariadna agradeció que no lo hiciera. No es que lo ocultara, pero tampoco lo exhibía en el mundillo del trabajo. Y le parecía, en especial, que cuadraba bastante poco en el entorno de aquel encuentro luctuoso. Jonás fiesta, Ariadna luto. Jonás mar y Ariadna lágrimas. Jonás sexo y Ariadna... ya no sabía lo que quería.

Una vez en casa se tumbó en el sòfá y se quedó en un duermevela cuajado de visiones. Se despertó sobresaltada cuando Jonás la besaba y le recomendaba entereza antes de salir y cerrar la puerta. Cada entrada y salida, cada puerta y cada temblor se le iban revelando como signos cargados de significado.

Llegó a casa de Virginia un poco retrasada. Tendrían que apurarse para llegar al México a la hora. Allí estaba Robert. Se miraron con la timidez de dos niños pillados en falta y se abrazaron en silencio. Ninguno sabía qué decirse y los dos querían evitar palabras. Volvió el llanto. Y se abrazaron más fuerte.

Ariadna y Robert salieron hacia el coche cogidos de la mano. Virginia condujo rápido, tratando de escapar del tráfico por avenidas secundarias. Llegaron cinco minutos antes de la hora. Entraron al hospital muy juntos. La capilla estaba casi llena, hacía un calor sofocante y todo olía a formol. Un ambiente propicio para los desmayos.

El supremo llegó con la madre de Jorge justo después. Con un caminar ritual, que tanto podía ser de funeral, bautizo, boda o coronación, avanzaron haciendo inclinaciones de cabeza a derecha e izquierda hasta la primera fila. Salió un sacerdote un poco afeminado que dijo todo lo que suelen decir en circunstancias similares. Muchos silencios elocuentes como respuesta a sus tímidos intentos de oración, junto a dos desmayos acortaron la ceremonia.

Media hora más tarde, tras los pésames de rigor a aquella mujer desconocida y distante, sólo quedaron los más cercanos, sin saber qué decirse, compañeros de tanta locura en muchos casos y cómplices de las locuras ajenas, en otros. Y salvo escasas excepciones, incapaces de comprender qué había provocado la súbita muerte de Jorge, además del accidente. Y quizá, ojalá, no lo sabrían nunca.

Cuando salía, Ariadna se cruzó con una mirada extraña. Era Bob, y además sonreía. «Cabrón», pensó y no se detuvo, aunque la rabia enrojeció sus mejillas.

Se despidió de Robert con un abrazo. «Te llamaré», se dijeron casi al unísono. Y al mismo tiempo, también, tuvieron sus dudas al respecto. Pero lo harían.

—Te prometo que te llamaré dentro de unos días, Robert, cuando esté en Nueva York.

Robert asintió, la besó y se dio la vuelta para ocultar

sus lágrimas. Cogió un taxi y desapareció, dejando un rastro de aroma Calvin Klein, una estela de dolor y una sensación de vacío. Y a Ariadna le volvió a retumbar en el cerebro aquella portezuela del desvencijado taxi al cerrarse. Y tembló la tierra, fuerte, largo, repetido. Pero ya casi no le produjo ningún sobresalto. Virginia la esperaba. Y ella quería tomar aquel vuelo, tan distinto su estado de ánimo al que tenía cuando tomó el que la trajo, hacía sólo siete meses. Viaje de vuelta, viaje de ida. Y no había vuelta, fuera cual fuera el destino. Creía ya saber que en este viaje sólo se podía continuar viajando. Y con un final que, si llegaba, se le antojaba incierto.

Jonás no había llegado aún a casa. Apagó la luz y, al hacerlo, se acordó de Puerto Viejo. «El mismo interruptor que sirve para encender sirve para apagar. Es como vos querás verlo», recordó que había dicho Jonás en una discusión sobre la electricidad en el Puerto.

Ariadna encendió la luz y, acompañada por ella, se quedó dormida. Tembló suave durante toda la noche.

Al aterrizar en Nueva York, Ariadna no sintió que llegaba o regresaba o que aquél era su lugar de destino. Era una escala técnica. Esa certeza, más que desconcertarla, le dio fuerzas. Una visita para resolver una cuestión pendiente y una duda, que se concretaban en dos palabras: Tom y sida, tan distintas la una de la otra. Tom, seguridad abandonada, y sida, riesgo inconscientemente asumido. Sabía ya el desenlace de la primera y eso le provocaba cierto tipo de angustia, pero en cualquier caso menor a la incertidumbre que le producía la segunda. Y se dio cuenta de que Tom era en estos momentos un drama secundario al que realmente estaba enfrentando. Sida era Robert, era la muerte de Jorge, eran las mil fiestas irresponsables de aquellos siete meses de locuras. Sida era ella, su futuro condicionado a una sola jugada del azar. O sí, o no. Positivo o negativo, sin matices.

Cuando vio a Tom esperándola, un poco inquieto, casi no reconoció en él a su antiguo amante, sino que vio a un americano impecable, sano, deportista, simpático, con convicciones tan firmes como superficiales. Se dio cuenta de que, siendo difícil la tarea, estaba decidida a ir hasta el final y lo más pronto posible. Y al abrazarle, sintió que Tom sabía perfectamente el desenlace, aunque no conocía el camino para llegar a él. Y se prometió no herir más de lo estrictamente necesario.

Dos horas después, tras una serie de comentarios banales y silencios densos, se hallaban sentados frente a frente con dos dry martinis en medio. El local era desconocido para Ariadna. Ninguna referencia a su pasado. La música agradable pero neutra, suave, sin emociones. Tom había escogido una mesa situada en uno de los rincones para evitar dramatismos emocionales accesorios e innecesarios. Brindaron con los martinis.

—Por ti y por mí —dijo Tom en lugar de «por nosotros». Y a ella no se le escapó el matiz.

No fue fácil el inicio, pero Ariadna intentó un resumen no demasiado explícito de su vida en Costa Rica, de sus emociones principales, de sus nuevas pasiones. Insistió en Jonás y ocultó a Jorge. No mencionó la palabra maldita y su terror ante el inaplazable veredicto. Pero sí comentó algo de drogas, fiestas y confusas emociones. Le dijo que no era feliz, lo que a Tom le resultaba evidente al observar sus ojeras y sus ojos hinchados, reflejo de horas de llanto. Había perdido varios kilos. No tenía nada que ver con la Ariadna que había conocido esta que ahora le dejaba claro que no había retorno posible.

Tom se dio cuenta de que no se lo había contado todo, aunque lo que ahora sabía era más de lo que esperaba. Se había imaginado un novio, una pasión tropical, un proyecto alternativo del que él estaba excluido. Pero se trataba de una pérdida quizá más irreparable, porque en el camino podía desaparecer hasta la propia Ariadna.

Pidió otros dos martinis. La cogió de las manos, la miró a los ojos y le dijo:

—No sabes cómo lo siento. Pensaba que lo iba a sentir por mí, pero me doy cuenta de que lo siento por los dos. No sé cómo podría ayudarte, creo que no puedo. No parece que coincidamos mucho en los caminos elegidos. Siento más pena por ti que por mí. Ojalá te encuentres, Ariadna, ojalá te encuentres. Y aunque sea un tanto tópico, sabes que me tienes a tu lado para lo que necesites...

Tom se calló. Ariadna había comenzado a derramar unas lágrimas sinceras y tranquilas. No apartó sus manos y apretó las de Tom.

—Perdóname. Si puedes, perdóname por mi egoísmo, mis silencios y mis mentiras de estos meses. Yo también creo que no me puedes ayudar. Y no sabes cómo necesito ayuda. Pero tendré que salir adelante como pueda. Sabes, no te lo he contado todo. Quizá otro día. Cuando hayamos pasado este trago. Pero estoy en un patín demencial. Son cosas que debo resolver sola. Quizá otro día.

Tom imaginó de inmediato un embarazo y las dudas de Ariadna sobre si abortar o tener el hijo. Esa idea le cruzó como un rayo por la mente.

—Sabes que puedes contar conmigo. Y decide hacer lo que te dicte tu conciencia. Y tu instinto. Pero intenta no equivocarte.

Ariadna no entendió muy bien, al principio, a qué se estaba refiriendo Tom, y aunque luego creyó entenderlo, prefirió dejar la confusión en marcha.

—Gracias, Tom, hablaremos otro día. Me quedo una semana. Prefiero no comer. No tengo hambre. Llévame al hotel, por favor. No sabes cómo te agradezco tu actitud. No esperaba menos de ti.

Aquella tarde Tom no fue a trabajar a la Bolsa. Se refugió en un bar y bebió hasta perder la conciencia. Y lloró por la Ariadna perdida para él. Pero también por la Ariadna perdida.

Salió del hotel temprano y en ayunas. Caminó las cuatro manzanas que la separaban de la consulta de su ginecóloga. La conocía desde hacía dos años y la había visitado varias veces. Era agradable y eficaz, directa y comprensiva. Se sentía bien con ella. Y necesitaba esa dosis de confianza para contarle, explicarle, quizá para llorar. Hacía una mañana soleada y fresca, anticipo de una primavera cercana. Y no temblaba. Casi sonrió por aquel pensamiento absurdo. Pensó en la Costa, tan lejana de aquel mundo que reconocía pero miraba como desde lejos, cargada como iba de otras emociones, de otras angustias, de otros escenarios tan distintos. Venía de otro mundo.

Elisabeth la recibió en seguida. La miró desde detrás de sus gafas de manera cortés pero inquisitorial, y la sometió a un tercer grado, al que Ariadna se prestó con gusto. No lloró tanto como imaginaba. Tras una hora de consulta que por momentos era más de psicoanalista que de ginecóloga, empezaron los análisis, tomas de sangre, orina, reconocimientos. Una sonrisa final, un apretón cariñoso y un vuelve mañana. También dejó en su mano un sobrecito con algunas pastillas.

—Tómate una cada seis horas. Te ayudará a rebajar la tensión y la angustia. Mañana a las ocho.

Ariadna salió más tranquila. «Ya está», pensó, y caminó sin rumbo fijo por la Quinta Avenida, se acercó a la Cuarenta y ocho, bajó hasta la Segunda y continuó hasta el edificio del PNUD, junto al hotel Plaza, su hotel, con tarifas especiales para los funcionarios de la ONU. Contempló el edificio, pensó en todas las emociones sentidas aquel primer día que atravesó la puerta y entró, con un sentimiento de pardilla absoluto.

El PNUD no era la agencia de la ONU en la que más le hubiera gustado trabajar, pero fue la que le dio la oportunidad. Le daban mucha envidia los que trabajaban para el ACNUR, siempre corriendo, apurados, desbordados, improvisando. Sucios y en todoterrenos, yendo y viniendo de guerra en guerra y de crisis en crisis. En el PNUD eran formales y burócratas, y si algo no tenían nunca era prisa. Y tampoco se percibían claramente los resultados de su trabajo. Su experiencia en Costa Rica la había decepcionado. Quizá tampoco ella había contribuido demasiado, pero desde luego los estímulos brillaban por su ausencia. Su jefe no sólo estaba quemado, además de ser triste y aburrido, sino que pasaba olímpicamente de cualquier compromiso. Y del supremo mejor no hablar. No es que fuera comprensivo, es que se cagaba, cortésmente, en todos ellos. Y en el país ante el que estaba acreditado.

Ahora todo pendía de un hilo. Tendría que tomar alguna decisión sobre su trabajo. La primera, trabajar más. Fuera cual fuera el resultado de los análisis, probablemente tendría varios años por delante y quería vivirlos de otra manera.

El «varios años por delante» la reconfortó. Sería más de lo que tuvo Jorge. Entró en el Plaza. Eran las doce. Se pidió un martini. Sonrió por primera vez en varios días. Incluso sentía hambre. Comería allí mismo. Y luego llamaría a Sandra para saludarla y agradecerle todos los consejos que no siguió. Tenía hasta el lunes, antes de entrevistarse con sus colegas de la oficina, para pensar qué decirles sobre aquel proyecto bananero que parecía diseñado para república del mismo nombre, y no para aquel país que, a pesar de los desastres, merecía otra cooperación y otro interés.

Se fue a la habitación y se quedó dormida viendo las noticias de la CNN. Las pastillas de la doctora eran mila-

grosas. Ojalá todo fueran milagros las próximas horas...
Ariadna necesitaba un milagro, sólo uno. ¿Era mucho
pedir?

Otro día en Nueva York. También soleado y fresco. «Y
tampoco temblaba», pensó Ariadna con una sonrisa. La
que temblaba era ella. Volvió a caminar hacia la consulta,
esta vez desayunada. Y como tenía tiempo, iba mirando
los escaparates de los comercios cerrados. Nueva York
siempre suena a Nueva York. Es un sonido particular de
cláxones, sirenas y ruedas sobre el asfalto indisociable de
la particular estética caótica de la gran urbe del siglo XX.
Uno siempre se siente pequeño en NY. Pero al mismo
tiempo es una ciudad que atrapa fácilmente. Aunque
quizá fuese ella la que se dejaba atrapar muy fácilmente
en distintos escenarios. Y por distintas emociones.

Según se acercaba se le iba acelerando el corazón, le
palpitaban las sienes, le sudaban las manos, se le encogía
el estómago, le hacían ruido las tripas y se le confundían
las ideas. Las ocho menos diez. Diez minutos. Tiempo de
llegar, subir los veintitrés pisos en aquel ascensor de
espejos, llamar al timbre y esperar en la salita. Mirar la
cara de Elisabeth antes de que pudiera pronunciar palabra, diagnosticar su rostro para anticipar resultados,
angustias redobladas, fin de la primera parte.

Todo transcurrió así, hasta la salita de espera. Las
ocho y diez. Seguía esperando. Abren la puerta de la
calle. Es Elisabeth. Trae cara de pocos amigos. Mala
señal. Aumentan las pulsaciones, la sudoración, los re-

tortijones. Le tiemblan las piernas. Elisabeth deja el abrigo, entra en su despacho. La enfermera le dice que Ariadna le espera.

—Que pase ya —contesta la doctora.

Ariadna se levanta, mareada, y camina como sin tener el control de sus piernas. Entra. Sus ojos clavados en el diseño de la moqueta no se atreven a mirar a la doctora. Avanza y se sienta, tanteando con las manos y despacio. Terror y adrenalina.

—Perdona que me haya retrasado, pero hay un tráfico de mil demonios. Odio esta ciudad. Y tuve que pasar a recoger tus análisis. —Respiró profundo la doctora—. Ni he tenido tiempo de mirarlos, hija, ni tiempo de mirarlos.

Una tregua inesperada. Unos sobres cerrados confirman la verdad de que la sorpresa sigue pendiente. Más tiempo para sufrir, para la duda, y el vértigo de Ariadna continúa. Pero se atreve a mirar a Elisabeth. Verá modificarse su rostro conforme vaya abriendo y descifrando, en rápidas ojeadas, los resultados. No hay matices. O sí o no. Sólo dos expresiones posibles en aquella cara amiga.

Segundos eternos, segundos dramáticos, eternidades de segundos angustiosos, y un *hum...* seguido de un *ajá*, y su rostro sin cambiar, indescifrable. Otros segundos, muchos segundos, sigue leyendo, levanta la vista, deja los resultados sobre la mesa. «Un gesto, ya por favor, un signo, no puedo esperar tus palabras.»

Se quita las gafas, la mira. Sonríe. Ariadna se siente como ante el lanzamiento de un penalti decisivo para el resultado de una final de copa. Prepara sus labios, seguirá con ellos los de la doctora, puede que no, será que no, o me quiere tranquilizar o será...

—Negativo... —sonríe la doctora, pero a continuación se pone seria.

Ariadna interrumpe, salta, se acerca a ella, la abraza, repitiendo a gritos ¡¡¡negativo, negativo, negativo, oh Dios, negativo!!!

—Negativo uno pero positivo el otro...

Silencio. Vuelven los sudores y los templeques, las angustias...

—... El del embarazo.

Sorpresa inesperada, desconcierto, cómo no había pensado en esa hipótesis, qué tonta era, las pastillas abandonadas, los desarreglos, todos los riesgos asumidos...

—Ya me lo pareció ayer en la exploración. Pero quería una confirmación y, sobre todo, conocer los resultados del *otro* test antes de decirte nada.

Ariadna no sentía más que alivio, un profundo alivio por un lado y una profunda conmoción por otro. Pero le tocó aguantar una regañina de aquellas que nunca le habían echado. Y de la que retuvo más o menos lo siguiente:

—Irresponsable, suicida, se acabó. Tú decidirás si quieres tenerlo o no, pero en cualquier caso se acabó. Estás anémica, muy delgada, emocionalmente inestable, llena de porquerías, te has jugado la vida y la de quien llevas dentro. No eres una niñita estúpida. ¿Qué te ha pasado? No puedes seguir así, me vas a prometer, te voy a exigir que sigas un tratamiento. Estás loca. Aunque quieras tenerlo no será gratis. Has podido afectarle, has hecho en los primeros dos meses de embarazo todo lo que no se puede, ojalá que no tenga consecuencias. Y tendrás que cambiar de vida, si no quieres que las tenga en el futuro...

«Tú decidirás si quieres tenerlo o no», resonaba en su cabeza. No tenía oportunidad de decisiones o resultados intermedios. Y aunque nunca fue muy amiga de demasiados matices, se sentía abrumada por aquella sucesión de respuestas y decisiones totales. No a Tom. No sida. Y ahora, otra vez, sí o no a aquel ser que llevaba dentro en proceso de formación. Siempre había defendido el derecho a una maternidad responsable, decidida, querida, consciente. Y había discutido mucho sobre estar a favor o en contra del aborto. Ella no estaba a favor, pero sí que lo estaba del derecho a la interrupción del embarazo.

Había pensado pocas veces en qué haría si llegaba el caso. Un niño de Jonás. Jonás padre. No podía imaginarlo de padre. Y sin embargo, ya lo era. Qué patín. Se sentía sola y con ganas de comunicarse, de contar, de hablar con Nuria... y con su madre. Pero necesitaba que fuera otra madre. Cómo contarles su estado de ánimo después de todo lo vivido y sufrido en aquella semana que no terminaba nunca. Era sábado. Sólo la urgencia había forzado a Elisabeth a posponer su fin de semana. No habría podido esperar hasta el lunes.

Se acordó del lunes anterior y de la entrada de Jorge en su despacho... Joder, qué semana. Y estaba embarazada. Tenía que volver el lunes a la consulta, para otras exploraciones y consejos. Y debería tomar pronto una decisión definitiva sobre el futuro de tanto sexo. Y del amor. Pensó en Jonás. Sinvergüenza adorable, maldito canalla, cómo cambiarlo.

Se fue a la cafetería del hotel a tomar un café, pero se sorprendió a sí misma pidiendo un té. Continuó reflexionando. Al menos era ella la que tomaría la decisión, y no la suerte o el destino. Por primera vez desde el lunes dependía de ella un acontecimiento trascendente. O así lo sentía. Llamaría a Nuria. Le contaría. Hablaría con su madre. Necesitaba hablar, pero para qué contarles si luego decidía no tenerlo. Su madre se volvería loca dos veces. Si no se enteraba, mejor... y Nuria, qué decirle a Nuria, que ya estaba bastante mosqueada.

Acabó su té y subió a la habitación. Tenía todo el fin de semana por delante, para pensar, para decidir. Quizá debería hablar con Jonás antes de nada. Y con Virginia. Llamaría inmediatamente a Virginia. Y a Robert.

Habló con Virginia y se lo contó todo, empezando, claro está, por la mejor noticia. Virginia gritaba de sincera alegría. Y luego, con el anuncio del embarazo, un prolongado silencio.

—¿Y qué vas a hacer?

—No lo sé todavía —respondió Ariadna.

—No tomes ninguna decisión «definitiva» sin que hablemos primero. ¿Ok? ¿Ok? —insistía Virginia.

—Ok, querida, Ok —respondió Ariadna agradecida—. ¿Sigue temblando por ahí?

—Como si empezara el fin del mundo, mi amor. Estarías toda cagadita de miedo, como dices tú. —Virginia rió por primera vez en aquella semana.

Y Ariadna también. Llamó a su apartamento para hablar con Jonás. No respondía. Estaría durmiendo o no estaría. Sábado sigue a viernes y viernes fiestón. Necesitaba oírle. Pero no iba a decirle. Ni siquiera sabía el pobre lo del sida. Ahora tendría que contarle muchas cosas. Y obligarle a hacerse el test. Y a que se cuidara. Pero sabía que no lo lograría. Jonás no cambiaría su vida, y consideraba el preservativo un invento perverso de los blancos que separaba el sexo de la carne, un ejemplo de cobardía y de racismo. Tendrían problemas. ¿Qué hacer con su relación con Jonás; cualquiera de las dos hipótesis empezaban a torturarla. Y más en la opción de tener el hijo... o la hija. ¿Querría o no saber si sería niño o niña antes de tomar una decisión?

Demasiadas preguntas, demasiadas emociones, demasiadas decisiones que tomar, pero con la tranquilidad de haberse librado de la condena a muerte. «Nunca más, Ariadna, nunca más», le habían dicho aquella mañana. Y había hecho propósito de enmienda.

Se estaba relajando de la enorme tensión vivida. Le apetecía una copa fuerte. Necesitaba una copa. Pero no la tomó. Y se quedó dormida, dejando para otro momento las llamadas a Robert, a Nuria y a su madre.

Su sueño fue profundo, por primera vez en muchos días. Y no temblaron ni ella ni la tierra durante aquellas largas horas de descanso, en que sintió que se paraba el mundo. Y que éste esperaría a su despertar para seguir girando.

REGRESO

La ex señorita no ha decidido qué hacer.
En su clase de Geografía, la maestra habla de Turquía
mientras que la susodicha, sólo piensa en su desdicha
y en su dilema; ¡ay qué problema! En casa, el novio
                              [ensaya qué va a decir,
seguro que va a morir cuando los padres se enteren.
Y aunque él, otra solución prefiere,
no llega a esa decisión
porque esperar es mejor,
a ver si la regla viene.

Coro
Decisiones, cada día. Alguien pierde, alguien gana.
¡Ave María!
Decisiones, todo cuesta. Salgan y hagan sus apuestas.
¡Ciudadanía!

Decisiones,
«Buscando América»,
RUBÉN BLADES y SEIS DEL SOLAR

Había algo de ya visto en aquel viaje que, esta vez, la traía de vuelta a Costa Rica. Faltaba la emoción que la había embargado en el primero, aquella sensación de descubrimiento inminente, la ansiedad de conocer y atrapar todo lo que pudiera, como si cada distracción fuera una pérdida irreparable. Iba más tranquila, aunque le quedaban por tomar muchas decisiones.

No se impresionó demasiado por los baches que movían el avión constantemente, ni por las nubes profundas, ni por aquellos volcanes que distinguía en medio de las sombras, allá abajo. Pero no era tanto porque todo ello hubiera perdido su capacidad de fascinación, como porque le embargaban otras preocupaciones. Se fue de Nueva York sin resolver las dudas, pensando que esta vez el tiempo ayudaría. Y decidida a dejar de precipitarse continuamente por sus emociones dominantes, se sentía bajo control y eso le había devuelto la autoestima. Y era libre, se encontraba libre y capaz de asumir el coste de las distintas opciones.

Estaba dispuesta a equivocarse, pero no por irreflexiva, ni estimulada por ninguna de aquellas porquerías que tanto le gustaban y que habían acompañado, si no dirigido, su vida durante demasiados meses. Hacía cinco días que no bebía, ni fumaba, ni nada. Y se sentía lúcida y con fuerzas.

«Tampoco pienso acabar de monja como Nurita», pensó. Y sonrió con malicia, con ganas de seguir la vida pero sin perderla.

Tenía que hablar en serio con Jonás. Sabía que eso no le gustaba, lo de hablar en serio, aunque a veces lo conseguía a su manera. Pero no le gustaban las escenas. Y Ariadna sabía que de una u otra forma aquella conversación, aquel primer encuentro tras la crisis, sería una escena. Y que dependía de muchos factores su desenlace.

Acabó su coca-cola antes de que le retiraran la bandeja. Puso su asiento en posición vertical, distinguió las montañas que anunciaban el Valle Central y vio el sol acostándose en el Pacífico. Las sombras de las nubes se apropiaron del avión; se abrochó el cinturón y cerró los ojos. Tenía ganas de abrazar a Virginia. Y quería encontrar a Jonás. Dudaba de que estuviese en el aeropuerto. Había estado llamándolo desde el martes, para avisarle de que adelantaba un día su regreso. Pero él no había respondido a ninguna de sus llamadas. Así era él. Y a Ariadna empezaba a mosquearle. Pero lo quería.

Abrazos, besos, comentarios, confidencias. Virginia era calor y ternura, amiga de este lado del océano. Virginia solidaria y fiel.

—Llévame a casa, mañana hablaremos más.

Un beso y un «te llamo». En el buzón, mil cartas no recogidas, dos pisos de escalera amplia, hasta su entrada. Buscar las llaves, abrir la puerta, cruzar espacios. La casa está sucia y huele a tabaco y a cerrado. Botellas por todas partes, ceniceros rebosantes, las plantas sedientas.

La terraza con las persianas cerradas, la cocina revuelta y sucia, desolación general. Pulsaciones más fuertes, algunos nervios que afloran y crecen al oír ronquidos.

Se acerca a su habitación. Ronquidos más intensos y olor a hombres. La puerta está entornada. La abre. Jonás está desnudo y roncando boca arriba, destapado. Sólo le cubre, en parte, el cuerpo de Luis, que apoya la cabeza en su entrepierna. El sexo de Jonás está como siempre duro, y la boca de Luis lo está rozando, abierta, agotada, con un reguero blanco y seco que le cae por la comisura de sus labios lujuriosos. Colillas, botellas, restos de comida y la luz de la mesilla derecha encendida, apuntando a un plato donde quedan varias rayas de coca.

No la ven, no la sienten, no se inmutan.

«Nada nuevo. Pero, no, ahora no —piensa Ariadna. Y por primera vez, con una rabia incontenible—: Cabrón.»

Se da la vuelta. Cierra la puerta del cuarto. Se acuerda de la semana pasada. Tantas puertas. Vomita en el baño. Coge su bolso. Va a salir. Lo piensa otra vez. Escribe una nota.

No quiero volver a verte en mi vida. Volveré mañana y quiero que estés fuera de aquí para siempre. Deja las llaves en la mesa de la entrada. Eres una pura mierda.

Llamó a Virginia y salió a la calle, sin cambiar de maleta. Fue breve su paso por el apartamento, pero definitivo. Decidió que ya no podía ser su apartamento. Se sintió un poco ridícula, con su discurso bastante preparado para aquel que había removido sus sentimientos, revolcado sus emociones y transformado sus entrañas. Tuvo ganas de llorar. Pero ya había llorado bastante. Ahora era madre. ¿Madre?

Y sintió que sólo Virginia podía acompañarla en aquel trance.

En el fondo, aquella escena, que habría podido suceder antes en su presencia, con su participación incluso, la había ayudado a tomar dos decisiones trascendentales: dejar a Jonás y tener el hijo. Porque ambos, juntos, eran incompatibles. Porque Jonás no cambiaría, porque ella quería cambiar, porque no quería perder aquella oportunidad de tener lo que su locura y el destino le habían regalado. Porque se lo debía a la vida.

Virginia la esperaba en la puerta de su casa. La amiga volvió a abrazarla y sintió que algo fuerte había vuelto a suceder, pero sintió también que Ariadna había recuperado su determinación y su sensatez.

—Creo que voy a ser madre —le dijo con una sonrisa, entre triste y nostálgica, pero con un punto de esperanza—. Voy de patín en patín, cariño, de patín en patín.

Virginia la abrazó más fuerte y comenzó a llorar.

My woman is gone, my woman is gone
She had left me a note, hanging on my door.
She say she couldn't take it
She couldn't take anymore
The pressure around me, just couldn't see
She felt like a prisoner who need to be free.

She's gone,
«Kaya»,
BOB MARLEY AND THE WAILERS

Mi chica se ha ido, mi chica se ha ido / y me ha dejado una nota colgada en la puerta. / Dice que no podía aguantar / no podía aguantar por más tiempo / la presión a mi alrededor, que era incapaz de ver / que ella se sentía como una prisionera / que necesitaba ser libre.

Jonás salió de la casa dos días más tarde, cuando comprendió que la había cagado «de a de veras». Y Ariadna sólo regresó cuando él se hubo ido. Jonás iba a volver al Puerto, pero se largó por unos días a Manuel Antonio. Le había gustado aquella playa, que conoció con Luis el fin de semana que Ariadna estaba en Nueva York. Y necesitaba olvidar y divertirse, pero sobre todo no volver abandonado (y todos lo sabrían) al Puerto. Y además a casa de la abuela. Él quería a Ariadna y por aquella relación estaba ahora en la calle.

En Manuel Antonio hizo surf y estuvo en una fiesta con un tipo macanudo, Bob, un gringo que la tenía estupenda y ofrecía a todo el mundo. Le había dicho: «Si vuelves, te invito otro día.» Y además allí, ser como era él, significaba una atracción. Se lo habían pasado en una pura contentera. A Jonás alguien le había dicho que ése era de la DEA; pero Jonás no se lo creyó.

Ariadna había empezado el papeleo que imponía, a su juicio, la decisión tomada: solicitar unos meses complementarios de permiso sin sueldo, a los que le corresponderían por maternidad con complicaciones. Y aunque éstas no eran muchas, la anemia, su estado general y la necesidad de salir de alcoholes y drogas aconsejaron a su ginecóloga Elisabeth la elaboración de un certificado médico espectacular, con recomendaciones que nadie se atrevería a cuestionar.

La aceptación de su petición se produjo con una velocidad desconocida en el PNUD, gracias también a la amistad de Elisabeth con uno de los doctores del servicio médico de la Organización en Nueva York. Tendría seis meses de sueldo y seis meses sin sueldo. Las pequeñas cosas que había que resolver serían asumidas por la oficina y supervisadas por Virginia, que a su vez iba a ser trasladada por rotación en poco tiempo.

Se estaba cerrando una etapa de su vida, pero no estaba triste. O al menos no estaba desesperada. La decisión de tener al niño le daba las fuerzas que las mujeres sacan de la maternidad, una vez asumida.

Su madre no había reaccionado muy bien cuando, finalmente, la llamó con un escueto «vuelvo a Barcelona por un tiempo. Estoy embarazada». Tuvo al menos la delicadeza (era *tan educada*) de no hacer preguntas. Y de no cuestionar que Ariadna, cómo no, ocuparía su habitación de adolescente. Pero no se imaginaba que su nieto sería negro.

Nuria supo más. Y se quedó colgada del teléfono combinando silencios con algunos *hostias, joderes,* y otras expresiones admirativas y recriminatorias. Pero cariñosa y comprensiva siempre.

—Te voy a necesitar mucho, Nuria. Mucho.

—Ya sabes que aquí me tienes. Y a ver si te tranquilizas un poquito, que nos vas a matar a todos de infarto —reía Nuria—. Por cierto, bonita, aunque eres una princesa y te importan un bledo tus ahorros, he logrado recuperar un poco tus pelillas. De nada, chata, no hace falta que me lo agradezcas.

—No sé qué haría sin ti, mi angelita de la guarda, mi dulce compañía, que no me abandona ni de noche ni de día —contestó riendo también Ariadna—. Te voy a necesitar.

Y un escalofrío recorrió su cuerpo, despacito, de abajo arriba, vértebra a vértebra, hasta cosquillearle en la nuca.

Evitó lo más que pudo las despedidas de oficina, con la excepción, claro está, de Ana, don Julián y Virginia. El supremo estaba contento de que se fuera, por aquello de Jorge, de las drogas y sus sospechas, por otro lado bien fundadas, sobre Ariadna. Y su jefe, el pobre, estaba acostumbrado a ir dando tumbos por la vida, y como tenía el proyecto empantanado y sin que el Ministerio de Cooperación aprobara el contenido de su propuesta, pues tanto le daba. Y cariño, especial cariño, no se había desarrollado entre ellos.

Ariadna se aplicó los últimos días a redactar el Informe de Progreso del Proyecto, siguiendo las instrucciones de Nueva York, con el formulario PPR/86/REV/CA, diseñado para que cualquier desastre pareciera un éxito. Y le dijo a Virginia cuando terminó que hasta parecía que habían hecho algo más que perder el tiempo.

Alguna cena con otros conocidos y unas ganas enormes de ir a Puerto Viejo, de hablar con Mahalia, de contarle, llenaron los pocos días que faltaban para su partida. También vomitaba de vez en cuando.

Cerró la puerta de su apartamento, tras el paso de la compañía Mudanzas Internacionales, que lo trasladó todo a un guardamuebles a la espera de instrucciones. Y le dio una profunda nostalgia su terraza. Se sentó en la veranda por última vez y recordó sus lecturas, sus ganas de disfrutar, de conocer, y recordó aquellos versos del *Mamita Yunai*

> *Conozco un mar horrible y tenebroso*
> *donde los barcos del placer no llegan;*
> *sólo una nave va, sin rumbo fijo*
> *es una nave misteriosa y negra...*

Ariadna salió y cerró la doble puerta del que había sido su apartamento. Llevaba en las manos unos calzoncillos de Jonás, que habían aparecido en un armario de la cocina, a saber por qué. No pudo resistir olerlos. Estaban usados. Y ese olor la arrastró por unos instantes a todos los placeres y a las playas, a todos los atardeceres rojos y a las primeras cervezas. A Stanford y al primer beso, a su insaciable necesidad de sentir ese olor junto a ella, en ella, a todas las locuras inevitables cuando se desea y se ama de aquella manera nueva, desconocida. A aquella sonrisa en la terraza de El Chino, a las mañanas con Mahalia y Jonás surfeando, al sexo puro, total e irresistible.

Apartó el calzoncillo de su nariz y boca, ya con las

lágrimas corriendo abundantes por sus mejillas. Y lo tiró al cubo de la basura de la comunidad. Cerró el portal.

Sin girar la cabeza, subió al coche que la esperaba con don Julián al volante. Iba a casa de Virginia, a pasar la última noche. Le arrastraba una tristeza envolvente y poderosa, contra la que todo intento de lucha estaba abocado al fracaso. Y el llanto se hizo torrencial y su corazón pequeño, encogido y apretado contra las costillas, desplazado por sus decisiones del puesto de mando, y sólo un nombre resonaba en su cerebro, como un grito surgiendo de una profunda cueva, con ecos mil veces repetidos: «Jonás, Jonás, Jonás.»

Y sintió que, de todas aquellas puertas que se abrían y cerraban esos días, acababa de dar portazo definitivo a un sueño de carne viva. Y que acababa de morir un poco.

TERCERA PARTE
—

SOLA

Cómo cambian las sensaciones, pensó cuando se descubrió mirando fijamente la colección de figuritas de cristal. De pequeña podía pasarse horas mirando el caracol, el perrito o la ardilla. Su preferida era la mariposa. Su madre le tenía prohibido tocarlas demasiado, por temor a que se rompieran. Delicadas y frágiles, transparentes y luminosas figuras que brillaban con la luz que entraba desde las ventanas del comedor. La colección aumentaba cada año el primer domingo de mayo, fecha de la celebración del aniversario de mamá, y por Navidad. Ya falta poco, se dijo, al tiempo que la envolvía una sensación de tedio y asfixia. Un fuerte dolor de cabeza, quizá una náusea, le vino de repente al pensar en el próximo animalito. Para mayo lo compraba ella. Para Navidades, su padre.

Nona la rescató del mareo. Siempre fue así, desde que era pequeña. Era una gallega que llevaba toda la vida en casa y con quien, sin que fuera su amiga, había establecido una cierta complicidad. Cariño eterno, silencios y sobreentendidos que las habían unido. Nona para ella. Para su madre, Gloria. Trabajadora infatigable, amorosa, siempre sabía qué ofrecerle. Así, el simple y cotidiano gesto de prepararle un zumo de naranja sustituía, con eficacia y con mimo, conversaciones y diálogos. Su sonrisa era siempre mejor que muchas palabras.

Nona estaba preocupada. Su niña estaba triste; y ella lo sabía; aunque disimulara convincentemente. Su plan era simple, lento pero eficaz. Desde que Ariadna llegó, Nona se había aplicado en un programa de mejoras para los dos. Para ella y para la criatura. Su natural instinto maternal y protector se acrecentó, y dejaba, ahora más que nunca, el balance de siempre: cariños y mimos constantes. Complicidad frente al vacío de las pautadas conversaciones con su madre.

Con Mercè siempre se tenía la sensación de que se hablaba con otra persona. Como si interpretara el papel de un personaje en la obra de la vida, y a su madre le había tocado precisamente ése: el de madre. Y entendido éste como proporcionador de lo necesario, lo representaba con un gran nivel de profesionalidad y eficacia. Incluso con dignidad. Con el tiempo, y a costa de repeticiones y pequeñas adaptaciones a las circunstancias, el personaje había borrado cualquier rastro de sentimiento y ternura fuera de papel y de programa. Como si las emociones pudieran desviarla de sus responsabilidades. Nunca podrían reprocharle nada.

Ariadna se refugió en los recuerdos de su padre y en los silencios de Nona que, sin saberlo, la mantenía a flote mucho más de lo que se imaginaba y de lo que ella nunca creyó. La sensación de falta de ubicación crecía cada día. Todavía no había encontrado la manera de sentarse en el sofá, y empezó a dudar de que lo consiguiera finalmente. Pero aunque no estaba para empezar, ni tan sólo para pensar, en otros escenarios más acogedores que los de aquella casa, comprendía que ese mundo ya nunca más sería su casa. Era la de su madre.

Se bebió el zumo despacio, con la mariposa en la mano. Mientras, Nona retiraba todas las cositas de la mesa del sofá, dejándole una bandeja de caprichos y recuerdos.

—Tu madre te ha dejado una nota. Está en el teléfono.

Ariadna asintió.

—Me ha dicho que la llames al despacho.

Esta vez, ni se inmutó.

No era ninguna noticia. Era lo esperado. Casi cada día, desde que volvió, se repetía la historia. Nota y llamada. Instrucciones y sugerencias. Eran ya las diez pasadas. Nona había esperado a que se levantara antes de irse a comprar. Los lunes el trabajo era más duro; la nevera vacía y la ropa sucia del fin de semana.

—Volveré pronto. Hasta luego, Ari.

Sólo Nona la llamaba de esta forma.

El golpe de la puerta volvió a sumergirla en los recuerdos. Ruidos apagados de coches entraban por la ventana. A pesar de estar en la calle Balmes, el ruido que llegaba al ático era lejano. Tan lejano como le parecía su vida en Barcelona.

Recorrió con la mirada los objetos que adornaban el

mueble. Allí estaban las inevitables fotos de papá y de mamá. El cole, las amigas, los aniversarios, la universidad... Ordenadas y dispuestas cronológicamente; pero sufrió al no encontrarse, porque aunque estaba en su casa y las fotos eran las suyas, y los paisajes y los personajes eran los familiares, era incapaz de reconocerse.

Asustada, cerró la ventana para protegerse con un silencio inmóvil y total. Puso el tocadiscos sin importarle el disco, como un acto reflejo de forzada relajación. Volvió a sentarse, estiró piernas y brazos. Sin darse cuenta se puso las manos en el vientre y empezó a llorar. Sin desesperación. Vacía y fría. Con una tristeza que sólo su padre hubiera podido entender.

El teléfono la despertó. Miró el reloj del comedor. Las doce y media. Se levantó sobresaltada.

—¡Mierda!

La mariposa fue a parar al suelo. Se había dormido con ella en el regazo. Rota sin remedio. Se maldijo mientras se acercaba al teléfono.

—¿Sí?

—¡Ariadna! ¿Que no has leído mi nota?

Esperó una eternidad antes de contestar.

—Te llamo en seguida, mamá —respondió finalmente y colgó el teléfono.

Cuando llegó Nona, Ariadna estaba en el suelo, con la espalda recostada sobre el mueble. Y lloraba, ahora sí, desesperada.

—Ari, ¿qué te pasa?

—Nada.

En cinco minutos estaba vestida, recogido el pelo con

una goma. Se despidió de Nona, que todavía buscaba un trocito de ala de mariposa debajo del mueble.

—Si llama otra vez mamá, dile que nos veremos en casa por la noche, y no le digas nada más, por favor.

—Adiós, Ari. No te olvides de comer. Debes de pensar en ti y en el bebé.

Era la primera vez que oía esa palabra. Estaba ya de cuatro meses.

SOLO
—

Virginia no veía a Jonás desde la partida de Ariadna, hacía ya cuatro meses. Perdida su amiga, reducida su relación a algunas llamadas y más escasas cartas, muchas referentes a papeleos y asuntos pendientes de oficina, la soledad le calaba hasta los huesos. Y la echaba de menos.

Llegó el verano, es decir, la estación seca, y San José se vaciaba a cada oportunidad. Los ticos aprovechaban al máximo sus playas. Y una sensación de tristeza se apoderó de Virginia, abandonada ya toda ilusión de un futuro común con Johan, alemán viajero y negociante que entretuvo demasiado tiempo una esperanza vana.

Virginia casi no salía, más allá del cine y alguna comida de trabajo, y raramente invitaba a su casa. Refugiada en su soledad, leía y escuchaba música. Y veía pasar las semanas, esperando sus vacaciones en Colombia y su traslado de puesto dentro de unos meses.

Fue por tanto excepcional que aceptara salir aquella noche, invitada por una gente del ACNUR, más joven, más agitada y más fiestera que sus colegas del PNUD. Y es que se sentía casi forzada a aceptar, dada la insistencia de un nuevo colombiano que acababa de llegar a San José. Inauguraba su casa y Virginia le había ayudado a instalarse. Se conocían desde la universidad.

Aceptó para arrepentirse inmediatamente, pero ya era demasiado tarde: le tocaba hacer y llevar el postre, además de recoger a dos invitadas más que no sabían llegar a la casa. En fin, que contaban con ella y no valían excusas.

Pasó la tarde del sábado en la cocina, preparando un pastel y oyendo a Purcell. Y poniéndose más triste. Recordaba demasiadas cosas, y ninguna la animaba. Pensó mucho en Ariadna. Y trató de imaginarse la soledad de su vida en Barcelona. Y se acordó de su tormentosa relación con Jonás, loco imposible, bello ejemplar del que deberían haber huido desde el primer momento, cuando lo conocieron juntas, en playa Chiquita, aquellas Navidades pasadas. Y parecía que hacía una eternidad.

Cuando cerró la puerta, camino de la fiesta, la tristeza se convirtió en nostálgica resignación, tras un par de rones con coca que, contrariamente a sus hábitos, se había bebido sola, necesitada de estímulos para enfrentar la noche. Se escaparía pronto.

Llegó a la fiesta con las dos colegas del ACNUR antes de la hora, para ayudar. Ellas reían y hacían bromas y contaban, con una emoción desconocida en el PNUD, sus aventuras de trabajo, en fronteras y ríos, con militares y guerrillas, peleando por los refugiados y con el gobierno. Siempre daba la impresión de que en el ACNUR estaban menos solos. Y que se querían. Tenían un jefe español, que parecía bastante serio pero divertido, y que viajaba constantemente por toda la región. Muy diferente del jefe que tanto ella como Ariadna habían conocido, que tardó una eternidad en llegar y que, cuando lo hizo, ya no se movió más.

Tras dejar el pastel en la cocina ayudó a Agni, el dueño de la casa, a preparar tragos y boquitas, las que en España se llaman tapas, a controlar el fuego de la inevitable barbacoa y sacar al jardín vasos y platos, cubiertos y manteles, botellas y hielo, mientras iban llegando invitados con más botellas y mucha sed en el cuerpo, insaciable sed tropical. Risas y conversaciones que iban llenando los espacios hasta que Virginia se dio cuenta de que no faltaba de nada. Reafirmó su voluntad de marcharse pronto. Pero pronto era dentro de dos horas por lo menos.

Se estaba poniendo un ron con coca cuando una mano oscura y bella, inconfundible, se posó sobre la suya.

—¿Pura vida? —preguntó Jonás, con una sonrisa forzada que la impresionó; reflejaba una melancolía profunda y un abandono evidente. Pero conservaba esa fascinante belleza, acrecentada si cabe por el misterio de tristeza que transmitía.

—¡Pura vida! ¿Y vos? —respondió Virginia, demasiado rápido, demasiado turbada, demasiado esquiva.

—¡Pura vida! —él también incómodo, reflejando su ansiedad en sus manos que no paraban quietas, y lamiéndose los labios.

Un silencio. Un disco nuevo en el equipo. Salsa.

Y la pregunta inevitable:

—¿Qué tal está Ariadna? Supongo que sabes de ella...

—Bien, muy bien, contenta —miente Virginia.

Jonás asiente con aire distraído.

—¿Y el embarazo? —pregunta mirando al suelo, las manos entrelazadas.

Virginia no se sorprendió de que lo supiera: lo sabía toda la oficina y por tanto toda la ciudad.

—Muy bien —respondió.

—Me gustaría saber, cuando lo tenga, si es niño o niña, si todo fue bien, y me gustaría que le dijeras... bueno, ok, sí, que le dijeras... que la quiero más que nunca y que no la olvido.

—Sabes que no creo que lo haga. Y además me estoy yendo de aquí.

—Bueno, ya sabés, me gustaría... —Jonás se dio la vuelta—. Nos vemos por aquí... Será niño. Lo dice mi abuela. Yo también estoy poco en San José, sabés, voy más al Pacífico. No es fácil mi vida... pero qué te interesa a vos.

Jonás caminó unos pasos, hasta una chica muy joven que miraba a Virginia como gata en celo, demostrando posesión, al menos temporal, del monstruo. También un chico, que se colgó del hombro de Jonás, competía por él.

Virginia lo miró de espaldas y sintió pena. Estaba más cansado, ojeroso, quizá más flaco, de vivir de noche. Pero, sobre todo, llevaba la melancolía a flor de piel. Olía a melancolía. Ya no era el príncipe sobre las olas, la aparición mágica en territorios únicos, que eran suyos. Había quedado reducido a un bello provocador de emociones eróticas, del sexo fácil.

Virginia lo siguió mirando toda la noche. Él proveía de drogas, discretamente hacía puros al fondo del jardín. Y aunque un poco más animado, a medida que pasaba el tiempo, no dejaba de transmitir melancolía, especialmente con aquella sonrisa tan distinta, tan bella y tan distinta. Se lo rifaban entre todas y todos. Y él se dejaba, como algo inevitable. Parecía no escoger ni optar, se dejaba ir, de rincón en rincón, de mirada en mirada, inevitable sudar con alguien aquella noche. Todas las noches.

Virginia se sintió mal. Le dio mucha pena. Se prometió no contárselo a Ariadna. Se prometió no volver a salir de fiesta. Y casi lloraba cuando, con una rápida excusa, salió de la casa y cogió su coche.

Ya en su terraza encendió un cigarrillo, bebió otro ron con coca y lloró un rato. Pobres todos. Mala suerte. Pobres todos; Jorge, Jonás, Ariadna, Robert..., ella. Daban igual las opciones de vida, si ésta te quería joder.

Y jodía, la maldita vida. Dolía vivir, cuando tocaba. Y llevaba tocándoles por un tiempo demasiado largo. Jodía, la puta vida.

CENA CON AMIGOS

—

—Te pasaremos a buscar sobre las nueve.

—Ok —contestó Ariadna.

Conocía a Jordi desde que se lió con Marta. Juntas, las tres, Nuria, Marta y ella habían estudiado en la Escuela Suiza. Con desigual suerte con los chicos, Marta fue la primera en enrollarse formalmente con uno. El mismo con el que se casó hacía dos años. Si no fuera por Nuria, que las unía, haría tiempo ya que para Ariadna la relación con Marta hubiera sido prescindible. Pero Nuria, por una parte, y Jordi por otra, mantenían su paciencia y su interés.

La casa de Nuria era pequeña pero muy agradable. Situada en el barrio de El Putxet, tenía una magnífica vista sobre el parque. Y su terraza era sensacional. A partir de finales de junio era el único lugar razonable donde se podía cenar. Y aquella noche sería la primera de la temporada. A Nuria le encantaba invitar a cenar a sus amigos a casa. Preparar o ultimar el próximo viaje, recordar los anteriores con las inevitables fotografías; eso formaba parte del ritual de aquellas veladas.

La de esa noche era especial. Después de dos meses en Barcelona, Nuria no había conseguido reunirlos a los tres. El embarazo, Costa Rica y la situación de Ariadna serían, sin duda, materia prima de la cena, aunque Nuria ya les había advertido de la fragilidad del estado de ánimo de Ariadna.

Con precisión y cariño, Nuria había preparado todo con la intención de encarar el futuro recordando los buenos momentos, olvidando, como si fuera posible, el pasado molesto o inconveniente. A su manera, ella también reflejaba el instinto protector que siempre la había caracterizado. Además, ahora, ante las dificultades más o menos explicitadas de su amiga, era la ocasión perfecta para demostrar a todos y a ella misma lo que significaba ser una buena amiga. Sus intenciones simpre fueron las mismas. Más que comprender a Ariadna, la disculpaba. Era su manera de no cuestionarse nada y, a la vez, de mostrarse afectuosa y cercana. Para Ariadna siempre fue suficiente. La fidelidad compensaba la complicidad. Al menos eso había creído siempre. Sus historias se entrelazaron desde muy pequeñas y eso, para Nuria, era un argumento y una garantía de la calidad en sus relaciones. Herencias del pasado, para evitar el presente. Recetas para el futuro. Y quizá hablar de su futuro como si su presente y su pasado inmediato hubieran sido sólo un paréntesis o simplemente un ligero desvío antes de volver a la normalidad.

La cena transcurrió como Ariadna pensó. Nuria estuvo delicada e inteligente. Marta, contenida y Jordi, desde su ingenuidad, cariñoso. No la dejaron sola en ningún momento. Y se dejó tratar como una embarazada de nueve meses en lugar de cinco. Aguantó, sin demasiado esfuerzo, a base de contestar sin preguntar apenas, sonreír siempre después de las risas de los demás y participar sin entusiasmo de los recuerdos comunes. Presente pero irreconocible, su fragilidad era evidente y amenazaba con explotar en cualquier momento.

Evitaron hablar del trabajo. A pesar del reciente ascenso de Marta a jefe de servicio de gestión económica del nuevo Departament de Benestar Social de la Generalitat de Catalunya. Después del período en La Caixa, ésta era una oportunidad importante para una buena chica como ella.

Tampoco tuvo demasiada suerte, aquella noche, el nuevo trabajo en el bufete de abogados Cuatrecases de Jordi, o la estabilidad de Nuria; temas, todos ellos, que hubieran contribuido a evidenciar que la situación de Ariadna era diferente.

Así, ausentes los tópicos y las novedades, y con temor las risas, aumentaron los silencios y las miradas esquivas ya en el segundo plato. Nuria, que había previsto y pactado con Jordi y Marta otro ritmo, abrevió el postre, esperando que en el café, ya dentro de casa y con algo de música y unas copas, recuperarían la sintonía.

Ariadna ya había iniciado un viaje sin retorno. Ausente, veía la situación como desde otro plano. Como si no fuera con ella. O como si la que estuviera allí no fuera realmente ella. Y con una visión panorámica y elevada se observaba sin sentido. Se miraba y los miraba. Las preguntas interiores sin respuesta empezaron a debilitarla. Qué hacía allí, cuándo se iría y por qué no se encontraba a gusto fueron repitiéndose hasta obsesionarla. Ella también esperaba el café.

Jordi intentaba, por todos los medios, ser simpático e ingenioso. La verdad es que siempre lo era y, poco a poco, consiguió con sus historias un clima que, entre absurdo y simple, resultaba aparentemente gracioso.

Confiado y lanzado siguió con su programa, a la ofensiva, seguro de sus posibilidades.

—¿Puedes fumar, no? —le preguntó a Ariadna.

—Sí... bueno... no... sí —contestó ella confundida, mientras Jordi sacaba papel y una bolsita.

—Voy a prepararos unos canutos cojonudos. Nos irán muy bien. He traído un mierda estupenda. ¡Es pura mierda!

Ariadna no supo cuántos segundos pasó totalmente ausente. Con las palabras de Jordi en su cabeza, sus sentidos chocaron hasta un aparente desmayo. Una fuerte sacudida en sus hombros la reincorporó a una realidad que había perdido su sentido para ella.

En aquel instante todo adquirió una nueva y reveladora identidad. La conversación, la música, ellos, ella, todos, el canuto, los viajes, todo se le descubrió como *light*, sucedáneo, artificial y falso. Fue como ver claro y nítido, por unos segundos, en qué medida ella formaba parte, o no, de aquella realidad axfixiante, supuestamente tranquilizadora, diseñada, sin éxito, para ella.

Una segunda sacudida, más fuerte y acompañada de voces y exclamaciones, la rescató de la ausencia. Mareada, se excusó y fue al lavabo. La alusión a su embarazo le dio la mínima coartada para evitar más preguntas y miradas antes de que pudiera llegar al baño.

Durante aquellos minutos, encerrada y a salvo, recordó otros lavabos y otras cenas. Nueva York y la barbacoa de Tom. Barbarroja. Su baño compartido con Jonás. Ahora, Barcelona y la terraza de Nuria. Se lavó varias veces la cara, refrescándose el cuello y el pecho después de quitarse la blusa. Desnuda parcialmente pudo mirarse detenidamente al espejo, incapaz de reflexionar pero dispuesta a tomarse un respiro momentáneo.

Aprovechando sus razonables y creíbles excusas, se iría a casa. Confiaba más en el respeto de sus amigos que en su comprensión, y creyó que no tendría demasiadas dificultades para evitar las respuestas impidiendo las preguntas.

Se equivocó. Cuando salió del baño la esperaba una nueva ofensiva. La cara y la expresión de Nuria habían cambiado. Y mientras Jordi todavía se preguntaba qué había dicho o hecho de inadecuado, justificándose con gestos y muecas ante Marta, Nuria, mosqueada y preocupada, quería hablar en serio con Ariadna. Llevaba mucho tiempo esperando ese momento, y la situación que acababa de crearse en su casa era superior a su reconocida capacidad de gestión, y a su paciencia. Estaba decidida a plantearle a Ariadna la realidad en términos que nunca imaginó que tuviera que utilizar con su amiga. La presencia de Jordi y Marta, más que contenerla, la animaba.

Además —se decía a sí misma, para darse fuerzas— estaba convencida de que el período de paciencia y tolerancia con Ariadna debía de acabar o la perdería para siempre. Actuaría con determinación —algo que siempre le faltaba— y le plantearía algunas cuestiones que hasta la fecha habían evitado: Jonás, su hijo, su dinero, su madre, su trabajo, ellas y el futuro. Había noche por delante, sus amigos estaban convencidos y dispuestos a demostrar mayor solidaridad con Nuria que con Ariadna, y su moral y su conciencia la empujaron a empezar cuanto antes.

—Tenemos que hablar —espetó Nuria.

Ariadna se sintió desolada. Si se sentaba, no tendría escapatoria. Lo mejor era evitar el inicio. Y con una forzada energía, cortó en seco.

—Mira, Nuria. Ya sé que estoy fatal. Pero no eres mi madre. Eres mi mejor amiga. Dame una tregua. Estoy aturdida y no sé qué hacer. Dadme tiempo, por favor.

—Pero, tenemos que hablar, y mejor ahora —insistió Nuria.

—Sí, quizá. Pero yo quiero reencontrarme. Y necesito estar y hacerlo sola. ¿Lo entiendes? Estoy rota, Nurita. Y necesito calma. No me presionéis.

Una sonrisa suave se abrió paso tras las últimas palabras de Ariadna, y Nuria se rindió: se puso de pie y la abrazó.

—Te quiero.

Se ofreció insistentemente a acompañarla a su casa. Pero Ariadna ya había ganado la partida. Al menos, aquella noche.

Cogió el bolso y la chaqueta.

—Me voy. Estoy un poco mareada. Os llamaré. No os preocupéis, estoy bien.

Su voz, sincopada y débil, se escuchó perfectamente. Alguien había apagado el tocadiscos.

Todo fue tan rápido que, cuando Nuria reaccionó llamando de nuevo a Ariadna, ésta ya había cerrado la puerta.

—¿Está libre? —preguntó al taxista de la parada que, sin luces ni letrero, parecía ajeno a su profesión.

—Suba —contestó.

Una vez dentro cerró los ojos y recostó la cabeza. El taxista, con una apreciable experiencia, aguardó unos instantes que a ella le parecieron eternos. Finalmente preguntó:

—¿Adónde la llevo?

«¿Adónde voy?», se preguntó ella en silencio, volviendo en sí.

—Lléveme a Balmes, esquina plaza Molina.

—¿Por dónde quiere que vayamos?

—Usted mismo.

VERANO

—

Marta, Jordi y Nuria se habían ido ya a Turquía. Les acompañaba un fichaje de Marta llamado Paco que desataba turbaciones y emociones varias en Nuria. Ariadna le juró que la esperaría para parir.

La humedad de Barcelona, la ausencia de Nuria durante tres semanas y el cansancio de los casi ocho meses de embarazo la convencieron de aceptar la invitación de su madre para ir a la casa del Empordà, en Palau-Sator. Palau estaba cerca del mar pero no en la playa. Recordaba buenos momentos vividos allí con su padre y los amigos de la familia. Alemanes y franceses, junto con algunos suizos, habían recuperado el pueblo, instalándose allí en los años setenta.

La proximidad del parto la había tranquilizado temporalmente. O al menos, eso se había propuesto. No estaba para abrir más frentes, ni internos ni externos. Le pareció razonable el plan. Mamá iría a la playa cada día y volvería al atardecer. Le apetecía cenar bien cada noche, en casas diferentes siempre, como era costumbre entre el grupo de amigos de su padre. Hacía tres años ya que no había pasado el verano en la casa, y le apetecía. Tendría tiempo para leer, tomar el sol y escribir. Quería y sentía la necesidad de hacerlo. Las cartas de Virginia las respondía siempre con llamadas y eso la dejaba insatisfecha.

Aquella noche iban a cenar a casa de Hans. Fue él quien le abrió camino en las Naciones Unidas. Su padre lo conocía desde muy joven. Habían estudiado juntos en Basilea, aunque él tenía nacionalidad alemana.

Una mezcla de curiosidad, añoranza y gratitud la animó a aceptar la invitación con muchas ganas. Sabía que Hans y su esposa eran siempre muy educados y tenían un profundo sentido liberal, lo cual les confería siempre un tono vital perfecto para las confidencias o los consejos. En cualquier caso estaba garantizada una noche tranquila y relajada. No le importaba estar expuesta y dispuesta a hablar con él de Costa Rica y del PNUD. Es más, le apetecía. Quería conocer su opinión sobre su futuro profesional. Fue fácil y natural

—¿Has pensado qué harás después de dar a luz? —preguntó Hans.

—La verdad es que todavía no. Estoy en el PNUD y puedo reincorporarme el 30 de marzo de 1989. Pero debo pensarlo bien. Con un hijo no será fácil.

Hans optó por la prudencia. La animó y volvió a recordarle sus coordenadas personales y profesionales, al tiempo que le ofrecía sus casas para pasar una temporada si lo necesitaba. Días después Ariadna pensó que, quizá, debía haber sido más explícita en su agradecimiento. Pensó que, desde que había llegado a Barcelona, nadie la había entendido tanto con tan poco. Y se estremeció al recordar a su padre pensando en Hans. Los dos representaban un modelo de entender la vida basado en la felicidad desde la libertad. Y pensó en ambas cosas, y en cómo parecían incompatibles o subordinadas desde que había regresado.

—Sé tú misma. Es lo mejor que puedes ofrecerle a tu hijo —fueron sus últimas palabras casi cuando se despedían.

La cena se apagaba lentamente y se sentía cansada. Mamá aceptó aplazar la conversación con la anfitriona y volver a casa antes del final. Las acompañó Hans.

—Por cierto, mañana no podremos ir a la playa. La previsión del tiempo anuncia nubes. Hans, hemos pensado Mireia y yo que podríamos ir a los volcanes de Olot... ¿Qué te parece? Venga, llévanos. Están sólo a cincuenta kilómetros de aquí.

Desde el asiento trasero, Ariadna creyó temblar. No era la primera vez que algunas palabras se le estrellaban contra su cabeza con una fuerza descomunal. En estos seis meses había comprendido bien que las palabras eran inseparables del sentido que les otorgaban sus protagonistas.

«¡Volcanes!», pensó. Y volcanes sintió, laderas verdes, temblores repetidos, otras emociones tan lejanas, aquel cuerpo a su lado, tantas cosas.

Durante el trayecto sólo esa palabra ocupó su mente. Repetida. Constante, que la transportaba sin movimiento.

Aquella noche el bebé se movió con mucha fuerza.

Faltaba sólo una semana para la próxima visita al ginecólogo, y éste le había advertido que quizá el feto cambiaría de posición. No estaba bien encarado. Venía de culo.

«¡Volcanes!», se dijo de nuevo, y muchas veces más durante la noche mientras sujetaba su barriga golpeada por una vida en erupción.

No consiguió dormir. Pero lejos de sentirse agotada, sintió fuerzas para tomar decisiones con determinación.

A las diez de la mañana, recogió sus cosas y llamó un taxi. Esta vez sería ella quien dejaría la nota.

Mamá, me vuelvo a Barcelona. No me encuentro demasiado bien y estoy intranquila. Prefiero estar cerca de la clínica. Por favor, no vengas. No pasa nada. Ya te avisaré. Besos. Ariadna.

Aquélla quizá sería la última visita al ginecólogo antes del parto. Como en las anteriores, Ariadna no pudo ahogar el recuerdo de Elisabeth, su ginecóloga de Nueva York. La mujer se había convertido en un hombre, la doctora en un doctor, y Elisabeth en doctor Pomares. Demasiados cambios en muy poco tiempo. No podía, tampoco, evitar la angustia y el nerviosismo, sensaciones que se repetían cada vez al entrar en la consulta.

El doctor Pomares, un hombre maduro de cincuenta y tantos años, ofrecía siempre una imagen clínica y aséptica, exenta de cualquier tipo de familiaridad, muy propia de los profesionales que la mutua de mamá tenía asignados. Distante pero eficaz, era el mejor ginecólogo de la lista.

—¿Cómo te encuentras? —le preguntó casi sin levantar la cabeza, mientras miraba la ficha del historial clínico que la enfermera acababa de traer. Era esa rutina tan repetida y estudiada lo que le cargaba especialmente de él.

»Vamos a hacer una eco. Será la última —dijo sin esperar respuesta.

Pasaron a una salita contigua donde la enfermera ya había preparado el gel y el lector ecográfico.

—Esta noche no he podido dormir, el bebé no ha parado de moverse. Me parecía que quería salir ya. Quizá se haya dado la vuelta, como usted dijo...

Las conversaciones con su doctor carecían de ritmo y de continuidad. Él hacía, decía y actuaba según su criterio y su rutinaria revisión. Parecía no importarle demasiado lo que le contaba.

—Veamos —dijo mientras ponía sus manos blancas, largas y delgadas sobre su barriga. Un largo tacto vaginal siguió a la observación ecográfica—. Aquí está —concluyó sin entusiasmo—. Parece que sí, que este chico se ha portado muy bien y se ha puesto en su sitio.

Amplificó el altavoz que recogía los latidos del corazón y Ariadna creyó confundirlos con los suyos que, acelerados, se mezclaron con las últimas palabras del doctor.

—¡Chico! —se repetía en voz baja.

El doctor nunca le había confirmado el sexo del bebé. Al principio ella no quiso. Nunca supo por qué. Después él no pudo, porque el feto estaba de espaldas, y ahora se le revelaba a punto de parir.

Apagados los latidos, sumergida en la melancolía, una voz la despertó.

—Vístete. Te espero en el despacho.

—Bueno, muy bien. Al fin sabemos el sexo del bebé.

Ariadna no consiguió decir nada más. Ni preguntó. Tampoco acertaba a escuchar. Su cabeza estaba saturada por el sonido repetitivo y constante de las últimas palabras que se habían apoderado de ella. No era la primera vez que le ocurría eso desde que estaba en Barcelona.

El ginecólogo le anotó los últimos consejos y sus teléfonos de contacto en una hoja de las que utilizaba para recetar.

—Estás a punto. Quizá el jueves o el viernes. Llámame cuando tengas los primeros síntomas. Yo avisaré a la clínica. Todo irá bien. Te veo muy bien y el bebé está magnífico. Será un parto muy sencillo y rápido. Llámame.

El recuerdo de Jonás se hizo presente con una fuerza obsesiva y absoluta. Bajó en el ascensor abrazada a su vientre. El llanto desconsolado la inundó y la desbordó. Desistió de evitar las lágrimas. Sí, lloraría hasta calmarse. Salió a la calle y caminó sin rumbo determinado. Nunca supo cuánto tiempo pasó hasta recobrar la serenidad. Pero, lentamente, la desesperación dio paso a un deseo que creía olvidado o aplazado. Hacía más de seis meses que no tenía relaciones sexuales y, aunque no había sentido ninguna necesidad, ahora se encontraba en la calle, a punto de parir y con una urgencia irresistible que se estrellaba contra el dolor vaginal que el tacto del doctor le había producido.

«Parir y amar», pensó. Deseos y emociones separados para ella.

Aquel viernes parió a un niño negro. Le puso de nombre Jonás. Y muy lejos, bajo la lluvia y en soledad, Mahalia tuvo un sueño y despertó sobresaltada pero contenta.

—Mi niña Ariadna —dijo con una sonrisa—, mi niña.

RECUERDOS

—

Todo fue como había previsto su ginecólogo. Sin problemas. Cuando llegó su madre, Ariadna ya lo era desde hacía tres horas. Desde su regreso a Barcelona, había evitado siempre hablar de Jonás con ella. En realidad había evitado hablar de casi todo, pero especialmente de Jonás. Inconscientemente quería, quizá, situar a su madre frente a hechos consumados. Y consumados por ella. Y enfrentarla a una realidad no previsible, fuera de su control. Por eso dejó que creyera que el padre era Tom u otro compañero del PNUD. Quizá un tal Jorge, de quien había oído hablar por Nuria. Discreción bajo promesa.

Los primeros instantes fueron especialmente tensos. El suave color oscuro del bebé le demostró que Ariadna le había ocultado algo, lo fundamental: que el padre era negro o mulato. No era cuestión de matices.

Del desconcierto inicial surgieron los primeros reproches, y de éstos la desesperación en forma de llanto controlado. Fue un recorrido corto, intenso, pero sincero. La nueva condición de madre de Ariadna la había situado en un imprevisto plano de igualdad frente a Mercè, lo cual permitió un espacio inédito en sus relaciones. Por primera vez las dudas y el reconocimiento de sus fracasos, primero con su marido, después con su hija, abrieron paso a un sentimiento de culpabilidad convenientemente escondido durante todos esos años. Siempre es duro justificarse cuando se trata de hacerlo por toda una vida. Fue esa desnudez psicológica la que, en forma casi de revelación, se exteriorizaba entre kleenex y kleenex, lo que conmovió especialmente a Ariadna. Fundidas en un abrazo lloraron las dos. Cada una por sus motivos. Pero juntas. Mercè aspiraba inconscientemente a una reconciliación con la historia. Ariadna vivió intensamente el momento, consciente de que sus historias eran, desde hacía mucho tiempo, diferentes.

Un suave ruidito del niño las separó.

—Mamá —le dijo suavemente e invitándola a que se aproximara—, mi niño viene del sur, de otro mundo, de otra manera de entender la vida. ¿A que es muy guapo?

Desconcertada, Mercè respondió como pudo, pero convencida:

—Sí, Ariadna, es muy guapo. Y aquí estará muy bien.

«El sur en casa, imprevisto e imprevisible, otro mundo en casa. Algo no funcionaría», pensó Mercè.

Los tres primeros meses pasaron muy rápido. A finales de noviembre el invierno estaba ya muy presente en la calle, pero era muy soportable desde la casa bien climatizada. Llovía intensamente y era el primer fin de semana que Ariadna y Jonás estaban solos en casa de Mercè, que por fin había aceptado una invitación de Mireia.

Durante esas semanas su madre hizo lo que pudo, lo que sabía: facilitar las cosas. De nuevo, muchas conversaciones quedaron aplazadas tácitamente. Por temor e inseguridad de Mercè. Por cansancio y comprensión de Ariadna.

El hecho de no poder amamantar a su hijo a causa de una mastitis aguda, fue el inicio de una cadena de pequeñas cosas que se convirtieron en las etapas de una crítica depresión posparto. Del pezón al biberón, de la alegría a la melancolía, los días eran eternos y durísimos.

Después de cambiar y lavar a Jonás, decidió desnudarse y tumbarse en la cama. Acercó al niño que, satisfecho, estaba precioso. Les gustaba jugar así. Cuerpo con cuerpo. Abrazados. Y Ariadna dejaba que Jonás apretara entre sus deditos los suyos. O los pechos, o que la llenara de babas entre risitas y conversaciones.

Eran sus momentos. Encerrados en su habitación podían pasarse mucho tiempo hasta que, a veces, Jonás se dormía sobre ella. Era todo un placer lleno de matices. La inmovilidad a la que se obligaba Ariadna para no romper aquellos instantes contrastaba con la capacidad que tenía para recordar y evocar hasta los mínimos detalles. Había llegado, incluso, hasta a notar olores y sentir texturas imposibles de oler y de notar desde el quinto piso de la calle Balmes. Quieta, pero en un viaje privado, vivía una vida interior cada vez más absorbente. Y no le importaba. No necesitaba más.

Esa mañana Jonás quería jugar. Y reclamó toda la atención de Ariadna. Ella, estirada en la cama, le alejaba y le acercaba, soltándolo brevemente en la subida y recogiéndolo en la bajada. Así una vez y otra. Sube, baja. Sube, baja. Cada vez más rápido y envueltos en risas. El rostro de Jonás, cada vez más cerca del suyo, se iba transformando en otro, poco a poco, en cada movimiento, cada vez más inconfundible.

Y siempre te recuerdo así, como quise soñarte, como en realidad eras, porque desde que te vi eras un sueño y yo, equivocadamente, quise traerte a mi realidad. Quise hacerte a mi imagen y semejanza. No te dejaste. Y casi te destruimos entre todos, haciéndote dejar de ser tú para nunca lograr que fueras como queríamos. Y ahí te rechazamos.

Y te recuerdo tanto.

Tu cuerpo, canela y músculos, tallado en piedra volcánica, tu saber moverte entre las olas, como formando parte de ellas. Tu pelo quemado por el sol de casi siempre, regado por las eternas tormentas tropicales. Tu inevitable birra entre las manos cuando dejabas la plancha de surf. Tu puro de marihuana cultivada en tu potrero, tu sonrisa abierta de dientes blancos, tu manejo de estar entre la gente, tu sentir las vibraciones de los ajenos, haciéndolos un poco tuyos.

Tu desnudez insinuante, que provocaba emociones más o menos claras a casi todo/as, aquellos pies magníficos, afirmación de tu belleza, fuertes y morenos, perfectos y sensuales. Tus ojos verdes, claros y cambiantes, día sol y noche luna, reflejando las aguas de tu mar, o viceversa. Reto viviente de las leyes de los que dicen que no deberías estar vivo, culo duro, nalgas mías, sexo compartido, lo sé, por tantos sexos. Inatrapable y atrapado, dolor de mis sentidos y ganas de tenerte.

Y tu sexo, grande, duro y siempre alerta, sabroso y rico como nada, ese sexo que me atrapó sin violencia y yo dejada, cuando me quise dejar aquella noche... Y me atrapaste, cabrón, y me tuviste, sin siquiera demostrar que era especial, ni el encuentro, ni el lugar, ni lo que me provocó de inolvidable, de imposible repetición. De para siempre jamás entre tus brazos. Moreno, bello, duro, salado, mío.

Ternura a golpe de ansiedad, ternura a golpe de marea. Ternura en suma. Ternura de fuerzas desatadas, de salitre lamido poro a poro, ternura mía.

Sexo a ciegas, sexo Jonás, te perdono desde aquí todos mis daños, pero nunca debiste hacerlo aquella tarde, cuando venía a encontrarte para decirte que estaba esperando un Jonás inesperado, y a decirte también que la muerte no me estaba esperando a plazo fijo. Jonás volcán, incontrolable. Jonás de todos mis amores. Jonás maldito que conocí en la belleza hecha lugar, con nombre y carretera. Jonás luz que llegaba y Jonás atardecer de lluvia. Bromelias y montañas, playas y selvas, emociones, Jonás sexo, Jonás vida.

Y hasta te perdono, pues de poco me sirve no hacerlo cuando no sé de ti desde hace meses. Y además no tengo nada que perdonarte. Te encontré como culpable en la medida de mis propias miserias. Y ni siquiera protestaste por mi ruptura unilateral de un contrato inexistente. Me salió la Ariadna de Barcelona. Fueron demasiados sustos, demasiados miedos. Y quizá ya no hay retorno. Y no sé cómo es tu vida. Y tampoco sé qué pretendo al pensarte tantas veces, cada vez que miro este rasta que me traje, que arrebaté, como a ti, de su mundo y su destino. Me traje el sur y la negritud en las entrañas, y aquí lo tengo, Jonás V, envidia de ansiosas adoptantes, rechazo familiar y complicidad de los amigos. Y total ternura de su parte.

Rodar por las laderas abrazados. Mojarnos bajo las cálidas lluvias tropicales. Hacer el amor en tu hamaca preferida. Ver tu sonrisa. Y tus ojos. Y tu voz. Pero eras tan loco, mi amor, tan loco e inasible.

No se lo digas a nadie, pero te quiero tanto... Necesito respirar tu aire, beber de tu vaso, hablar con Mahalia, querida, consolar a Amalia, escuchar a Wilbert, preguntar a Boby, bañarme en la sombra de Punta Uva, comer tus langostas, bailar en Stanford, dejar caer el sol en El Chino, cenar en la Soda Tamara, verte surfear con esos gringos, conducir por el Braulio Carrillo, atravesar Cieneguita, beber una Imperial, fumarme un puro, jalar una raya, sentir que te hundes en mí y sentirte mío...

Nadar a tu lado, bucear contigo, tomar olas, rodar por la arena, perseguirte un rato, no alcanzarte, volver a nadar, caminar por la playa, llegar a mi hotel, entrar en el cuarto, quitarte el short, besarte todo, tenerte, mi amor, sin pensar en luego. Y cada minuto descubrir algo inolvidable. Un cangrejo amarillo, un pez sapo, un perezoso que se mueve rápido, un mono viejo, una mantis enorme, una iguana coja, un caballo escapado, un armadillo despistado, un mapache sociable, una araña peligrosa, un escorpión canalla, una serpiente inofensiva o un cerdo salvaje. Señalando con el dedo y la mirada, pareciendo que eres tú quien los crea para que sean vistos en esos momentos irrepetibles. Rastaman, *maldito negro, orgulloso y tierno. De tan lejos tuviste que llegar para ser de donde te encontré. Descubrimiento total e inesperado. Pobre blanquita catalana, perdida y buscando emociones. Y las encontré. Vaya si las encontré. Y no me rehago. Nada tiene sentido para mí excepto tu hijo. Me has hecho madre, Jonás, y eso es para siempre.*

Y al mirar al niño, me revuelvo de ternura y se me escapa

una parte para ti. Este niño es nuestra culpa. Y es la culpa más preciosa de la tierra.

Querría tanto volver a encontrarte entre tus olas. Me volvería tan loca nadando cerca de tu plancha de ilusiones también perdidas. Me gustaría, fuera de los límites, abrazarte entre espumas de salitres aplazados, lamiendo tu cuerpo de músculos y fibras de negritud salvajemente apasionada. Ahora y siempre. Para siempre.

Y sé que no se puede. Te sueño y me persigues, pesadilla de amores imposibles. Sueño con comerte tus pies amados, las curvas de tus piernas y ese lugar tan especial que las junta, tan sabroso, variado y dulce, con mezcla de salado, estrepitosa erección inabarcable, inmediata, inesperada, casi permanente e incontrolable, erección perpetua y cabreante.

Qué decirte sin traicionarme más, en la distancia, sabiendo que nunca leerás lo que te digo. Poeta de montaña y de playas distantes, poeta inaccesible. Lejanía buscada por mis falsas coherencias, por la vida. Por esa vida que me las arrebata sin saber cómo escaparme, otra vez, a las alturas de tus volcanes e inmediateces mágicas, a tu estar calmado y dispuesto a la vez en mis entrañas. Espacios cerrados en este mundo que he elegido entre otras imposibles cosas, para huir de ti, canalla preferido, para siempre amado y deseado, de cuerpo entero, de pies a boca, de sexo a sexo, penetrable y penetrado, distante único ser que me revuelve a toda hora.

Comprendió que entre sus sueños y su vida abría una brecha creciente y peligrosa. Para ella y también para Jonás.

Ese fin de semana no paró de llover.

RABIA

—

There was a Buffalo Soldier
In the heart of America
Stolen from Africa, brought to America
Fighting on arrival, fighting for survival
Driven from the mainland
To the heart of the Caribbean
Buffalo Soldier, Dreadlock Rasta.

Buffalo Soldier,
BOB MARLEY AND THE WAILERS

Existió un Buffalo Soldier / en el corazón de América / arrancado de África, llevado hasta América / luchando nada más llegar, luchando por sobrevivir / llevado desde el continente / al corazón del Caribe / Buffalo Soldier, Dreadlock Rasta.

Cayó una gota. Y después, otra, y otra, hasta que las gotas se hicieron lluvia.

Llovía, gota a gota. Sobre el techo de cinc caían gotas y gotas, cada vez más gotas, que pronto dejaron de oírse, para convertirse en un monótono sonido metálico y continuo. Cada vez era más intenso el ruido ensordecedor de la lluvia.

Jonás se dio media vuelta en la cama, empapada de sudores frescos. Un cuerpo a su lado, una mano en su pecho que hacía poco se posaba en su espalda, un suspiro largo y profundo, un ronquido suave. Jonás empieza a salir de las penumbras y de sus pensamientos confusos, mezclados con los últimos sueños del amanecer. Grita, afuera, un mono. El croar de ranas se amplifica. Van cambiando todos los sonidos tras el telón sonoro de la lluvia torrencial.

Amanece y llueve, acierta a pensar Jonás. Y no estoy solo. Demasiada fiesta, siempre demasiada fiesta. Demasiados despertares turbios, demasiadas neuronas machacadas. Poco surf, últimamente poco surf. Me estoy hinchando, piensa, mucha mierda y poco surf. Y no estoy solo, recuerda, siente, una mano en el pecho que no es suya. Nada que hacer hoy tampoco. Esperar la fiesta. Le duele mucho la cabeza. No quiere despertarse, se esfuerza en volver a dormir. Truenos y lluvia, techo de cinc, tremendo ruido que le atraviesa el cerebro. Se aturde un rato, pero no duerme.

Amanece y llueve en Manuel Antonio, desesperado el cielo de negruras y tonos grises. Y no está solo.

Estoy solo y no logro olvidar. La quería y no supe. No debí irme del Puerto. De volver, ni hablar. Pero me quedé solo sin ella. Me dejó a medio camino de ningún sitio.

Sin ella, Jonás pasea su soledad por varias playas, por varios sexos, por muchas fiestas de mucha fiesta. Su cuerpo derrota a su paso y su cuerpo le traiciona. Demasiado cuerpo el suyo, para no usarlo. Él ya no usa. Ha pasado de usar a ser usado. De escoger siempre, a ser escogido. De príncipe de Puerto Viejo a esclavo de cualquier playa, de cualquier fiesta, de cualquier antojo. Él, que sólo conocía el orgullo en forma de dignidad innata, conoce ahora su ausencia, en forma de humillaciones sutiles, desprecios camuflados, utilizado para saciar apetitos y ansiedades importadas por unos días de vacaciones inolvidables para los que lo llaman, lo tientan, lo reclaman y lo usan.

Alguien tiene que pagar su vida. Ha pasado de ofrecer a ofrecerse, casi sin darse cuenta, sin admitirlo, pero le pesa, lo siente, le empieza a abrumar la monotonía de una vida convertida en rutina para él, en medio de la excitación y aventura para aquellos de las pieles quemadas y las narices de acero inoxidable. Mucho turista en busca de cuerpos como el de Jonás. Y el mejor cuerpo es el de Jonás.

Y en busca de mierda. De perico. Y vendiendo un poco, aquí y allá, se va tirando. Con eso y con su cuerpo. Pero no es un puto, piensa, ni un camello, se asegura. Es simpático y guapo, concluye complaciente, pero no.

«Me jodí», sentencia.

Llueve y truena. Y hace un calor de mil demonios. Mueve la mano que se apoya en su pecho. La mira para recordar de quién se trata. Se levanta, mareado, se tambalea hasta el baño. Mea amarillo intenso, concentrado, se mira en el espejo. Jonás le devuelve la mirada. Se miran por un rato. Paralizado, sin ganas de empezar la rutina diaria del lavado de dientes y de ducha, de ponerse el short y salir sin hacer ruido de la cabina, caminar cuesta abajo hasta la playa, pedir una cerveza y hacerse un puro, jurarse que hoy no, pensar un rato, con nostalgia, en volver al Puerto. Nostalgia: desconocida sensación hasta hace poco, que se le va pegando al alma. Beber otra cerveza para que se lleve la resaca y le limpie los riñones. Llegada de unos y otros, comentarios sobre el día; ya habrá dejado de llover. Un sol de castigo quemará hasta en la sombra, cada día más pieles blancas quemadas, nuevas pieles que se queman, otras viejas pieles de unos días que se pelan y vuelven a pelar, hasta la carne viva, y sólo en la sombra. Jonás no se quema, no se quemó nunca, nunca sintió nostalgia, y ahora la lleva pegada al alma.

Se echará al mar sin olas, nadará un rato, se cansará pronto. Se cansa pronto, de todo se cansa cada vez más pronto y no se encuentra bien en ningún sitio. Le empezarán a rodear y todos los círculos se harán en torno a él. Y él lo sabe. Le empezarán a invitar a birras y a formularle preguntas y curiosidades, disfrazadas a veces de sanas inquietudes, de interés por saber. Y empezará a responder y a sentirse mejor, respuesta a respuesta, cuento a cuento y birra a birra, puro a puro.

Se lanzará otra vez al mar; artista, aborigen, surfista sin plancha ni olas. Se cansará menos. Muchos ojos lo miran, su autoestima aumenta, los desprecia. Buffalo Soldier, rasta orgulloso, de orgullo herido, lo cicatriza a golpe de miradas de admiración, de deseo que huele a la distancia, que se percibe en el aire, que se comunica en gestos. Y en palabras, en forma de preguntas.

«Estoy jodido», pensará.

Y pasará el tiempo y más birras, e irán pasando de las preguntas a las confidencias, de las sugerencias a las proposiciones; se entablará una feroz competencia, sin distinción de sexos, para llegar a la noche en las mejores condiciones de tener a Jonás.

Avanzará el día, mar, maría, birras. Se come poco. Empiezan los cansancios y se vuelve marcha atrás a las preguntas. Qué os parece, yo no tengo, pero debe de haber, ¿no?, tú qué crees, estamos de vacaciones, de vez en cuando no hace daño, ¿verdad?, quién podría tener, pero que sea de confianza, a los extranjeros los engañan, tú qué crees, Jonás, sabrías tú dónde, cuánto, cómo, quién, y si compramos más, podrías comprar de una vez para estos días, en lugar de vez a vez, nos harán buen precio...

Jonás esperará, responderá con la cabeza; asentir, negar, sonreír. Él sólo hablará una vez y será preciso en sus datos y su pregunta.

—Sí. Para las seis. A dos mil pesos gramo y a mil quinientos de cinco en cinco. Es buena y bien pesada. Lo hago por vosotros, yo no soy un camello. ¿Cuántos?

Y seguirá el día, haciéndose atardecer, birra a birra. Y llegarán las seis y Jonás se irá a buscar el perico, y regresará a encontrar a unos manojos de nervios y ansiedad, narices de acero inoxidable dispuestos a disfrutar los pocos días de aventura, pieles quemadas y narices quemadas a cien dólares el gramo cuando vuelvan a sus países y al trabajo. Lluvia fría e inviernos largos. Y recordarán las experiencias del viaje, que contarán a los amigos; Jonás será un recuerdo excitante, masturbaciones en su ausencia, todo fascinante, novedoso, imborrables emociones de esos días.

Para Jonás, rutina, hastío, él no confunde —porque la ha vivido— la libertad con la ansiedad, la emoción con lo inevitable, la aventura con lo previsto, un puro de maría cultivada en su potrero, con el mercado y el tráfico. Ni el placer con la obligación.

Aventura emocionante para ellos, rutina aburrida para él.

«Me están jodiendo.»

Y se hará la fiesta, y acabarán toda la coca comprada para varios días hacia la medianoche. Y Jonás, previsor, sacará el doble y seguirá la fiesta, a ron y coca cola, a ron y coca. Y acabarán sus cuerpos mezclados en colchones con sus fantasías y otros cuerpos imprevistos, deseados, olvidables, anhelados. Jonás se convertirá en cuerpo, y lo sobarán, provocarán, hasta que caiga en el colchón que toque aquella noche.

Pero la nostalgia, que se le va pegando al alma, con destellos de tristeza cada vez más intensos, no le dejará estirar el día y la noche en pura fiesta. Habla menos y sus sonrisas se irán haciendo más y más excepcionales, lo que multiplicará su belleza cuando sus dientes perfectos asomen entre los gruesos labios, con dulzura.

Fiesta, ron y perico, la noche avanzará hasta un colchón. Todo previsible en esa rutina de cambios de cuerpos constantes. Y de ron con coca.

Jonás sigue mirándole desde el espejo. Han pasado juntos repaso al día. Pero ya no sabe si se trata de ayer. O de hoy. O es un plan para mañana. Y llora.

Se lava los dientes sin ganas. Y se mezcla el sabor salado de sus lágrimas con la pasta de dientes mentolada.

La ducha de agua fría confunde gotas y lágrimas, aclara un poco su mente y la nostalgia, convertida en tristeza, se expresa en un recuerdo que se hace, por un rato, omnipresente: una sonrisa de Ariadna que le provoca nuevas lágrimas.

Llueve fuerte sobre la chapa de cinc. Y el sol comienza su recorrido diario.

Y Jonás el suyo.

Sale de la ducha, se seca apenas, se pone los shorts y las sandalias. Lava la T-shirt sudada y la mete, mojada, en el bolsillo de atrás.

Sale sin hacer ruido de la cabina.

Llueve sobre Jonás.

Empieza a caminar cuesta abajo, por el sendero de selva, hacia la playa. Selva pacífica, no selva atlántica, los monos saltan de rama en rama y la lluvia cae, intensa, caliente, y se levantan vapores. Desciende a buen paso, oliendo, mirando, pero turbio y con la nostalgia triste pegada al alma.

Llega al chiringuito de la playa, inmensa, blanca, entre los mil verdes de la lujuriosa vida verde que se cuela en las arenas, como sedienta de mar. Se sienta en el banco de piedra, junto a la mesa de piedra y saluda a Emilio. Sin decirse nada, le trae una birra. Jonás piensa. Pero no dice nada y mira la birra. Rutina diaria; bebe un sorbo.

La tristeza se hace nudo. La desata liándose un puro, despacito. Puro de una mierda de maría que tiene que comprar; nostalgia del Puerto. Da una calada. Se siente mejor. Pide otra birra y apura la primera.

«Me jodí», piensa.

Se bebe la cerveza para que se lleve la resaca y le limpie los riñones. La matiza con otro puro. Empiezan a llegar unos y otras, comentan sobre el día. Deja de llover, y un sol de castigo empieza a quemar las pieles.

Jonás los mira. Él no se quemó nunca. Él nunca sintió nostalgia.

Se levanta y se echa al mar sin olas, para nadar un rato. Pero se cansa pronto. Todo le cansa pronto y empieza a no sentirse bien en ningún sitio.

Vuelve al banco de piedra, le han pedido otra birra.

Poco a poco empieza a sentirse mirado y rodeado, y todos los círculos se van haciendo en torno a él. Preguntas previsibles, curiosidades disfrazadas de sanas inquietudes culturales. Y Jonás empieza a responderles y, birra a birra, puro a puro, se va sintiendo mejor. Le duele menos. Contesta, sonríe, cada vez menos, pero sonríe, y derrite con sus dientes blancos las pocas barreras y defensas de su audiencia.

Se lanza al mar, artista, aborigen, surfista sin plancha ni olas, se cansa menos. Muchos ojos le miran, su autoestima aumenta, los desprecia. Tararea *Buffalo Soldier*. Marley liberador, rasta orgulloso, de orgullo herido.

Y en palabras, en forma de preguntas, va pasando el día, y más birras, y las preguntas se irán tornando confidencias, sugerencias, sutiles proposiciones, y se entabla la feroz competencia.

Mar, maría, birras, sol de castigo, pieles rojas. Se come poco. Ya hacia las tres, vuelven las preguntas.

—¿Qué os parece si compramos unos gramos? Estamos de vacaciones, ¿no? De vez en cuando no hace daño —sonríe Ana, mirando a Jonás—. ¿Dónde podríamos conseguir algo? Pero con alguien de confianza, ¿verdad? ¿Tú qué crees, Jonás? ¿Será buena? ¿Y si compramos para varios días nos harán un precio?

Jonás espera, responde con la cabeza, asiente, niega, sonríe. Habla sólo una vez y es preciso en sus datos y en su pregunta.

—Sí. Para las seis puedo buscarla. A dos mil pesos gramo y a mil quinientos si compráis de cinco en cinco. Suele ser buena y la pesan bien. Pero quiero que sepáis que lo hago por vosotros. Yo no soy un *dealer*, ¿está claro? ¿Cuántos queréis?

Tras cálculos y respuestas, pasa el dinero de mano en mano hasta la de Jonás. Y el día sigue, haciéndose atardecer. Birra a birra.

Jonás está cansado. Ana lo persigue por todas partes, desplazando todo intento de aproximación de sus amigos. Fumada y algo borracha, maneja con dificultades un colocón importante. Pero no se aparta de Jonás ni un segundo.

A las cinco y media, Jonás se escapa con la excusa de la coca. Aunque tiene unos gramos guardados, sabe que hará falta más. Y se pasará por donde Marvin.

Se coloca la T-shirt en los hombros y camina, sendero arriba, por una selva verde intenso y salpicada de matices y reflejos. Las miradas siguen su andar rasta, cansino y triste, tan distinto del que conoció Ariadna, hace una eternidad, en otra playa selvática, en otro océano, cuando Jonás era libre. Y feliz.

Jonás llega a casa de Marvin, lo llama por su nombre y espera en la cancela del patio delantero, en las afueras de Quepos. Hay un Toyota Pickup aparcado en su puerta. Lo reconoce. Es Bob. ¿Estará comprando?

Sale Marvin, lo mira un segundo, duda y consiente.

—Pasa —dice, y lo lleva por la puerta de atrás, cogido por el brazo.

»¿Cuántos? No estoy solo.

—Quince —responde Jonás—. Ya lo sé.

Entran a la cocina, Marvin abre el horno. Saca un plástico grande y, de su interior, tres paquetitos envasados y cerrados herméticamente. Se abre la puerta y presienten a Bob asomado, que en seguida cierra.

Jonás le da el dinero a Marvin, que lo mete en el microondas sin contarlo.

Una breve despedida sin palabras. Jonás sale.

—¿Era Jonás, no? —pregunta Bob.

—Sí. Está jodido ese huevón. Está jodido, y todo por cagarla con aquella española, Ariana o algo así se llamaba. Acabará mal, si no se cuida —dice Marvin.

—No es mal chico. Pero anda perdido. La joderá —asiente Bob y piensa: «La puta española...»

Jonás regresó a la playa. Allí encontró a sus amigos hechos un manojo de nervios. Se reparten los paquetes, se hacen cuentas, se van retirando a sus cabinas a ducharse y cambiarse para la cena. Irán a Barbarroja. A las ocho en Barbarroja. A Jonás no le apetece y evita con excusas acompañar a Ana.

Jonás se retira y se hace una raya. Estoy jodido, piensa. Espera que la raya lo anime, le dé fuerzas. Se hace otra enorme, le pica y le duele la nariz; maldito veneno. Lleva la tristeza pegada al alma. Y una sensación de rabia que le aflora con fuerza, desconocida rabia para aquel ser libre, prisionero y atrapado. Solo. Piensa en Ariadna. Le duele duro su ausencia.

Camina por la playa, se tira al mar, buscando a Ariadna entre las olas y espumas. La energía artificial le hace nadar y nadar y la tristeza se le sujeta al alma.

Y llora, solo y con rabia.

Una estrella fugaz atraviesa el firmamento estrellado. Jonás siente un escalofrío. Y llora. Triste y con rabia.

Barbarroja está lleno. La noche empieza. Se oyen truenos cercanos. Croar de ranas. Una barra y varias mesas acogen a los ruidosos turistas. Su humor y conversaciones delatan la actividad del perico en sus cuerpos. Ingeniosos y desinhibidos, ruidosos y alegres, tratan de comer sus hamburguesas, pescado empanado, patatas fritas. Tienen más facilidad con los daiquiris. Bromas, idas y venidas, coqueteos descarados y una ausencia palpable y sentida. Jonás no llega.

Beben mucho y mastican con dificultad. Empujan los pedazos más pequeños a fuerza de tragos, y juguetean con sus platos. David habla y gesticula, Martin le escucha, como perdido, John mira a una mulata, Bárbara ríe, contando algo a Werner, que también ríe, Peter pide bebidas. Louise las va llevando a la mesa. Ana busca con la mirada, triste.

Va pasando el tiempo, daiquiri a daiquiri, raya a raya.

Entra Jonás. Exclamaciones, qué pasó, por qué no llegabas, siéntate, pide algo, cuéntanos, estás serio, vamos al baño, te echábamos de menos.

Jonás saluda, contesta, miente, va al baño con David.

—Lo pasé divino anoche. —Le guiña un ojo, le prepara una raya, trata de besarlo y Jonás sólo le mira. Y David desiste.

Vuelven a la barra, Ana le coge por el brazo, «cabrón, me abandonaste». Jonás se separa, un poco brusco. Se bebe su daiquiri en un segundo. Le ofrecen otro. Beber, olvidar la imagen insistente de Ariadna. Se sienta a una mesa, Ana a su lado, con una mirada de deseo insoportable.

Por la entrada aparece un hombre alto, maduro, atractivo. Es Bob. Desde la barra, con un whisky, repasa el local y sus habitantes. Y empieza a escoger para su fiesta. Mira a Jonás. Se le acerca.

—Sí —responde Jonás, distraído—. Gracias. Nos vemos luego en el Arcoiris. Iremos unos diez. Son ésos. *See you later.*

Bob pasea su poder de mesa en mesa, desatando ansiedades y sonrisas. Escoge a unos, desprecia a otros. Y piensa: «Este Jonás está jodido. Pero es buen chico. *He's a good boy.*»

Pasa el tiempo a base de daiquiris, visitas al baño, imposibles hamburguesas. Al fin, van saliendo hacia la disco Arcoiris, allá abajo, en Quepos. Jonás se mete en un todoterreno de alquiler. Está cansado y de mal humor. Él de mal humor. Ana logra sentarse a su lado.

Bailan, beben, Jonás está sentado. Ésa no es su música. Merengue y baladas sosas, éxitos de circuito pobre, nada de *reggae.* Se siente solo. Todos le buscan, pero él no busca. Hastiado, triste, con la nostalgia pegada al alma.

Pasa el tiempo a bailes y ron con coca. Bob se levanta y hace un gesto. Dos docenas de personas apuran tragos, pagan cuentas, acaban bailes, recogen sus cosas y se retiran.

Suben a los coches, se pelean por lugares. Jonás sube a un Toyota blanco. Y Ana se sienta a su lado. David, que quiere repetir, del otro. Jonás no habla. Piensa que está jodido y empieza a estar violento. Él, que no conocía la violencia.

Llegan a casa de Bob, en la selva, alejada del mar. Se instalan en la veranda, protegida por un dudoso mosquitero. Coca por todas partes, de la mejor. Jonás piensa que Bob no se la compra a Marvin, quizá se la vende y Marvin la adultera. O la tienen de varias calidades. La coca de Bob es la mejor. Y se nota, anima más, no te da tantos bajones ni ansiedades y te deja mejor la cabeza al día siguiente. Por un rato logra aturdirse y el efecto de los polvos le anima un poco. Ruido, voces, risas, música... Bob le mira y le pone a Marley.

Jonás empieza a bailar, despacio, como sin querer, su cuerpo moreno mojado de sudor, sus labios entreabiertos en una especie de sonrisa triste. Jonás se ha ido, no está allí, está en Stanford, muy lejos, antes, cuando era él y se sabía.

Las turbias miradas se van posando en su cuerpo: erotismo en sobredosis, exhalando un vaho de nostalgia que lleva pegada al alma y se le sale por los poros. Vuelve a ser un príncipe africano, un ser libre contagiando deseo. Transmitiendo orgullo discreto, belleza negra de ojos verdes cerrados y tristes. Baila Jonás y se mueven todos, conocedores de su incomparable magia.

Va pasando la noche raya a raya, deseo a deseo. Se intuye el amanecer allá a lo lejos, entre la tupida selva en constante ebullición de vida y de sonidos.

Empiezan a retirarse. Jonás no tiene alternativa. Quizá no la busca. Y Ana parece haber ganado la partida. David, abrazado a un joven de Quepos, renuncia a la victoria.

Amanece cuando Jonás, incapaz de resistirse, animal necesitado de amor o de ternura, se encierra en la habitación de Ana. David y Martin, en la contigua, entran entre risas con un joven pachuco.

Ana le abraza y le besa, está a cien. Lo toca, lo desata y lo desnuda. Jonás se deja hacer. No conocía esa sensación de rabia y deseo que empezaba a sentir, de instinto sin domar, de poseer y mandar, de humillar. Se quiere reprimir, pero su sexo, que ella lame y lame y se introduce en una boca aspirador, toda gemidos, crece y pide y exige sus derechos. Y a Jonás le suben oleadas de rabia y de deseo. Nada que ver con otras emociones grabadas en el recuerdo, de creatividad y ternura, de ganas de compartir un placer sincero, tranquilo, honesto.

Se besan, se revuelcan, se tiran en la cama como dos posesos y ella gime. Se comen, se muerden, animales que se agarran con fuerza.

Jonás la penetra, despacito y por delante. Acercan sus caras, la mira. El bamboleo sexual la acerca y la separa. Y Jonás no quiere ver. Otra cara, quiere ver el rostro amado, otra cara. Le sube la rabia. Se enfurece al constatar que ésa no es la cara que quiere ver, ni el cuerpo que quiere abrazar, ni el sexo que quiere penetrar.

Y Jonás responde volteándola con violencia y penetrándola por detrás, sin saliva y sin piedad, rompiendo todo lo que encuentra de resistencia a su paso. Ella grita y le insulta, hijo puta, negro de mierda, qué te has creído, y grita suéltame, suéltame y llora y trata de escapar de los brazos que la sujetan dejándole moratones, y de un pene loco que entra y sale y entra y duele y un Jonás que le golpea la cara y grita «cállate, perra, y no me ordenes».

Llaman a la puerta y siguen los gritos y se añade un «¡socorro!» desesperado. Y aporrean la puerta y la derriban, justo cuando Jonás se vierte en un culo ensangrentado y en un cuerpo desmayado que ya ni grita, ni gime, ni trata de escapar.

David y Martin se abalanzan sobre él a puñetazos. Le dan en la cara, le sujetan los brazos y lo doblan a patadas. Jonás se incorpora en un descuido y se lanza a por ellos, golpea sin apuntar, caras, estómagos, patadas en piernas y entrepiernas. Agarra una botella con una vela de la mesilla y la rompe en la cara de Martin, que grita y cae. David, aterrorizado, insulta y gime, negro cabrón, chulo de mierda, te has jodido, canalla. Jonás lo calla a puñetazos, lo patea en el suelo, golpea su cabeza contra el peldaño de la entrada; hasta que lo deja inconsciente.

La sangre, espesa, va cubriendo anatomías y baldosas.

Se hace un sobrecogedor silencio. Ana lo mira con los ojos aterrorizados, muy abiertos.

—¡Vete! ¡Vete!

Jonás la mira. Nunca jamás había sentido el odio en su mirada. Sonríe, con una mueca horrible y amenazante.

—Puta de mierda. Que te jodan —dice.

Salió dando un portazo. Dejó la cabina. Se puso a caminar hacia el pueblo.

«Estoy jodido. Ya me cogió el odio.»

Pasó a recoger sus escasas pertenencias a su pensión casi olvidada. Pagó a doña Lupe.

En la estación de autobuses había ya mucha agitación. Vendedores, pasajeros y gente esperando a los que tenían que llegar. Eran las ocho. El siguiente autobús a San José salía a las ocho y media. Jonás contó su dinero: trescientos cuarenta y dos dólares y veintidós mil colones. Metió la cabeza en una fuente, lavó su T-shirt, manchada de sudor y sangre y la guardó en el bolsillo de atrás de su short. Compró un pan y se lo comió despacio.

Sintió mucha vergüenza. Y miedo. Él no era así. Estaba jodido. Pensó en Ariadna. Que nunca supiera. Que no supiera nunca.

Dejó el Pacífico a las ocho treinta. Empezó un viaje que lo alejaría de meses de playa y fiesta. Añoraba su Atlántico. Pero no podía volver derrotado. Se quedaría en San José y después se iría. Una palabra surgió con fuerza en su mente: Barcelona.

Y antes de dormir, algunas lágrimas rodaron por sus mejillas, llena su cabeza de Ariadna. Y Barcelona.

Cuando el autobús remontaba penosamente las cuestas camino del Valle Central, Jonás ya dormía. No vio alejarse el mar, ni perderse las selvas, transformadas en cultivos y potreros. Ni la niebla que, poco a poco, lo borraba todo.

Inconsciente, ni siquiera pensó o supo que no volvería jamás a ver el Pacífico. Aunque de haberlo sabido tampoco le hubiera importado demasiado. Negro de mierda o príncipe de Puerto Viejo, tan joven, tan bello. Violador y casi asesino.

Y ya con la nostalgia pegada al alma. Y con sangre en la cara.

DON ROBERTO

—

Most people think
Great good will come from the skies
Take away everthing
And make everybody feel high.
But if you know what life is worth
You would look for yours on Earth
and now you've seen the light
You stand up for your rights.
Get up, stand up
Stand up for your rights.
Get up, stand up
Don't give up the fight.

Get up, stand up,
«Burning»,
BOB MARLEY AND THE WAILERS

La mayoría de la gente piensa / que el gran bien vendrá de los cielos / a solucionarlo todo / y a hacer que la gente se sienta como nunca. / Pero si sabes lo que vale la vida / deberías mirar por los tuyos en la Tierra / y ahora que has visto la luz / manténte firme por tus derechos. / Álzate, permanece en pie / ponte en pie por tus derechos. / Álzate, permanece en pie / no te rindas en la lucha.

Sonido de coches, motores y cláxones. Calor y ruidos domésticos. Una radio y voces, peroles lavando y olor a fritanga. Pensión modesta, Avenida 10, sobre una taberna de borrachos crónicos. Zona de putas y travestis, delincuencia barata, marginación y miseria.

Es tarde y Jonás despierta. Serán las nueve. Enciende un cigarrillo y se despereza. Sonríe. Hacía tiempo que no lo hacía. Le gusta sonreír. Y sonríe de nuevo.

El atasco de las nueve. Aumenta el ruido y la humareda de los diésel mal ajustados, de una flota de vehículos obsoleta. Jonás se estira. Duerme solo, y eso le parece un lujo. Nadie con quien hablar. Ni de quien escapar.

Bosteza. Mente limpia que le permite pensar desde buena mañana. Sin birras ni puros. Se siente fuerte. Hoy es un día importante. Ya lo decidió y hoy va a ser importante. Habló anteayer con James y hoy verá a Roberto, el gran Roberto, *capo* muy importante para su plan. Llaves que le entregará Roberto que abrirán su celda y escapar así de la encerrona de haberse quedado a mitad de camino de ningún sitio.

Ha quedado a las doce. Irá a pasear, como cualquier turista, para hacer tiempo. Avenida Central, un café en el hotel Costa Rica, como cuando Ariadna. Habían tomado algunos cafés en el Costa Rica.

Teatro Nacional, vendedores de hamacas y recuerdos, día soleado, pero fresco. Hamacas y figuritas, pocas cosas de verdad tan exóticas como él: Jonás Wilson, de Puerto Viejo.

Hablará con Roberto, y le dirá, le asegurará que está todo pura vida.

Pura vida, hacía tiempo que nada era pura vida. Siente, sin embargo, que su vida está cambiando. Tiene un plan y ha recuperado aquellas fuerzas perdidas en la rutina de abandono.

Loco el plan, inconsciente Jonás y demasiado viaje. Sí, a medio camino de ningún sitio, pero largo viaje. Mucho viaje para quedarse a mitad de camino.

Quería encontrar a Ariadna y a su hijo. Pero no podía llegar como un despojo, anhelante y dependiente de Ariadna. Eso ya lo habían vivido cuando no era un despojo anhelante.

Quería llegar y ser otra vez el príncipe; estar fuerte y hermoso, tierno y creativo para el amor, que ahora intuía doble, de amante y padre. Y estaba lleno de amor.

Hablaría, claro, con el canalla de Roberto, su salvación. Jonás llevaría algunos kilos para España por su cuenta y riesgo. Cobraría diez mil dólares por kilo, suficiente para no depender de Ariadna en lo inmediato. Y ya verían. Trabajaría, aprendería, pero sobre todo, pediría perdón y amaría, como nunca antes había amado a Ariadna.

Roberto sabía. Y entendía. No era mala gente aquel canalla, si le caías bien. Y Jonás sabía que le caía bien. A las doce. Una hora precisa que decidiría su destino.

Se levantó de la cama. Miró al Jonás del espejo. Sonrió. Se lavó los dientes y entró en la ducha, fría, que tensó sus músculos. Se puso un Lacoste azul marino, unos pantalones beige con pinzas y unos mocasines sin calcetines. Sacudió su melena de rizos dorados. Volvió a mirarse en el espejo. Y una sonrisa iluminaba su cara. Se sentía perfectamente apetecible.

Caminó cinco cuadras hasta el teatro, se sentó en una mesa en la terraza del Costa Rica, pidió un expreso, estiró las piernas y entrecerró los ojos ante aquel sol de casi siempre. Ajeno a todo, ni percibió el revuelo que provocó en las mesas de alrededor.

Anticipaba una felicidad que nunca hubiera pensado tener que desear. Un vendedor de loros se acercó entre dudas, sin saber si aquel monstruo era local o de importación temporal. Ya en la mesa dio media vuelta y se alejó turbado. Y empezó a graznar su mercancía.

Escapaba de las miradas, huía de las insinuaciones, se ausentaba de su espacio. Pensaba en Ariadna y recordaba sus olas. Y sus cuerpos unidos y los secretos compartidos. Sonreía, feliz, previendo maravillas, borrando un pasado reciente y doloroso, recreando otro más lejano y repleto de emociones y placeres, el que quería hacer futuro y rutina. Rutina de placer, no rutinaria imitación de placer, convertida en hastío. Y en violencia.

Recordó que tenía la nostalgia pegada al alma. Y se

dijo que era el amor, el que iba reemplazando a la nostalgia, pegándose al alma.

Y esperaba tranquilo que llegaran las doce. Roberto a las doce. Punto de partida para acabar el viaje inacabado. Y sin retorno.

Las once cuarenta y cinco. Paga y se levanta, todo sonrisas a su alrededor. Y sonríe. Sabe que lo puede todo. Wilson en San José. Poder de Wilson. Cabrones, sólo queréis mi picha. Y llamarme hijo puta de negro, y decirme qué debo haceros y cuánto cuesto, huevones, insatisfechos, arrogantes inútiles.

Camina hacia la Tercera Avenida, despacio, mirando a la gente que se cruza. Bello y poderoso camina despacio para venderse a un narco por amor a Ariadna y por amor a su hijo. Roberto *el Grande* le dará la llave. Roberto *el Grande* a las doce en punto, en La Barraca. Y tiene la llave.

Llega a La Barraca. Pregunta. Le hacen pasar a un patio trasero y una puerta le conduce a una salita recargada. Roberto está sentado. Él también es recargado. Reloj, pulseras y dientes de oro, barriga prominente y risa fácil, ojos hinchados, piernas cortas, un cigarro que mira constantemente, como si fuera su primer cigarro.

—Querías verme, m'hijito, me dicen que querías verme. Y aquí me tenés. Te escucho. Sentate. Tomá algo. Josefina, traele algo al pollito, tímido sos, pues, vale m'hijito, contame.

Jonás habló. Seguro, tímido pero seguro. Le contó. Quería ir a España y financiarse el viaje. Los kilos que quisieran. El plan que dijeran. Él, de correo, a diez mil el kilo. Sin trampas. Pero a España. Sobre todo sin trampas, y a España.

—Vos estás enamorado, niño, enamorado. Por amor hace uno las mayores tonterías. Pero también lo más grande —suspiró—, hace años que no estoy enamorado... y no creás que no siento que se me escaparon quizá las últimas oportunidades...

»Parecés legal y mis informes... bueno, no hay nada contra vos en mis informes... sólo que sos imprudente y necio, muy imprudente y necio, y que montaste una buena en Manuel Antonio... —sonrió—. Pero quién soy yo para dar consejos... mi cosa linda. —Se lo quedó mirando—. Sabés, esto no es un centro de caridad ni una agencia de viajes. No veo por qué yo debería... Mi negocio va bien y sos un riesgo. De España se ocupan los panameños... pero podría recibir una comisión... Yo no sé nada, sabés, nada, pero podría quizá buscarte un contacto, si sos prudente y dejás de encular gringas cuando no quieren. Sos muy lindo, sabés, y eso se paga. Sos demasiado lindo, carajo, bendita la madre que te trajo al mundo, cabrón.

Jonás sonreía, contagiando belleza a su feo entorno. Roberto le miraba, podría ser su hijo, un hijo bello y negro. Se rió.

—Sos un cabrón con suerte. Me caíste bien, sabés, y cuando alguien me cae bien, soy su padre. Llamame mañana. Te diré algo.

Jonás se levantó, temblando de la emoción.

—Sentate aquí —dijo Roberto, y señaló un taburete a su lado.

Jonás se sentó. Roberto acarició despacio su nariz, sus labios, tocó su pelo y acogió su cuello entre las manos. Le besó en la frente. Y parecía que le hubiera gustado seguir...

—No me jodás, verdad, o sos cadáver. —Y le besó los ojos despacito. Y le atrajo contra sí—. Cabrón, sos lindo, sabés, y eso puede perderte.

»Andate ya. Llamame mañana. Y no jodás. O sos cadáver.

Jonás caminó contento, hacia la Central. Entró en el Chelles. Desde la cocina, una mujer lo miraba desafiante. Se pidió uno de carne con mostaza y lechuga. Y una Imperial. Y pensó en llamar a Virginia. Tenía que preguntarle algunas cosas.

Ajeno al ruido se sentó junto a la ventana abierta, mirando a la calle. Y sin que él lo supiera, su sándwich llevaba doble carne y más lechuga. Y estaba hecho entre palpitaciones de un corazón solitario.

Se oyó un trueno. Pronto empezaría a llover. La gente aceleraba el paso. Jonás comía. Y Bob Marley llenaba de poesía sus sentimientos.

Seguía lloviendo, maldito mes de diciembre, y los cueros de cinturones y zapatos enmohecían en los armarios de la pensión de la Avenida 10. Jonás seguía esperando el aviso de Roberto para concretar su viaje.

Le quedaban pocos dólares. Pero seguía esperando, sin buscar dinero fácil, la llamada de Roberto, la clave de todo. Y seguía lloviendo, joder, cuánto llovía.

Había salido a tomar un café y un gallo pinto. Volvió a la pensión. Le habían dejado un mensaje por debajo de la puerta. «Que llame pues a don Roberto, 354267.»

Llamó, pues, a don Roberto y le dijeron que fuera a verlo mañana a las doce, al mismo lugar. Y que eran buenas noticias. Se hizo un puro, se tomó una birra. Y acabó echando un polvo en el Corobicí con una americana joven, a base de daiquiris de banano. Y, como novedad, con preservativo. Exigencia de ella. Y Jonás fue dulce, como ausente pero dulce, alejada la violencia de su entorno, aunque sin llegar a la ternura, que se le quedó aparcada en algún sitio, distante de sus emociones hacía ya tiempo.

Cuando volvió a entrar en aquella salita, Roberto le sonreía.

—He pensado y hablado sobre vos. Y no recibí malos informes, m'hijito. —Don Roberto se acariciaba la nuca—. Me dicen que sos algo locatis, pero siempre por amor... Y sos tan lindo... Y ya ves, yo ya soy viejo, pero me gustás, y estoy dispuesto a jugar por vos.

»Te he buscado un contacto. Panameño. Yo no puedo hacer nada en España. Te cortás el pelo, te vestís decente; allí es invierno. Irás por Panamá, en tránsito. Te contactarán en el aeropuerto. Facturarás allí una plancha de surf con cuatro kilos. Te daré ahorita cuatro mil dólares. Entregarás la mercancía en la dirección que te den. Y allí en Madrid te pagarán *cash* el resto, o sea veinte mil... sí, veinte, no cuarenta. Si lo hacés bien, podrás repetir, y será al doble.

»No te quejés, m'hijito lindo, es mucho dinero. Si lo

hacés mal, te detendrán y no te serviría de nada haber acordado más dinero... Y si nos la jugás... más te vale que no, que no vivirás para contarlo. Y me daría lástima. Porque me gustás, mucho. Y aquí dejás familia, ¿verdad? En el Puerto, ¿no?

Jonás asentía y negaba. Le estaba timando, pero qué podía hacer. Lo habían pillado. Se notaba su ansiedad por ir y su necesidad de dinero. Tomaba o dejaba.

Tomaba.

—Ok. Acepto —respondió—. Y gracias.

—Sabés que lo hago por vos. Que me gustás. Tomá. Cuatro mil. Cortate el pelo. Vestite lindo. Como para vos, bello. Y te darán las instrucciones precisas en tu pensión.

Jonás quiere irse, con el dinero ya en el bolsillo.

—Mirame, acercate, dejame tocar tus labios... qué sos lindo, cabrón, quién pudiera... no me jodás, no te jodás, no la jodamos... Saldrás en dos semanas. Y no la cagués, verdad, en estos días.

«No la cagués, verdad, en estos días...»

Jonás salió a la luz del día. Se fue hacia el Chelles y pidió un sándwich. Empezaba a llover y el tráfico era espantoso. Sonreía. Llevaba guardado el teléfono del Corobicí. Habitación 305.

Y tenía cuatro mil dólares en el bolsillo. Tenía que ir al Puerto y darle dinero a su hermano Wilbert, para la abuela y la casa. Iría al Puerto manaña, en el autobús de las nueve. Con cuatro mil podía volver al Puerto.

Cuando salió del ascensor en el tercer piso, la puerta del cuarto estaba abierta. Lo esperaban con daiquiris.

Una sonrisa sana, una mirada derrotada, una ansiedad mal disimulada, que se precipitó en besos y desabrochar de botones. Y parecían haberse acabado los preservativos.

Pensó que la pasión desbarataba las prudencias.

Y se lanzó a colmar pasiones. Imprudente Jonás.

DESPEDIDAS

—

Faltaban dos días para su viaje cuando se fue al Puerto. El trayecto en autobús se hacía pesado y el calor era insoportable. ¡Maldito clima! En Barcelona hacía frío. Imaginaba Jonás el frío como cuando subía a lo alto de los volcanes, temblando la tierra y temblando tú, una pura tembladera.

Abstraído en sus pensamientos, ansioso por llegar, por partir, quizá para siempre, no se daba cuenta de que lo seguían, y de que eran varios, ni de que también se seguían entre ellos.

Don Roberto no era *capo* por casualidad. Y no se fiaba de nadie. Así que había mandado vigilar a Jonás hasta que emprendiera el viaje. Pero la policía de narcóticos vigilaba a don Roberto, de modo que fotografiaron a Jonás dos veces, demasiadas veces, y al seguirle se dieron cuenta de que otros le seguían, lo que aumentó sus sospechas.

Recibieron información de Manuel Antonio y consultaron con la DEA. Bob les remitió: nada especial, un chulo de poca monta, revendedor en gramos, nunca en kilos, sin ambiciones, un pobre chavo que acabará mal, nada serio. Pero se había puesto violento, lo que denotaba desesperación y quizá estaba tramando algo para salirse del entorno de mierda en que vivía. No tenía malicia, no era peligroso, pero podía ser un buen cebo para pescar algo más interesante.

Bob preguntó a Marvin, Marvin informó a don Roberto, la policía supo por Bob, y Marvin supo que Bob informó. Siempre la misma pendejada, así no se podía trabajar. A fuerza de infiltrarse y corromperse, los polis actuaban como narcos y los narcos como polis. Todos sabían todo de los otros, pero ninguno sabía en realidad para quién trabajaba nadie.

Y todos seguían a Jonás. Y a fuerza de seguirse ya no sabían para qué lo seguían y quién no se fiaba de quién. Dos vehículos vigilaban, tratando de esquivarse, el bus que llevaba a Jonás al Puerto. Y un joven iba en el asiento de atrás, un joven gringo.

La playa negra anunció su llegada. Al final de la bahía, los oxidados techos de cinc brillaban bajo el sol. Jonás se emocionó. Iría a ver a la abuela y a Wilbert. Y luego, a coger olas, a nadar; estaba emocionado.

Recuperó su andar rítmico nada más bajar del autobús. Y saludando, chocando manos, repartiendo besos, se dirigió a la casa. *Tobi*, el perro, salió a su encuentro al reconocerle a varios centenares de metros de distancia, cuando salía del pueblo por el sendero tantas veces recorrido. Saltaba, lloraba, le lamía; pobre *Tobi*, siempre lleno de pulgas y abandonado por Jonás, su favorito.

La abuela Mahalia estaba en la veranda, en su mecedora. Hacía meses que no se veían. No se levantó cuando Jonás subió los dos peldaños y extendió sus brazos hacia ella.

—Bandido, canalla, abandonarnos así, como si se te hubiera tragado la tierra, ni una señal, saber que estás vivo por terceras personas, y tu pobre abuela olvidada, egoísta, mal nieto. No quiero excusas ni cariños. Ve a tu cuarto, cámbiate y en la cocina tienes un fresco de papaya en leche.

Jonás la abrazó y le plantó un sonoro beso en la mejilla. Empezó a juguetear con ella, haciéndole cosquillas, mordiéndole las orejas y lloriqueando como un bebé, hasta que Mahalia lo agarró del cuello, y riendo, lo besó.

—Siempre igual, maldito, siempre jugando con los demás, mi príncipe, me tenías tan enfadada, tan preocupada, déjame que te mire: estás flaco y blanco, ojeroso, no quiero saber en qué has estado. ¿Vienes a quedarte?

Jonás no respondió. Preguntó por Amalia.

—En la escuela.

—¿Y Wilbert?

—Pescando.

Entró a ponerse un short, se bebió la papaya en leche, con mucho azúcar, y charló un rato con la abuela, omitiendo ambos el nombre de Ariadna y muchas otras cosas. Al rato, prometiendo volver con Wilbert a comer, se fue Jonás con su plancha bajo el brazo, como antes, sonriendo, feliz, sus rizos dorados y sus dientes blancos, dueño de los espacios y del mar.

Lo miró un perezoso y —quizá— lo reconoció. Y siguió su lento trepar más tranquilo.

Encontró a Wilbert al poco rato; todo el pueblo comentaba su llegada y le fueron a avisar. Traía tres langostas.

Bebieron unas birras, fumaron unos puros, nadaron y tomaron algunas olas. Escuchaban a Marley en la terraza de El Chino. Y Jonás no se daba cuenta de que tres personas lo observaban, de una manera distinta a la que estaba habituado.

Hizo un aparte con Wilbert y se fueron los dos caminando por la playa, ajenos a los prismáticos que los seguían. Hablaron y hablaron y Jonás, inconsciente, sacó un fajo de billetes verdes, muchos billetes verdes, y contó hasta tres mil. Wilbert se los guardó en el bolsillo, sonriendo. Y los prismáticos dejaron de observarlos, y sus portadores comenzaron las llamadas.

—Algo está tramando —fue la observación más repetida por unos y por otros, narcos y policías, infiltrados los unos por los otros, tratando de confundir todos a todos.

Cuando Jonás comía con la abuela, Wilbert y Amalia, la historia de los dólares había llegado a varios destinos, aumentada y corregida, y los dólares se habían convertido en varios miles más.

Sospechas de todos, inocencia de Jonás, inconsciencia de Wilbert, desconocimiento de las mujeres de la familia. Prolongaron la velada hasta que los hombres se fueron a Stanford. Antes de salir, Jonás entró al cuarto de la abuela y abrió el cajón de la mesita de noche. Allí dentro encontró una carta de Ariadna. Copió el remite en un pedazo de papel y lo guardó en su cartera.

Salió sigiloso.

Cuando Jonás se despidió de Wilbert, en el autobús, muy de mañana, le pidió que lo despidiera de la abuela. Se abrazaron fuerte.

—Tené cuidado, maje, tené cuidado. Y llamá donde El Chino, para decirme. No seás huevón, hermano y llamá —le dijo Wilbert.

Mahalia, en su cama, llena de dolores de huesos, lloraba en silencio.

—Que Dios me lo guarde a mi niño, que Dios me lo cuide.

El autobús salió a las siete. Y con él, dejaron el pueblo tres vehículos.

A la mañana siguiente salía hacia Madrid, vía Panamá. Todo en orden. Salvo los nervios.

Quería despedirse de Luis y lo llamó a la tarde, después de cortarse el pelo y comprar un anorak amarillo con capucha. Ya tenía su saco Adidas listo. Y pagó la pensión. Luis le invitó a una fiesta por la noche y Jonás aceptó.

Fue a recoger su billete a la agencia y un americano entró tras él. Escuchó el recorrido y la fecha de salida: mañana. Y salió antes que Jonás.

Poco después, el mismo americano daba detalles:

—Hay una operación. De varios kilos. Se va a España. Vía panameños. Podríamos joderle, pero es mejor que llegue. Montamos un operativo en Madrid, ya hemos informado a través de Interpol y a nuestra gente en la embajada. Que le dejen pasar y agarramos los contactos. Hace tiempo que parecen colarse por la red. Y aunque el correo por avión es marginal al marítimo, son bastantes kilos los que entran. Y no sabemos si es la misma gente. Es sencillo.

»Tú irás también, Bob, no te sentará mal un cambio de aires y lo conoces bien. Así que te plantas en Madrid vía directa, en el vuelo de Iberia. Llegarás tres horas antes que el cebo. Y allí te contactarán. Que no se os cuele. ¿Ok?

—Ok —responde Bob—. Hará frío en Madrid, me preparo y listo. Pobre Jonás, carajo. Sabía que acabaría mal. Se pudrirá en la cárcel, él, que sólo sabe vivir en el agua. Pobre Jonás.

—Te estás haciendo viejo, Bob. Será algo rápido. Supongo que su contacto se hará en seguida, en cuanto salga de aduanas, quizá en el mismo aeropuerto. Será fácil. Que lo vigilen los españoles hasta que hayamos tocado hueso en Madrid. Quizá unos días, quizá más. Hasta puede que tenga tiempo de divertirse, el tío.

»Además —insistió tras una pausa y un trago de whisky— aquí empezamos a sobrar. Van a empezar a joder en Washington, ahora con el puto plan de paz y toda esa jodienda. Se acabarán pronto las operaciones encubiertas, los manejos en Panamá, los dólares para la contra... Parece que se están creyendo lo de las elecciones en Nicaragua. Esta región se acaba, Bob, se acaba. Y no estaría mal irse antes de que empiecen en el Congreso a hacer preguntas y los jefes a escaparse jodiendo para abajo. Estamos bastante sucios y lo sabes. Esta región se acaba.

—Hum... —Bob miraba el humo que salía de su cigarrillo—. Nos hablamos. Ahora, adiós. Deséame buen viaje.

Salió de la embajada y se dirigió al hotel. Tenía un mensaje: Luis le invitaba a una fiesta. Carajo. Y salía mañana. Bueno, quizá no estaba mal como despedida... pero sin coca. Se estaba matando y ya no tenía edad... Bueno, llevaría algo como regalo para Luis. Vaya jodedera con el puto perico. Y qué profesión la suya. Ya tenía fichado a medio país, y el otro medio era cuestión de tiempo. Y una vez fichados todos... pues no servía de nada. Pero empezaba a pasarse de moda, esto del perico. Y estaba empezando duro el crac. Eso, no pensaba ni probarlo. No tenía edad para descerebrarse. Y menos por trabajo. Y además, «esta región se está acabando...».

Entró en la ducha. Y pensaba en Jonás. «Pobre pendejo.»

La fiesta de Luis era como todas las fiestas. La gente era la misma gente, los tragos los mismos tragos, las risas las mismas risas, las ganas las mismas ganas. Sólo Jonás estaba distinto, risueño, alegre, un poco nervioso, excitado y sobrio. Y resistiendo todos los embates amorosos.

Cuando entró Bob, Jonás trató de evitarlo y lo logró durante una hora. Bob lo había visto, pero también quería evitarlo. «Pobre pendejo.» Y así estuvieron, hasta que Luis los presentó.

—Ya nos conocemos —dijo Bob–. Desapareciste, ¿no?, sin despedirte. Dejaste un desastre, de hospital, ya sabés, pero no quisieron denunciarte.

—Ya. ¿Cómo va todo?

—Todo Ok. Te veo muy contento y tranquilo de drogas.

—Es que viajo mañana.

—¿De negocios o placer?

Bob le mira a los ojos y sonríe maliciosamente.

—De placer, claro, de placer —responde Jonás algo turbado.

Se sirven sendos tragos. Siguen hablando. Un invitado los mira mientras hablan, se pone de pie, visiblemente inquieto, y busca el teléfono. Se desespera al no recibir respuesta al otro lado de la línea. Prueba con otro número. Habla poco, parece contrariado. Son las dos de la mañana. «Hay que hablar con Roberto», piensa mientras cuelga el auricular.

Don Roberto ya sabía que los polis y la DEA estaban husmeando, y también sabía, por sus polis, que no tenían demasiado claro qué husmeaban. Estuvo tentado de suspenderlo todo, pero quería al chavo y no era la primera vez que se la jugaban, contando con el despiste de la policía. Le gustaba menos lo de los americanos, pero como trabajaban a su aire y lo espiaban todo, tampoco era para preocuparse demasiado.

—Había decidido seguir adelante. El riesgo es del muchacho. Si pasa, bien, y si no... Pobrecito, es tan lindo. Se joderá en la cárcel. Lo joderán en la cárcel. Y que se jodan los panameños, pues. Y a mí, dejadme tranquilo.

Jonás se despide. Bob sale a su vez. El invitado junto al teléfono no sabe qué hacer. Espera un rato y se va, dando excusas a su amigo Luis, que empieza a enfadarse ante tanta deserción.

A las cinco de la mañana, Jonás está pasando por el control de pasaporte del aeropuerto Juan Santamaría, camino de Panamá. Bob espera en un coche de la embajada, en la pista del mismo aeropuerto, para embarcar directamente al avión de Iberia, destino Madrid. Mientras tanto, en aquella salita recargada, el invitado de Luis espera a que, por fin, llegue molesto, enfadado por el madrugón, un don Roberto sin afeitar ni lavar y diciendo vulgaridades.

Le cuenta que ha visto a Jonás hablando con Bob, dándole información. Él maldice:

—Me la querés jugar, mi cachorro, tan lindo y tan hijoeputa, huevón, me la querés jugar. Ya sos cadáver, m'hijito. Ya olés a cadáver.

Tratan de contactar con Panamá. Pasa el tiempo, más llamadas. Despiertan a alguien y le dan explicaciones; llamarán más tarde, hay que avisar al contacto. Se suceden más llamadas. Demasiado tarde: Jonás recibirá la mercancía.

—Hay que joderlo en Madrid. Si trabaja para la DEA, lo dejarán pasar. Anularemos la cita en Madrid y lo eliminamos luego.

La voz del panameño al otro lado de la línea es tajante:

—Nos has jodido cuatro kilos, Roberto, cuatro kilos. Y tendrás que pagarlos, cabrón. A buenas horas te enteras de que te la han pegado.

—Ya hablaremos, ya hablaremos. Y que no se os escape ese hijoeputa. Quiero su piel en lonchas finas. —Don Roberto está más hinchado y furioso—. Que no se os escape. Y ojo con la DEA. Ya hablaremos.

Jonás aterriza en Panamá. Tránsito de dos horas. Sale a la zona *duty free*, encuentra a su contacto, que le entrega una plancha de surf nueva, empaquetada y con precio.

Va al mostrador de Iberia y la factura, paga exceso de equipaje. Se toma un café y embarca. Se siente excitado y contento. Sueña con el encuentro sorpresa con Ariadna. La buscará en Barcelona. Toca su cartera, donde lleva anotada su dirección. Y se va durmiendo, imaginando Barcelona, con su mar y su puerto. Y la imagina grande, más que Manuel Antonio y Quepos juntos.

Está dormido cuando traen la bandeja con la comida. Y no se despierta.

Pobre Jonás. Soñando amor y una nueva vida. Pobre Jonás.

MADRID

Eran las ocho y treinta minutos. Jonás se sorprendió de que todavía fuera de noche. Estaba nublado y llovía, y por primera vez sintió con intensidad el frío. El viento y el agua se le colaron mientras se cerraba el anorak. Caras serias las de sus acompañantes, entre dormidas y resignadas. Algunos escalofríos, bostezos. Temor, Jonás.

El autobús los condujo hasta una entrada. Se formaron dos colas frente a las ventanillas de control de pasaporte. Jonás esperaba nervioso.

Algunos pasajeros se demoraban más que otros, y a dos jóvenes se los llevaron a una salita cercana. Jonás estaba poniéndose cada vez más nervioso.

Cuando sólo quedaban dos personas delante de él, sonó el teléfono. El policía contestó. Jonás miraba fijamente sus papeles, su billete de vuelta, sus dólares. El policía lo miró con disimulo. Y asintió. Dos veces. Pasaron los dos pasajeros y le tocó a Jonás. Entregó su pasaporte, respondió afirmativamente a si tenía billete de vuelta y lo depositó en el mostrador. Le pusieron un sello en el pasaporte.

—Bien venido —dijo el policía sin mirarle. Y Jonás pasó con gran alivio.

«Bien venido», pensó. Tras una buena caminata llegó a la cinta de recogida de equipajes. Esperó. Un saco y una tabla de surf. Miró a la salida. Otros policías, con uniforme distinto, abrían algunas maletas y dejaban pasar otras. Jonás tenía las manos sudadas. Tras un cuarto de hora eterno empezó a salir el equipaje. Al cabo de un buen rato, apareció su saco, pero no la tabla. Siguió esperando y fue quedándose solo.

La tabla no salía. Jonás sudaba copiosamente. Miró a su alrededor y allí, al fondo, estaba la maldita tabla.

Se acercó a ella sin saber muy bien por qué estaba apartada y no había salido por la cinta. Disimulando, miraba alrededor cuando un señor pequeño, vestido de azul, le preguntó.

—¿Es suya, verdad? Es que no cabía por la transportadora.

—Muchas gracias —acertó a decir Jonás, aturullado.

Una persona de paisano hablaba con los policías de verde. Pero él no lo vio.

Llegó al control de aduanas. Saludó. No le contestaron. Le pidieron que abriera su saco. Lo hizo. Una mano aburrida apenas palpó su interior. Jonás, inocente, no se percató de la ausencia de perros policía, habituales en todas las llegadas de vuelos latinoamericanos.

—¿Algo que declarar?

—Nada.

—Puede pasar.

Y Jonás pasó. Salió al hall y buscó un taxi. Había

dejado de sudar, pero le temblaban las piernas. Ataron la plancha en la baca y entró en el taxi. Alguien tomó la matrícula y otro vehículo empezó a seguirles. Jonás pidió que lo llevaran a un hotel céntrico, no muy caro.

—Pues al Gran Vía —comentó el taxista—, son ocho mil pesetas, creo. Pero no sé si le cabrá esa tabla en la habitación.

Se rió un rato y contagió a Jonás. Lo llamaron por radio.

—No sé qué has pescado, tío, pero te han tomado la matrícula y no eran municipales.

Silencio. Miradas por el retrovisor. Jonás empieza a sentir que vuelve a sudar. Sonríe.

El viaje se hizo largo para ambos y el silencio espeso. Jonás no entendía. Él tenía que llamar dentro de tres horas a un número de teléfono y preguntar por Daniel. Ése era su contacto. Y había pasado la aduana sin sospechas. ¿Quién podía haber tomado la matrícula y por qué? No encontraba respuestas; quizá no se fiaban de él y le estaban controlando para que no tratara de escaparse con la mercancía. Bueno, dentro de tres horas todo habría terminado. Si no se fiaban, peor para ellos.

Jonás se distrajo cuando entraron en la ciudad. Era enorme, moderna, llena de coches. Ya era de día. Atascos y cláxones, grandes edificios... La fascinación de la novedad distrajo a Jonás, pero no al taxista. Estaba deseando llegar y que le pagaran.

Una vez en el hotel le dieron una habitación pequeña e interior. Diez mil pesetas, sesenta y pico dólares, calculó Jonás. Se estiró en la cama. Tenía tres horas por delante. Y luego veinte mil dólares para ir a Barcelona. Llamaría a Ariadna en cuanto tuviera el dinero. Y dejaría el hotel, quizá hoy mismo. Preguntaría cómo ir a Barcelona. No tenía ni idea de las distancias.

Se fue quedando dormido, entre sueños de abrazos y promesas de cambio, de fidelidad, de mar en Barcelona, con Ariadna. Él pescaría langostas, y si no había langostas pescaría lo que hubiera, irían a la playa, enseñaría a nadar a su hijo, sería un buen padre...

Se despertó sobresaltado. Faltaba un cuarto de hora para el contacto telefónico. Buscó el número en la cartera y leyó el resto de las instrucciones.

«Preguntar por Daniel. Si hubiera algún problema y no pudieras establecer contacto, a las seis de la tarde en la estación de tren de Atocha, frente al andén ocho. Irá una mujer vestida de rojo, de unos cuarenta años. Llevarás la mercancía en un saco pequeño. Desmontas la plancha por delante y sacas los cuatro paquetes. Dejas el saco en el suelo y ella te preguntará sobre un tren. Te dará un sobre con tu dinero. Y te jalás. Suerte.»

Llama al número convenido, a las doce. No responden. Jonás se inquieta. Vuelve a marcar. Y lo sigue haciendo varias veces, hasta la una. Nada.

Sólo podía esperar, seguir llamando o ir a la cita de las seis. Empieza a desmontar la plancha. Y a hacer tiempo, llamando a cada rato.

—Lo tenemos bajo control —dice por radio un tipo con pinta de policía desde un coche negro—. Ya hemos rodeado el hotel. Hay que esperar a que contacte. Pero parece que están nerviosos, sospechan algo. Lo han seguido, como nosotros, desde el aeropuerto. Algo huele mal... Ha llamado varias veces por teléfono. Ya hemos localizado el número y el apartamento. Está alquilado por una compañía de export-import, pero no hay nadie. Parece que se lo huelen... o que lo saben. Hay que reforzar la vigilancia, no sea que se lo carguen antes de que podamos echarles el guante.

—Los cabrones están esperando a que nos contacte —habla con otros tres un hombre con acento panameño desde un todo terreno de color rojo—. Daniel ya dejó el apartamento. Tenemos que liquidarlo. Ésas son las instrucciones. Pero será peligroso, están encima. Lo más fácil sería dejarlo en paz. Pero las instrucciones son que lo volemos. Montaremos una trampa a las seis. Necesitamos varios hombres. Ellos estarán allí. En el hotel es peligroso, de ahí no salimos. Podemos esperarlo después de la cita, en la estación. Cuando piensen que la cita ha fallado. No es mal sitio la estación, mucha gente y muchas salidas. Estaremos mucho antes y veremos su despliegue. Habrá que improvisar bastante. Pero no se nos puede escapar. Y si el idiota lleva la mercancía... es nuestra. Ya la dan por perdida en Panamá. Cuatro de la pura, cincuenta millones. A diez por barba, muchachos, a diez por barba. Ponemos a Julián de cebo, es un suicida. Y a la Concha no le contamos nada. Que se la jueguen sin saberlo. Y si caen, que les den morcilla. Para ellos, el plan previsto.

Jonás sale a comer algo. Compra una bolsa pequeña, suficiente para que quepan los cuatro kilos. Al salir se da cuenta de que lo siguen. Pendejos, algo pasa. Si me la quieren jugar, tendré que jugársela. No me quieren pagar o algo pasa.

Vuelve al hotel. Deja pasar el tiempo, nervioso, y vuelve a llamar a Daniel. Nada. Son casi las cinco cuando se mete un kilo en los bolsillos del anorak y tres, sólo tres, en la bolsa. «Si me la quieren jugar, la cagaron, hijoputas.»

Sale del hotel y paga la habitación.

—Volveré luego a por la plancha y mi ropa.

Coge un taxi. Comprueba que le sigue un coche negro. Pero tienen cara de policías, no de narcos.

—Ya salió. Lo seguimos dos unidades. No lleva la plancha, pero sí una bolsa pequeña. Va hacia Cibeles.

—Al Museo del Prado —improvisa Jonás.

En un semáforo cercano al museo, Jonás paga y sale corriendo del taxi. Cruza la calle y atina a bajar unas escaleras y a seguir corriendo por esos interminables túneles del metro. Vuelve a salir, toma un autobús, se baja en la siguiente parada, coge otro taxi.

—A la estación de Atocha.

—Está a dos pasos —protestó el taxista.

—Pues deme un paseo como de media hora.

El taxista lo mira por el retrovisor. Hay gente extraña, piensa. Y se va hacia Menéndez Pelayo.

Jonás mira hacia atrás y no ve nada raro. Llegan a la torre de Valencia, bajan hacia Cibeles, suben la Gran Vía, llegan a la plaza de España, siguen hacia Princesa, dan la vuelta y regresan hacia la Castellana; las seis menos cuarto.

—¡Lo hemos perdido, joder, lo hemos perdido! El

muy cabrón se dio cuenta. Lo último que vimos es que tomaba el 27 cerca de Atocha. Pero cuando llegamos al autobús ya había volado. Estamos patrullando la zona. No andará lejos. Pero ¿dónde? Tengo a cinco unidades patrullando. Seguiré informando.

—Demasiado tranquilo todo. No se ve pasma por ningún lado en esta estación. No lo entiendo. Seguid vigilando y me hacéis señas en cuanto veáis algo, alguien, carajo, no puede ser que lo improvisen al último minuto. Concha irá al andén ocho a las seis. Estad al loro, carajo. Si no vemos nada, lo liquidamos allí mismo y que Julián salga corriendo con la bolsa. Somos seis para cubrirnos si pasa algo. Pero no es posible, carajo, que lo improvisen todo.

Las seis menos cinco. Jonás entra en la estación, da unas vueltas, pregunta por el andén siete, se acerca, compra un periódico. Mira al andén ocho: hay una mujer de rojo, de unos cuarenta años. Sonríe. Por fin. Se acerca.

—Ya lo tenemos. Apuntad bien, en cuanto deje la bolsa, a la cabeza. Julián está listo.

—Y ni un pasma, joder, ni un pasma.

Jonás llega junto a la mujer. Deja la bolsa. La ve nerviosa. Suena un disparo y siente dolor en el hombro. Mierda, se agarra a la mujer y, sin querer, se cubre con ella. Suenan dos disparos más justo en el momento en que se gira.

La mujer cae al suelo con un tiro en plena cara. Jonás sale corriendo, sigue oyendo disparos y gritos y un tipo pasa a su lado con la bolsa, tropiezan, Jonás se cae, rueda por el suelo, aparecen policías de uniforme, desconcertados, pistolas en mano. Jonás corre y corre entre la gente; logra salir a la calle, le duele el hombro, le quema el hombro, la policía persigue a Julián, observan el cadáver, ven a más hombres corriendo, uno con un rifle, confusión, gritos, gente corriendo para todos lados.

Jonás corre, dobla una esquina, camina, respira, se recupera; no le siguen. Coge un taxi. «A la Gran Vía», no conoce calles, no sabe adónde ir.

«Mierda, la cagué, joder, la cagué.»

—¿Cómo se va a Barcelona? —pregunta.

—Menos andando..., en tren, avión, autobús... o en taxi.

Piensa. Le da miedo el avión, por si lo controlan. Quizá el autobús. Pregunta. El taxista le dice que puede llevarlo a la estación de autobuses. Lo lleva. Pregunta. Sólo salen por las mañanas. Vuelve al taxi, que le espera. Piensa que el tren está jodido, después de lo de la estación.

—Puede ir a Chamartín. Hay trenes de noche a Barcelona.

—¿A Chamartín? —pregunta Jonás—. ¿No es Atocha la estación?

—Sí, pero hay dos. Los trenes a Barcelona salen de la estación de Chamartín —responde el taxista.

—Pues vamos a Chamartín.

Le duele el hombro. Pero es sólo un rasguño. En la oscuridad del taxi no se ve mucho la mancha de sangre. Saca un pañuelo y se seca la herida. No sangra demasiado. El anorak está roto.

Cuenta el dinero: le quedan ochenta mil pesetas. Y un kilo. Tiene que llegar a Barcelona.

Paran en Chamartín, paga y baja. No ve nada raro. Jonás está totalmente desconcertado. Camina, entra en el vestíbulo inmenso, ve un punto de información. Se acerca, pregunta, le informan. Ve una tienda y entra. Compra un chaquetón. Cuarenta y dos mil pesetas. Va a los lavabos, se cambia y traslada sus cosas a la nueva prenda. Deja el anorak en el baño.

Hace cola, compra un billete, el tren sale a las diez y media, andén 22. Le quedan dos horas. Camina un rato. Llega a un bar y pide una cerveza y un bocadillo. Se sienta a una mesa mirando hacia la puerta.

«Estoy jodido —piensa—. Menos mal que todo esto es tan grande que es difícil que me encuentren. Pero estoy jodido.» No conoce el país, no conoce a nadie, no tiene el teléfono de Ariadna, sólo su dirección. Tiene que llegar a Barcelona.

Bob mira el humo de su cigarrillo.

—Se nos ha escapado a todos. A españoles, panameños y... a nosotros.

—Pues hay que encontrarlo, si queremos encontrar a sus perseguidores. Sólo tenemos un cadáver. Y no es el previsto. Y un detenido, Julián García, panameño de cuarta. Sabe poco. Sólo que falta un kilo. El cabrón se la jugó. Sospechaban de él más de lo que pensábamos. Creo que dedujeron que Jonás trabajaba para nosotros. La cagó el muchacho. —Bob estaba pensativo, asintiendo, pero distraído—. Y hay que matarlo... —Bob sigue jugando con el humo—. No se puede quedar suelto con un kilo encima, liándolo todo y provocando más cadáveres. Hay que cerrar esto con sutura... y la sutura es su vida. ¿Pero dónde cojones estará?

Un silencio largo. Bob piensa, trata de recordar. Y se agita, de pronto, inquieto.

—Bar-ce-lo-na —dice sonriendo—. Barcelona.

—¿Qué?

—Sí. Irá a Barcelona, a encontrarse con su ex novia. O al menos es la única pista que tenemos. Tuvo una novia de Barcelona. Ahora lo entiendo: venía a buscarla. Ella es una hija de puta, pero no está en esto. Podemos averiguar en San José su dirección. Y rápido. Hay que controlar aviones, trenes y autobuses. Y la casa de ella... Arianne, se llamaba Arianne. Se averigua en San José. Es cuestión de minutos, a través de su antigua oficina.

»A ver, son las diez. Que los españoles vigilen el aeropuerto y las estaciones. Y que lo hagan mejor esta vez, mierda. Llamad a la embajada en Costa Rica. Y quiero un billete para Barcelona.

WILBERT

—

Por qué el cadáver de aquel joven apareció aquella mañana destrozado y desnudo en la playa de Punta Uva, sólo lo saben las corrientes y los asesinos. Quizá, aunque no es seguro, también tuvo tiempo de saberlo Wilbert, que así se llamaba el muerto.

Era muy de mañana, pero el sol anunciaba un día de azules intensos y abrasadores, cuando Amalia, que llevaba semanas durmiendo mal y acostándose pronto, como llena de miedos y de malos presagios, decidió refrescarse y salió de su casa. Tras una larga caminata, dirigió sus pasos por la orilla del mar, entre arenas y corales que sólo unos pies como los suyos, negros y tan acostumbrados a caminar, podían desafiar descalzos, a buen ritmo y sin buscar las rutas menos dolorosas, evitando erizos como por instinto.

Había salido del Puerto hacia playa Chiquita, y una hora más tarde, con el sol abrasando ya, continuaba hacia Punta Uva, uno de sus lugares favoritos en la costa. Pensaba en la rutina de tristezas de una vida que se perdía lentamente en los caminos de la madurez, sin que su corazón conociera nada más que la emoción de una proximidad con el ser amado, que no correspondía a sus sentimientos más que con el cariño familiar de quienes han crecido juntos.

Doble dolor, el de la presencia constante de aquel olor imprescindible, de su voz y de sus risas o tristezas por otros amores de paso. Amalia lavaba su ropa y a veces, desesperada y cuando la abuela no estaba en casa, se deslizaba en las sábanas de Wilbert, desnuda, atacada de fiebres y ansiedades. Se revolcaba en ellas oliendo el sudor del cuerpo deseado y se masturbaba repetidas veces. Lloraba entre jadeos, suspiros y sollozos por aquella pasión ardiente e imposible.

A lo lejos, cuando había recorrido la mitad de la bahía, ya divisó algo extraño en la orilla, y aunque el corazón empezó a latirle acelerado, trató de no darle mayor importancia. Como era época de lluvias, las mareas traían a la playa todo tipo de troncos y vegetación, además de basuras diversas, lanzadas al mar por riadas violentas, arroyos y riachuelos convertidos en pequeños orinocos. Por eso trató de no pensar, segura de descubrirlo al rato, qué sería aquella extraña figura.

Esos cambios diarios de los paisajes, sobre todo en la época de lluvias, añadían encantos adicionales a la imposible monotonía del mar, de un cielo y de una selva que jamás se repetían en sus tonos, formas y sonidos aunque fueran los mismos. Y bien lo sabía ella, que había vivido toda su vida en aquel cada día menos secreto paraíso.

Punta Uva no sería hoy noticia ni motivo de especial

atención por su perdurada belleza, casi inalterable con el paso de los años. Hoy lo sería en la página de sucesos de *La Nación* y *La República*. Y eso si alguien daba alguna importancia al cadáver de un negro destripado por las olas, y por sus queridos corales, fuente de vida tanto tiempo y para tantos. Como para él y para Jonás, cuando antes de que empezara todo aquello se dedicaban a pescar langostas.

Ya a cien metros se dio cuenta Amalia de que aquel tronco no tenía la rigidez de la madera. Ni la forma de cualquier animal conocido. Aquel tronco era humano.

La camiseta inconfundible de Bob Marley, la segunda piel de Wilbert, la advirtió de que aquél era el cuerpo de quien ella estaba enamorada. Se acercó, loca y a la carrera. Wilbert estaba algo hinchado, con la cabeza ladeada, el cuerpo boca abajo, mostrando su inconfundible tatuaje «Free Jamaica, free Africa» que le cubría media espalda, junto a una hoja de marihuana.

Un aullido seco se le escapó al ver que tenía volada la tapa de los sesos de un balazo entre ceja y ceja, como si le hubieran arrancado un tercer ojo entre aquellos dos verdes que tantos suspiros habían provocado.

Amalia sintió unas repentinas ganas de salir corriendo. Pero no pudo. Lo arrastró hasta la playa y se quedó abrazada a un cuerpo por el que habría dado su vida. Paralizada, temblando, tratando de sofocar los aullidos que le brotaban de más allá del corazón del alma, hasta que logró transformarlos en gritos desesperados, y arrancándose los cabellos lloró hasta secarse y quedarse medio calva, sangrante y enloquecida.

Un amor perdido ya para siempre. Y nunca consumado y compartido.

No está muy claro que Mahalia Wilson oyera algo. Y mucho menos que lo viera. Como tampoco lo está que mintiera cuando la interrogaron, durante más de cuatro horas, para que declarara quiénes eran los que fueron a su finca tan de madrugada y, probablemente, haciendo mucho ruido. Pero Mahalia no se acordaba de nada. O no quería. Y Amalia había enmudecido, aunque más bien parecía que se había quedado ciega. Tal era el estado de sus perdidos ojos: desorbitados, sin ritmo, sin mirar. Ciegos por dentro, muy abiertos por fuera.

PORT VELL

Flota un cadáver en las sucias aguas del puerto de Barcelona, entre yates y barcos de recreo.

Poco antes, unos hombres disparaban a alguien que corría y se lanzaba o caía, herido ya, desde el cemento al líquido salado y grasiento huyendo de su persecución implacable, en una ciudad desconocida, buscando el mar, quizá otro mar.

Y así venían, detrás y corriendo, pistolas en mano y un fusil, desde la estación de Francia. El hombre era joven, ágil y de color.

No haría ni media hora que un tren expreso, procedente de Madrid, se había detenido en su destino. Y de él se apeó ese hombre, entre otros hombres y mujeres. Pero a él lo esperaban de otra manera. Ni abrazos ni sonrisas. Y lo notó al instante, alertados sus instintos por el día anterior, un largo y complicado día. Ya venía levemente herido y con algunas manchas de sangre debajo de su chaquetón nuevo. Y guardaba un kilo de coca entre sus ropas. Su seguro de vida. O su condena a muerte.

Bajó al andén, se dio cuenta de la espera no deseada

y empezó su carrera, empujando a la gente, abriéndose paso desesperadamente, mientras gritaban detrás. Cruzó vías y andenes hasta llegar a consigna. Se lanzó en tromba por los interiores, atravesando carros y tirando cajas, bultos, paquetes y golpeando a quien se le pusiera por delante. Salió a la calle, corrió, corrió, hacia la derecha, unos metros antes de ver el mar, el mar y redoblar energías. Imparable hacia el mar, Jonás.

Disparos. Se oyen disparos y un impacto en el coche junto a él. Corre y corre hasta llegar al borde del agua, sigue por el muelle, buscando otro mar, un mar abierto, un mar azul y diferente, y corre y corre.

Siente un golpe brutal, justo antes de un dolor ardiente que le atraviesa la espalda y el pecho, sigue corriendo, recuperado el equilibrio, y se toca un pecho viscoso, caliente y rojo. Se da cuenta de que se desangra.

«Ariadna, la jodí.»

Otro golpe fuerte y seco en la espalda que le hace perder del todo el equilibrio y caer al agua. Está salada, siente, es el mar. Un mar prisionero, cerrado y sucio. Trata de nadar, otro disparo, ahora desde más cerca, tiempo de volverse, mirar, distinguir tres hombres y un fusil. Le apuntan.

«¿Por qué?»

Marley le llena la cabeza. *Buffalo Soldier*. Ve cómo disparan.

Un instante antes pensó «me jodí», y una mezcla vertiginosa de escenas de libertad y de vida llenó su cerebro.

Y en él se alojó, certera y asesina, la bala que acabó con tantos sueños. Y que apagó lentamente la última imagen de su vida: la cara de una Ariadna sonriente, que se borra y difumina... hasta hacerse un punto pequeñito que desaparece lentamente.

—Comisario, que le quiten cualquier papel que sirva para su identificación y que dejen la coca. *He was a good boy.* —Bob abre la puerta de un coche negro—. Jodida profesión la nuestra, comisario, muy jodida. Y cansada. Una pura mierda, esta profesión. Pobre muchacho. Era bueno, a su manera. Lástima que sólo nos sirva muerto. Y pensar que se metió en esto por amor a una pendeja. Que se joda ella, pero pobre muchacho.

Entra al coche del comisario, cierran las puertas, se ponen en marcha hacia el aeropuerto. Ofrece Bob un cigarrillo, enciende el suyo.

Ve un letrero.

—¿Qué quiere decir Port Vell? —pregunta.

—Puerto Viejo —responde el comisario—. Éste es el puerto viejo de Barcelona.

Bob da una calada profunda a su cigarrillo.

«Joder», piensa.

—Joder —dice.

Hace frío en Barcelona aquella desapacible mañana de diciembre. Maldito día. Y flota, por un rato, un cadáver en las sucias aguas de su puerto viejo.

Y a muchos kilómetros, llena de dolores, una anciana tiene un escalofrío, grita el nombre de Jonás y empieza a llorar, desde una tristeza tan profunda que la acompañaría hasta el final.

«Y morirán en el mar, por una confusión, ellos, que son inconfundibles...»

Croar de ranas fuera, charcos y barro, lluvia sobre los techos de cinc de aquel Puerto que nunca más vería a su más bello ejemplar, con su plancha de surf y su sonrisa. Se lanzan mensajes las lechuzas.

Se había despertado muy temprano y no había casi dormido en toda la noche. Nerviosa, daba vueltas y vueltas en la cama y a las cosas que le faltaban por hacer antes de tomar el avión. Dejar una nota a su madre, el reloj de regalo para Nona, no olvidarse el pasaporte de los dos, los cheques de viaje..., tonterías repasadas mil veces. Jonás llora, contagiado quizá de las emociones maternas. Y ella lo mece y lo mira cuando duerme, aquella cosita linda, miniatura de Wilson, réplica de su padre, rebelde y bello. Y grande ya para su edad.

Cuando por fin una remota luz grisácea anticipa el amanecer, Ariadna salta de la cama e inicia duchas y baños, controla maletas y bolsas de mano, biberones y aguas, pañales y chupetes. Tiene que tomar su avión a las once, llegar a Madrid a tiempo para el tránsito y salir para San José, vía Dominicana, a la una y treinta.

Son las ocho cuando todo está listo. Y llega Nona. Entra directa a la cocina, prepara café. Y llora. Ariadna la abraza y le regala el reloj que le había comprado la víspera, tras oírle decir «este cacharro ya se paró», mientras agitaba su viejo reloj de pulsera y se lo ponía en el oído una y otra vez. Se abrazan.

—Déjame, Ari, que ya está el café.

Nona se escapa con un trapo en las manos. Y se seca los ojos. Pero sigue llorando.

Prepara las tazas, la bandeja, va a por Jonás, lo riñe, le habla, lo coge en brazos. Y llora. Ariadna se sienta a la mesa para tomar el desayuno. Bebe un sorbo de café, se quema un poco.

Nona pone las noticias de Catalunya Ràdio. Las ocho y media. Nada de interés, o nada les interesa, en aquella mañana fría y desapacible, de diciembre. «Nunca más Navidades en casa», piensa Ariadna. Por primera vez sonríe esa mañana. Mira a su hijo y sonríe más. «Mi amor, crecerás libre, vivirás libre, entre los tuyos y el mar, mar azul de arenas blancas, de corales. Cada mañana el mar, tu mar, que baña Jamaica y llega hasta Puerto Viejo. Y pescarás langostas, cuando no tengas escuela, nadaremos juntos, verás, aunque llueva, porque allí nunca hace frío, nunca es invierno y podrás ir siempre en shorts y Mahalia te enseñará cosas de tu familia, y tu padre...

»... Y tu padre te enseñará a surfear, sabes, es el mejor. Y es bueno, a su manera y te querrá mucho, tu padre, Jonás, como tú, Jonás Wilson. Te cambiaremos el apellido, si ellos quieren, para que tú también seas un Wilson, Jonás V, mi príncipe, mi amor...»

Son las nueve. La radio y las noticias: un tiroteo en el Port Vell, un muerto sin papeles de identificación, quizá un ajuste de cuentas, parece magrebí, trasladado al depósito de cadáveres. Asunto de drogas, lo más probable.

«Qué curioso, piensa Ariadna, nosotros vamos a otro Port Vell.» Sonríe, juega con Jonás, lo levanta y lo baja, lo levanta y lo baja, Jonás ríe, feliz, Nona se contagia. Y mezcla risas y lágrimas.

—Os echaré tanto de menos... —Y las lágrimas vuelven a vencer a la risa.

Al rato llaman al taxi. Nona la acompaña. La nota de mamá en la mesa del comedor. Nota fría y educada. Su esencia es inapelable. Ascensor que llega, hay que cerrar la puerta y apagar la radio: ajuste de cuentas en Port Vell, aparece cocaína en varias bolsas, en la ropa del cuerpo no identificado, seguramente de origen magrebí.

Ariadna empieza a cerrar, despacio, mirando los muebles del hall, oliendo recuerdos de hace mucho tiempo; piensa en su padre. Se cierra otra puerta. Pero esta vez ella está fuera, en el buen lado esta vez. En el lado de la libertad escogida. Otra vez el viaje, cruzar el mar para encontrarse con el destino que la atrapó para siempre y entregar su hijo al mundo al que pertenece. Respira hondo. Sonríe. Corre al ascensor y recoge a Jonás de los brazos de Nona.

Se despiden con ternura y sube al taxi.

—*A l'aeroport, si us plau.*

Llueve sobre Barcelona, una lluvia fría y fuerte.

Mira a Jonás y le habla suavecito, casi en susurros, al oído:

—Sabes, mi amor, el primer Wilson llegó a Costa Rica en 1873, para trabajar en la construcción del ferrocarril. Llegó en una fragata, procedente de Jamaica...

Una abuela que no lo era se quedó sin nietos ese día, 22 de diciembre de 1988. Eran los muchachos más lindos de la Costa. Los hermanos Wilson, los últimos varones Wilson. Buenos, cada uno a su manera. Libres, crecieron libres, en la más amplia interpretación de la palabra libertad. Príncipes de Puerto Viejo. Un perro, triste y flaco, aúlla sobre la pequeña mantita llena de pulgas que le acompaña desde que llegó cuando era cachorro. *Tobi*, cansado y viejo, decidió morirse aquella noche. Y lo logró.

Y tembló fuerte, muy fuerte y repetido. Como lo haría desde entonces, cada vez más fuerte y más repetido, sobre todo en aquella fecha. Hasta que tres años después, el 22 de diciembre de 1991 subió la tierra y se alejó el mar, se quebraron los arrecifes de coral, se fueron las langostas y se cayeron los puentes del ferrocarril, se rompieron las vías, se cerró aquella obra de ciento veinte años sin cumplir, se clausuró para siempre el Ferrocarril del Atlántico, para cuya construcción llegaron los jamaiquinos, y que había despertado tantas ilusiones no satisfechas.

Venganza y defensa de la naturaleza, aniquilado el trabajo y el sudor de tantos, la esperanza del desarrollo que nunca llegó, belleza de aquel tren mágico sobre dolores inmensos. Pero vía, al fin y al cabo, que acercó dos mundos, vertebrados por aquel ingenio revolucionario, producto de los sueños de progreso de algún dirigente y de varios farsantes.

Se cortaron los accesos y bajó el turismo, por falta de caminos, por miedo a los desastres, por huracanes con lluvias torrenciales, inundaciones y temblores, los años que siguieron. Y quedaron más solos en el Puerto, sin los Wilson, sin puentes, sin turismo. Muchos sueños se quebraron.

Y la selva fue recuperando territorio. Y sus animales paz.

Pero también, como siempre, entre los humanos continuó la vida.

Y cuando llegas hoy cargado de emociones, de pronto, una playa negra, la única en la Costa, te sigue recibiendo. Verás el Puerto al fondo, a la derecha, sobresaliendo sus casas de madera, sus techos de cinc oxidados y un mar azul, de espumas como encajes, que te llama y te atrae. La vegetación desbordando las arenas y una barcaza antigua y medio hundida, con un almendro que crece en ella, en medio de la bahía...

Y en el mar, de El Chino hacia el sureste, donde la playa termina en arrecifes, un niño nada y surfea entre las olas, esquivando los corales. De unos diez años, tiene el pelo rubio quemado por el sol, ensortijado y largo, los ojos verdes y una sonrisa amplia, mágica y muy blanca. Y cuando te saluda, casi siempre te pregunta:

—¿PURA VIDA?

I would like to share with
Those who want to learn...
Until the philosophy which holds
One race superior and another inferior
Is finally permanently discredited
And abandoned (...)
And until the ignoble and unhappy
Regime that now hold our brothers
In Angola, in Mozambique, South Africa
in sub-human bondage, have been
Toppled utterly destroyed
Until that day the African continent
Will not know peace
We africans will fight, if necessary
And we know we shall win
As we are confident in the victory of
Good over evil.

War,
«Rastaman vibration»,
BOB MARLEY AND THE WAILERS

Lo que me ha enseñado la vida
Me gustaría compartirlo con
Aquellos que quieran aprender...
Hasta que la filosofía que mantiene
Una raza superior y otra inferior
Sea final y permanentemente desacreditada
Y abandonada (...)
Y hasta que el innoble e infeliz
Régimen que ahora atrapa a nuestros hermanos
En Angola, en Mozambique, Sudáfrica
En una servidumbre inhumana, haya sido
Destruido de arriba abajo
Hasta ese día el continente africano
No conocerá la paz
Nosotros, los africanos, lucharemos si es necesario
Y sabemos que venceremos
Pues confiamos en la victoria del
Bien sobre el mal.

Esta canción fue compuesta por Marley antes de la independencia de
Angola y Mozambique y de que, finalmente, el repugnante régimen del *apartheid* pasara a la historia de la ignominia humana. El dolor de África continúa. Pero la esperanza en la liberación también. Y hoy, Mandela es la encarnación de ese sueño de libertad. Marley, muerto en 1981, no vio a Mandela fuera de la cárcel. *(Nota del autor.)*

ÍNDICE

NOVELAS GALARDONADAS
CON EL PREMIO PLANETA
—

1952. *En la noche no hay caminos.* Juan José Mira

1953. *Una casa con goteras.* Santiago Lorén

1954. *Pequeño teatro.* Ana María Matute

1955. *Tres pisadas de hombre.* Antonio Prieto

1956. *El desconocido.* Carmen Kurtz

1957. *La paz empieza nunca.* Emilio Romero

1958. *Pasos sin huellas.* F. Bermúdez de Castro

1959. *La noche.* Andrés Bosch

1960. *El atentado.* Tomás Salvador

1961. *La mujer de otro.* Torcuato Luca de Tena

1962. *Se enciende y se apaga una luz.* Ángel Vázquez

1963. *El cacique.* Luis Romero

1964. *Las hogueras.* Concha Alós

1965. *Equipaje de amor para la tierra.* Rodrigo Rubio

1966. *A tientas y a ciegas.* Marta Portal Nicolás

1967. *Las últimas banderas.* Ángel María de Lera

1968. *Con la noche a cuestas.* Manuel Ferrand

1969. *En la vida de Ignacio Morel.* Ramón J. Sender

1970. *La cruz invertida.* Marcos Aguinis

1971. *Condenados a vivir.* José María Gironella

1972. *La cárcel.* Jesús Zárate